药园没花

爱与恨是相互的解药

何袜皮 — 著

南方出版传媒
花城出版社
中国·广州

图书在版编目（CIP）数据

没药花园：爱与恨是相互的解药 / 何袜皮著. --广州：花城出版社，2021.2
ISBN 978-7-5360-9153-5

Ⅰ.①没… Ⅱ.①何… Ⅲ.①短篇小说－小说集－中国－当代 Ⅳ.①I247.7

中国版本图书馆CIP数据核字（2020）第196119号

出 版 人：肖延兵
责任编辑：陈宾杰　杨淳子
技术编辑：薛伟民　凌春梅
封面设计／插画：介桑

书　　名	没药花园：爱与恨是相互的解药 MOYAO HUAYUAN AI YU HEN SHI XIANGHU DE JIEYAO
出版发行	花城出版社 （广州市环市东路水荫路11号）
经　　销	全国新华书店
印　　刷	佛山市浩文彩色印刷有限公司 （广东省佛山市南海区狮山科技工业园A区）
开　　本	880毫米×1230毫米　32开
印　　张	11.875　1插页
字　　数	188,000字
版　　次	2021年2月第1版　2021年2月第1次印刷
定　　价	49.80元

如发现印装质量问题，请直接与印刷厂联系调换。
购书热线：020-37604658　37602954
花城出版社网站：http://www.fcph.com.cn

目 录

序 / 阿乙	001
空房子	001
蜥蜴胸针、小提琴手和手套	015
艾米回家	053
机器人35号之死	074
天堂来的时候	093
塑料时代	107
海熊的失踪	136
乞丐与菩萨	165
闺房哲学	180
章鱼帝国之章鱼男的诞生	198
章鱼帝国之章鱼马戏团	227

章鱼帝国之章鱼市长	260
吃掉月亮的罪犯	294
沉箱	308
天鹅绒房间	322
被臭虫毁掉的爱情	336
一条深灰色围巾	352
后记　那些美好而丑陋的东西	366

序

阿乙

她显得珍贵,或者说不同凡响,是因为她违背了传统。长久以来,在不少作家那里,文学被当成忧虑的工具:一种令人难以拒绝的凝视,一种眉头紧锁。忧虑的方式和技术都差不多,内容则可以替换,对民族的,对家国的,对人性,对性别,如此等等。

这种忧虑有时与强吻一样令人不快,但是很管用。因为大部人的智商并不高。何袜皮首先是对这种道貌岸然的东西有一种反动。在王小波那里,这种反动也很明显。何袜皮与王小波一样,文字里都藏着较深的揶揄,它们容易使忠心耿耿的读者产生一种强烈的智力优越感,使他们自矜。她和王小波一样,尊重智力甚于道德。他们本身受教育程度较高,较常人接受过更多哲学、思想的训练，所以不容易受到农耕道德秩序的束缚。如果他们赞扬和拥抱这一秩序，那就是别有用心，或者说是投资。

我知道何袜皮是因为时任《天南》文学双月刊主编欧宁的推荐，当时我在这家期刊上班。从我的经验看，欧宁很少看走眼。

空房子

2014年1月10日

"快点,丫丫,奶奶都要等急了。"女主人催促道,一边偷偷看着女儿坐在板凳上系鞋带的身影。

女儿本来秀丽的长发已被剪去,戴了一顶棒球帽,大病初愈的肤色十分苍白。唉,这丫头这一年吃了不少苦头呢。只是她性格要强,很少诉苦,和她妈妈柔弱的个性不同。

丫丫拿着车钥匙出去了。女主人拿起鞋架上方的挎包,里面有一家人的衣物和丫丫的药。就在他们要出门时,跟在她身后的男主人的手机铃声响了,他们同时把目光投向他手上的手机。他愣了一愣,把电话挂断了。

她疑惑地瞪着他,问:"干吗不接?"

"既然今天请假,就不接了。"

"万一有什么重要的事找你呢?"

他不回答。

"看你这两天心不在焉的,可别让你爸妈和女儿看到你这副样子。"她是个温柔的人,但此刻语带怨气。他依然不接话。他们结婚十六年了,他明明知道她最讨厌他的沉默。

她扭头出门,他面无表情地跟在身后,门在他们身后关上了。

他们忘记关东窗了。一月的风吹进来,寒风凛冽。但愿今夜不会下雨。

三分钟后,突然又传来开门锁的声音。是她记起了东窗吗?

她今年四十八,记忆大不如前,女儿的病情更让她心神不宁。她几乎每天都会在出门后又折回来,不是漏掉拿什么,就是忘记关什么。

这次回来的是男主人。他没有脱鞋子,而是径直走到窗边。他们终于记得关窗了。

他的手刚伸向窗把手,却想起了什么,急切地从口袋里掏出手机。他拨通一个电话:"对不起,刚才没听到铃声,这么快?好的,我会过去。不,今天去不了。我要出几天差,下周二可以吗?谢谢。"

他挂断电话,瞪着手机上那个座机号码发怔。这时,门外传来女儿的嗓音:"爸,快点!"

他把关窗的事抛在脑后,蹑手蹑脚地关门离开了,仿佛生怕吵到了房子里的什么人。

2014年2月11日

昨夜的一场暴雨后,东窗下多了一摊积水。真是可怕的一夜啊,狂风几乎要扯掉窗帘,挟带雨点冲进窗子,像头疯牛一样在黑漆漆的屋里四处冲撞,扑倒了茶几上的水杯,也打翻了钢琴上的镜框。

这是他们离开后的第七场雨。

天亮了,阳光耀眼,窗帘还在滴水,一只蜗牛从残破的纱窗钻进屋子。

我以为他们只待一个晚上就回来。

如果不是书桌上跳动的日历,我恐怕都记不清他们已经离开整整一个月了。

这一个月里,许多人来过,敲门,报自己是谁,或者喊他们的名字,看看房子是空的,又走了。

有一个人是查电表的,有两个是送快递的。还有一个是邻居,想找女主人签名,抗议开发商缩小了承诺的街对面公园的面积。

可是唯独他们没有回家。

客厅里挂钟的秒针以迟缓的速度走着,小鸟在每个准点从木屋探出脑袋,咕咕两声。角落的钢琴上落满一层显眼的灰尘。她有洁癖,如果回来见了,肯定受不了。厨房的水龙头每过几分钟,便掉落一滴。

突然,门锁发出金属旋转的声音。他们回来了!

不,不是他们。

"哪一把才是大门钥匙呢?"一个声音嘀咕着。

过了两分钟,来客终于试对了钥匙。两个女人走进房子。

穿紫上衣的那个手上拿了一串钥匙,上面的兔子挂件证明它本来是属于丫丫的。她和女主人差不多年纪,和她一起的是一个矮胖敦实的老太太。

紫上衣一眼发现了开着的东窗,叫道:"哎呀,看看,地板全湿了。"她急忙跑过去关。

老太太把怀中信件搁在茶几上,叹道:"看来他们走得很急。"

"是接上爷爷奶奶,准备去巴厘岛度假吧?"

两个女人四处走动看了看,行动有些拘束,仿佛主人还在家中似的。

"也真是造孽啊。"紫衣服顺手关紧了滴水的水龙头,叹气道,"人全没了,只剩一个还在医院里,没醒过来。"

"到底是怎么发生的?"老太太问。

"去机场的路上黑漆漆的,没人看见,那段监控头也刚好坏了。"

"我儿子看网上说,车子撞了栏杆,冲出去后翻下坡。可好端端开着车怎么会这样?"

"待会儿把钥匙还给警察,他们要来搜集证据。"

"来家里找证据?警察怀疑有人要害他们?"

"我也说不准。这些信就留在这里吧。"

"我们要不要帮他们家打扫打扫?"

紫衣服皱眉头:"人都不在了,谁还在乎这些?再说警察说不定不想我们瞎碰。"她说着,扭头看了看刚刚被她关上的东窗。

2014年2月13日

门突然开了。穿制服的一男一女先走了进来,跟在他们身后的是一个年纪略长的男人。"找找有没有遗书、遗嘱、婚姻协议之类的文件。"他叮嘱道。

"好嘞。"女警走进房间。

男警则留下来翻看茶几上的信件,无非是些医疗广告、银行账单。

"这些信怎么会在这里?"他问。

"是居委会的人拿来的。"张队长回答。

过了一会儿,女警从主卧的床头柜里抱出一个盒子。打开,里面有银行卡、存折、发票、病历卡,摆在最上面的是一张全家福照片。

"瞧这个。"她拿起照片道,"这两人结婚十几年了吧?看,对着久了真的会越长越像。张队长,你和你老婆是不是也这样?"

张队长接过照片看了看,指着身旁两个老人说:"这是男方父母，出事时他们也在车上。"他的手指又停留在那个面色苍白的女孩身上，"这是他们女儿，十六岁，白血病刚刚治愈。"

"真是可惜。我看到女孩的房间里各种奖状。"女警说。

"会不会有人和他们有仇，在车上动了手脚？"男警问。

"车不是检查过没问题？刹车也是好的。"

"那你觉得那个目击证人的话可靠吗？他说看见一辆摩托车逆向行驶，当事人为了避让才翻下山的。可后来的监控也没有发现骑摩托车的人啊。"女警问。

"也许他知道闯祸后，就从小路跑了。那里很多躲避收费站的小路，都没有监控。"男警回答。

"那么纯粹是交通意外了？"女警问。

张队长接过照片，摩挲着下巴，道："我们在现场找到闫军的手机，他在当天出发前曾拨出过一通电话。"

两个下属困惑地看着他，等他说下去。

"电话号码是亲子鉴定中心的。"

女警略微有些吃惊，再次把目光投向了张队长手中的全家福。夫妻依偎在一起，看起来十分恩爱。女孩格外消瘦，只是有一双和父母都不一样的眼梢上翘的丹凤眼。

2014年3月6日

上次来的紫衣服居委会女人今天穿了一件橙色绸衫。她把银行的评估员送到门口，试探地问："这个房子会怎么处置啊？"

"拍卖，然后先还清银行的贷款，大概还欠一百万吧。"评估员收起了公文包。

"这房子少说也值八百万吧，那么剩下的钱呢？"她问，"听说女主人还有个妹妹在国外。"

评估员愣了一愣，才说："这就和我无关了。"

评估员走后，房子又只剩下两个女人。她们来过许多次，已经不像第一次那么拘束，而是自如地在宽大的皮沙发上坐了下来。

"听说警方查了鉴定结果，不是他的孩子？"老太太低声问。

橙色点点头："或许他自己也不愿意相信。"

"看他们家感情那么好,怎么会想到去做那个鉴定的?"

"可能做骨髓移植时不匹配,从医生那儿得到一些暗示吧?"

"那你说,"老太太吞吞吐吐道,"他会不会自杀?"

"你见过他就不会这么想了。他是那种,怎么说呢?看面相就很心软的人。唉,她不该骗他。再说啦,哪怕你要和自己爱人同归于尽,也犯不着拉上老人和孩子啊。"

老太太连连点头。两个人唉声叹气一阵,在沙发上放松了姿势。

2014年3月8日

她摘掉墨镜,我才认出她——女主人的妹妹。她上次来还是三年前,主人聊天说起过,这几年她一直在美国生活。她四十岁了,腰背总是挺得很直。听说她有个男朋友,但一直没结婚。

"姐,"她走到钢琴前,拿起女主人的单人照,眼泪便掉下来了,"肇事司机还没找到。如果没有什么摩托车,我真想问问闫军这个浑蛋,他那天到底是怎么开车的?!"

她喘了口气,平息了愤怒,抱着照片在沙发上坐了下来:"妈去世的时候一直关照你以后照顾我,可是现在你这副样子,身边连一个照顾你的人都没有。都怪闫军这个王八蛋!他脑子里究竟在想什么?还去做那种鉴定?他们都在议论丫丫的事。怎么可能?只有我知道你多爱闫军。"

她突然想起什么,抹了抹眼泪,站了起来,走到电视机前,从播放器里退出了几张CD。那都是女主人爱听的音乐。接着,她又走进主卧,从衣帽间里找出几件女主人的衣服。她要把这些带去医院吧?

她抱着衣服在姐姐的大床上坐了下来,神情忧伤。

"你知道吗?我也偷偷去做了鉴定。今天结果出来了,你或许不愿意知道,或许你一开始就知道——丫丫也不是你的女儿。

"我记得十六年前,我还在读书。我和爸妈赶去医院时,你已经生了,闫军抱着丫丫,你俩都很开心。那时候你俩还住在东郊的一个破房子里吧?一定是医院搞错了,一定是那个护士搞错了。

"可是,你自己的女儿在哪儿呢?"她突然幽幽地苦笑一下,道,"你的亲骨肉可能还活着。或许,这是唯一值得欣慰的吧!"

2014年5月10日

刚进门的女孩小心翼翼地往前挪着脚步,脖子抻长了向前喊一声:"有人吗?"

"有什么人啊?有鬼还差不多。"跟在她身后的男孩,道。

女孩回头狠狠瞪了他一眼。

她长着一张圆脸,染了红头发,戴了三个耳钉,穿着破洞牛仔裤和露脐装。这是女主人最不喜欢的那种打扮,绝对不会允许丫丫这么穿。

"这房子值很多钱吧?看来你亲生父母是有钱人,这下所有的都是你一个人的了?你爹妈,我是说老去赌的那对狗东西,估计高兴坏了吧。"

男孩四下转悠,打量房子里的装修摆设。女主人曾每天都亲自在这里监工,客厅的粉蓝色是她选的,只可惜东窗的窗台下留下一条丑陋的水渍。

女孩无动于衷地打量一切,眼神陌生,仿佛一切都和她毫无关系。这时,她注意到了茶几上的那张全家福。

男孩也凑过来看:"这就是你父母?那两个是你爷爷奶奶?这一个,就是和你换错身份的女孩?"

她嫌恶地用胳膊肘抵开他。

她对着照片看了又看,紧皱眉头,好像在看一道解不出的数学题目。

"没想到我和他们住那么近,以前怎么从没遇到过呢?"她喃喃道,"当然,就算遇到了,也不会认得。"

"那倒是。你刚才听到那个张队长说什么了吧?"男孩低头叼了一支烟,准备点燃。

"什么?"她生气地抢掉了他的烟。

"好好,不抽了。他说他们都是车祸死的。"

她抬起头,困惑地看着他。

"你还记得四个月前的那个晚上吗?"

听到这一句话,她哆嗦了一下,神色紧张起来,微微摇头,似乎抗拒他将要说出口的话。

"是3月份的那个晚上,我们从苏荷出来,"他压低声音,眼睛瞟向四周,仿佛要确认有没有人偷听,"你非要我带你去木兰湖玩。"

她的脸色变得煞白。

"我们从那辆车翻下去的地方抄小路逃跑了。你也知道，我们当时没办法，如果查出来我们喝了酒还嗑了药……"

她冰凉的手牢牢抓住他的胳膊，惊恐地瞪着他。

2014年10月1日

房子已经彻底空了。某一天，一群人进来，把所有的东西都搬走了，除了那架钢琴。没人告诉我他们把东西搬去了哪儿。女主人如果某天醒过来，再也认不出这个家了吧。唉，这也不再是她的家，只是个空房子而已。

某天，锁匠换上新锁离开后，一对年轻男女搬了进来。

女人仔细参观了一圈，回到客厅，看到了那片水渍，不快地嘟着嘴道："怎么搞的啊？是哪天下雨忘记关窗吗？很难找到一模一样的蓝色吧？只能把整个客厅都重新刷了。可找又不能闻油漆味。"

"小问题，别担心。"男人拍拍她的背，"我们可以找个桌子挡住,过两年再粉刷。"

他的话缓解了她的烦躁。

"品位挺好的,不知道以前住的是什么人呢,应该比较有文化吧?你看还有钢琴。"

"是啊,拍卖时我就看中这钢琴了,等宝宝出来就让他学这个。"他站在她身后,轻轻抚摸她隆起的肚子。

"学什么呀,还不知道是男是女呢。"她笑道。

"咦,你看这个。"她突然发现钢琴上贴了一张黄色便利贴,拿起来,念道:

母亲节快乐

我是凶手

"这是什么意思?谁写的啊?"她有些不安。

"不知道。"他侧头想了想,说,"但这话说得也不假啊。孩子在长大,母亲在老去,每个孩子都谋杀了母亲的青春和容貌。"

她微微一笑,转过身抱住他,问:"我老了,你也爱我吗?"

他更紧地抱住她:"当然。"

蜥蜴胸针、小提琴手和手套

1

这两年我的记性越来越糟。我记不住人名、地名、书名。比如H，您是叫赫尔佐德格，还是赫德左格尔？我想我还是管您叫H吧，这样即便我老了，即便您死了，我也不会那么轻易忘记您。

在遇到老乔治之前，我不知道自己到底怎么了。那是2006年的5月。和今年的5月相比，热浪来得更早，雷雨已经下了好几场。我在格雷克的清单——一个在美国很流行的信息交流网站上——搜索暑期打工的信息。

水镇：招聘一名女性照顾老年阿尔兹海默病患者，有照顾病患经验者优先,会说中文者优先,提供食宿,支付2500美元的月薪。

我恍惚记得,当我看到这则消息时,一只加拿大雁正蹲在我的窗外,抻长了脖子,向幽暗的室内张望。

叫我记住阿尔兹海默的正确拼写也是很困难的,幸好我可以管它叫老年痴呆。老乔治的老年痴呆正从中度向重度演变。而我呢,我查了下维基百科上关于轻度老年痴呆的定义,发现自己每一条都符合。

1. 日常生活中出现明显的记忆减退,特别是对近期事件记忆的丧失;
2. 时间观念产生混淆;
3. 在熟悉的地方迷失方向;
4. 做事缺乏主动性及失去动机;
5. 出现抑郁或攻击行为;
6. 对日常活动及生活中的爱好丧失兴趣。

所以如果我最终猜测的结局不够让人信任,请你们原谅一个轻度老年痴呆者的判断力。

总之,我当即回了一封热情的邮件,虚构了我从前照顾胰腺炎大伯的经历，并恬不知耻地把自己描述为富有爱心，尊老爱幼，对替人擦背端饭有特殊爱好的好女孩。

一周后，我查邮件，得知自己被录用了。

2

我在某个清晨动身去威斯康星州的水镇。它距离我住的麦城不过两小时车程。我事先在谷歌地图上看过它的位置，由于地处五大湖区，水网发达，一条宽阔的石头河穿镇而过。全镇只有9300口人，多是退休后的有钱人、律师医生之流。有网友评价它，美妙得让人不愿意去见上帝。

这是一栋红砖房，搭配着白色的门窗，像屋主人一定会穿的拉夫·劳伦条纹衫。门口一大片草坪和榆树，晾晒在滚烫的初夏阳光下。门后迎接我的，令我有些吃惊，是一名白人男子（我一直以为这是一户华裔，因为他们提到了会说中文）。他面目浮肿，四十岁上下，留着一撮柔软的浅橙色胡子。正当我在解释自己是谁时，一个女人的声音从他身后传来："亲爱的，是她来了吗？"

我多么希望能在写给您的这封信里附上一张她的照片。她从暗角走向阳光,浑身上下像被一种艺术照的光晕笼罩着。

她明明是中国女人,但又像是某种合成品,混合着不同文化的气味。对了,就如同我曾经拥有的一个不中不西的橡胶洋娃娃。她的一切毫无可挑剔之处,无论是皮肤、棱角、身材,还是嘴角上扬的尺度,或者眼珠子的颜色。但你又很明白她的廉价。

媞娜扭动着紧身裙包裹的臀部,带我参观房子的前前后后,不时用中文夹杂英文介绍她自己。她在四个月前嫁给汤姆,才来到水镇。因为在当地她没有朋友,所以想找个会说中文的女孩陪陪自己。汤姆是当地最大的汽车零售商,主要经营福特牌,也做二手车。她呢,三年前跟亲戚来的美国。他们去年在密尔沃基认识,相恋。

汤姆听到她提自己的名字,皱着眉头从报纸后抬起眼睛,道:"记得告诉她,千万别让乔治靠近后院的小木屋。"

于是她撩开窗帘,指着草坪对面烈日下的一栋黑色小木屋说:"他在脑子好使时经常打猎。但自从中风后,就再没有碰过枪。去年,他却把一把上了膛的双筒猎枪从木屋里拿了出来，放在餐桌上，把其他人都吓坏了。"

她说着，她带我来到二楼一扇隐蔽的木门前。她径直打开了门。一个寒冷而宽阔的背影正对着大门，让我微微一惊。

"唔，他不喜欢看见阳光。"她一边说着，一边走上前拉开窗帘。

阳光打在一个半梦半醒的老头身上。

我走到他的侧面，看到他苍白的皮肤上布满老年斑。浑浊的灰眼睛望着写字桌上的闹钟出神，完全不在意我们的闯入。

这是我要照顾的人——乔治，汤姆的父亲，七十一岁的老人——正在从中度向重度演变的老年痴呆患者。

3

身材高大的老乔治，已经决心把他的世界关掉了，没有人能再打开。

虽然我没有伺候人的天赋，但替一个乖得像布娃娃的老头儿穿裤子不会比在油腻腻的中餐厅厨房炸蟹角更讨厌。当只有我和乔治在房间时,我喜欢把院子里摘的郁金香插在他耳后,然后拿镜子照给他看,一边拍着手笑:疯老头儿!

我推着乔治在古旧的街道游荡。两旁是冰激凌店、古玩店、美甲店、餐厅、药店、政府、教堂,但我不会带他去沃格林超市,因为里面的冷气太冷了。

我猜乔治喜欢那样,看看他熟悉的百年老宅、手绘广告牌,听听他熟悉的问候。

"乔治,你好。今天天气真好。""乔治,你看起来脸色不错。""乔治,你还可以再活三十年!"

美国有成百上千个水镇。田园、优雅、波澜不惊,寂寞到让你忘了寂寞的存在。它们还有一个共同特点,紧凑。紧凑到没有一个外来者能逃脱他们的眼睛和舌头,包括只来了四个月的缇娜。

我第一次听到他们在议论媞娜,是在猫头鹰点心店。我当时正在等店员包装一个媞娜订做的生日蛋糕。我听到他们在说"中国女人""孩子""花花公子"等字眼,但句子听不完整。当发现我望向她们,那两个中年太太和店员立刻停止了交谈,缩起了脖子,开始讨论起最近镇上的公路施工。

这是一个蓝莓蛋糕,其上趴着一只白色巧克力蝴蝶。我把蛋糕挂在乔治的轮椅上,带回家。

媞娜的三十四岁生日派对上,除了汤姆、老乔治和我,还有一个汤姆公司的汽车维修工迈克。我想这根本算不上一个派对。

汤姆粗鲁地用叉子捣着蛋糕,一边竖着耳朵聆听客厅电视里的球赛解说。老乔治像一匹骆驼,慢慢嚼动着嘴巴,好像那块蛋糕是永远咽不下去的口香糖。餐厅里充满了解说员的嘶喊,同时却又安静得让人尴尬。媞娜的眼睛瞪着桌上的水晶烛台,把一勺蛋糕递进涂了香奈儿口红的嘴里,腮帮子一鼓一鼓。她完美地微笑着,全身心沉浸在蓝莓酱带来的愉悦中。

肌肉男迈克每次和人说话时,眼睛总是腼腆地往下看。这时他左看看、右看看主人们,用纸巾擦了擦嘴,紧张地说:"你们中国女人的年纪真难猜。媞娜,你看起来好年轻,似乎不到三十岁。这个女孩儿也是,她像个大一新生。"我们都笑了,面对他笨拙的恭维。

"虽然今天被邀请有些意外,但我还是在来的路上准备了礼物。你瞧,是个朋友手工做的杯子,不知道你是否会喜欢。"

"噢,迈克,你太贴心了。"媞娜接过那只蓝色的玻璃杯,笑起来皱着眼角,用手拍了拍小伙子的背。

这时,汤姆才从电视机扭转回脖子,瞟了眼媞娜手上的水杯,心不在焉地向在座的人说:"我们家的杯子比人数多多了。宝贝,我的礼物昨晚已经送了,对吗?你应该告诉大家,我是个好丈夫。我送了女人最喜欢的东西。"

我想等他说下去,女人最喜欢的是什么。可他只是俗气地笑着。而媞娜依然保持同一角度的微笑,用断指手套外露出的指肚拨弄着烛台里的烛液。

晚上,我走进后花园时,猛然发现媞娜正躺在泳池边的躺椅上喝香槟。她转过头,眯着眼睛看我:"你喜欢乔治吗?"

"唔,乔治。他比孩子更可爱,至少不会惹麻烦。"

"那就好。但愿他有一个丰富的晚年。"她向星空举了举杯。是的,我记得她用了"丰富"这个词。

在池水微漾的夏夜,她又在想什么呢?

媞娜,生日快乐。我又重复了一遍。

4

我时常去"中国厨房"餐厅找小莉玩。您知道人们要想获得安全感,就必须在一个空间里找到同盟。人们总是通过八卦来给自己确定方位,知道自己处在宇宙的哪个位置。

有天下午护士带乔治去医院做检查时,我便在餐厅和小莉一边折送外卖的纸袋,一边聊天。

她说:"她从福建的渔村到水镇来已经快十年了,他们开的是水镇上的第一家中餐厅,目前也是唯一一家。这里不像大城市,没有大学,也没有跨国公司,很少有中国人来。

"媞娜?她从没来过这里。我们不认识她。但我有时候能见到她,她总是穿得像个贵妇,戴着手套、花帽子,踩着高跟鞋。"

"嫁给老外的中国女人都是骚货。"小莉哥哥的声音冷不丁地从厨房里传来。

小莉压低声音:"我哥说的这句话虽然不对,但嫁给汤姆的肯定不是什么好货色。告诉你一个事,算作给你提个醒。那也是好多年前了,当时他的生意做得没有那么大。听说,他把快报废的破车修了一修,送给高中学校的女生们,换了和她们睡觉。具体多少人数只有他自己清楚,有人说九个,有人说二十个。据说其中一个女孩和他有关系时尚未成年,她的父母知道后告了他,但后来他们又改口了,说她其实已经过了十八岁生日。"

我突然想起了有天从汤姆身边经过时,我从一面玻璃的反光中看到他的目光一直追随着我的背影。他的视线压得很低,确切地说是紧贴着我的臀部。

第二天下午,当我推着乔治从娱娜的房间楼下经过时,不禁停下了脚步。床腿和地板有节奏地碰撞着。男人沉闷地使着劲,仿佛在狠狠揍一个人。不时地,我能听到女人短暂的叫唤,听似很痛苦:

"不要这样,汤姆,啊,不要在这里,求你了,汤姆,求你了。"

是的,偶尔,我能在她的后肩或者胸口发现一些瘀青。但她自己照镜子时似乎视而不见,或者觉得无关紧要。

"你听到了吗,乔治?"那时,我自言自语。乔治还是垂着脑袋,一言不发,鼻子里哼哼着。显然他对儿子的房事比对蓝莓蛋糕更不感兴趣。

这节奏越来越快,越来越激烈。为什么美国的房子,即便华丽似宫殿,地板的隔音却那么差?我并非故意窥听,只是挪不动脚步,试图听出一些线索——她也快活吗?男人粗鲁地叫唤着:"Fuck you, bitch! Fuck you, bitch! Fuck! Fuck! Fuck!"

当他呼喊的分贝越来越高,似乎快冲到顶点时,我突然羞愧难当,推着乔治逃跑了,仿佛害怕这声音会污染这个天真老儿童的耳朵。

5

H,我从十七岁开始给您写信,具体写了多少封,我也没数过。您总是不相信我的话,说我爱说谎。当我告诉您,相依为命的生活下可能藏着诅咒,平和单调的生活可能酝酿着血腥,您说我的心灵被恶意蒙蔽了。不,被蒙蔽双眼的是您啊。

人们看到的是最正常的中产家庭,富有、规矩、平静,先生赚钱,太太全职在家。他们每周日盛装打扮,一起去路德宗教堂做礼拜。即便轮椅上的父亲也不忘衬衫西裤,偶尔还会打一个黄色领结(那是我挑选的颜色),并在散场时接受老友的面颊亲吻。

可是您看不到,有太多东西您看不到了。

一个四十岁时便已春风得意的暴发户,对一切漠不关心,只有橄榄球赛和黄段子能让他爆发出高分贝的笑声。他每周都会有几天不在家。没错,他在芝加哥有投资,但是,他对迈克说,只有那里的妓女更带劲儿。上周他遇到一个年轻的黑女人,她的屁股紧实得像芒果。她竟然喜欢他用烟头烫自己的胸部,于是他好好地在她身上留了点小纪念。

他一边吃早餐一边说那些话时,迈克正蹲在泳池边修理阀门,听了,只是咧着干裂的嘴唇,讪讪地笑。

为什么他要娶回家一个在音乐会上偶然认识的中国女人呢?当你的藏品足够多时,你总想要一些特别点儿的新鲜的东西,而她也许如同他那辆停在车库里的古董积架跑车,只为了每个月在镇上兜下风。

媞娜每天早上起床后会花一小时用最贵的鱼子精华露搽脸、手臂和大腿,再用一个小时画眉毛,画眼睛和嘴唇。用一个小时穿内裤、内衣,用钢丝把胸部高高托起,几乎要顶着脖子,再用一个小时选择衣服、手套、丝巾、帽子。然后呢？您以为她会去和镇上的太太们打桥牌或者喝下午茶？不。她什么人也不见。她只是盛装坐在后花园里，偶尔看看书，听听音乐。

至于乔治，时间对于他来说，是大块大块的，调不开的墨汁。

乔治的护士每周会来看他一次。有时我也会带他去医院见她。她长着一个大屁股，坐在椅子上两边的肥肉便像融化的奶酪般溢出来。

她像所有我认识的叫芭芭拉的胖女人一样，开朗而健谈。有天她在为他做检查时，告诉我乔治曾经是一名海军，参加过朝鲜战争和越战。

他从朝鲜战场上回来后，和前妻生下了小汤姆，没过几天太平日子又跑去越南打仗。再回来后不多久，老婆已经得病死了。他带着小汤姆，开了家修车铺子，后来也倒卖些二手车。汤姆中学一毕业就和父亲一起做生意，附近镇上的都来他们这里买车。他比他父亲有生意头脑，能赚大钱。

她说这些话的时候，我才想起在乔治房间的墙上看到过一些老照片，有军人的合影，因为太过模糊，我并没有认出来哪个是年轻时的乔治。

"他啊，搞成这个样子，都是因为一个中国女人。"芭芭拉一边替乔治的胳膊做按摩,一边说。

"为什么?"我站在一旁问。

"四年前汤姆大部分时间都住在密尔沃基,他给老乔治请了个全职保姆。我见过她,她几乎都不太会说英语!后来我却听说,老乔治爱上了她。他也许想着等自己老了找个伴儿。没准儿还求婚了呢。"

我在芭芭拉语气里似乎听到了一些醋意。"然后呢?"我问。

"呵,"芭芭拉鄙夷地笑笑,"然后她跑了。带着他给她的所有的钱。"

"跑了?"

"嗯。这可怜的老头子被气得中风,送来医院。后来脑子就不好使了,一年比一年糟。"

"乔治,你骨子里是个坏男孩。还记得以前你总是趁我转身给你准备药时掐我的屁股吗?无情的家伙,现在什么都忘了!"芭芭拉大声说。

这时,目光直视前方的乔治突然呵呵地歪嘴笑了笑,好像听见了什么好笑的事。

我有时候总觉得他每句都听见了,理解了。他故意装聋作哑,是为了骗我们在他面前说得更多。

但当真的有必要说话的时候，乔治还是会勉为其难开口的。比如那一天，当我用电推帮他理完发，收拾干净阳台地上的发碴儿时，突然听到一句嘶哑干涸的声音，仿佛是从某个沙漠里传来："我又忘了说'谢谢你'。"

6

我喜欢水镇的原因之一是，这里有柏林先生。他有一头带卷的黑头发。眼睛是灰蓝色，像夏天明澈的天空。

我第一次见到他是在超市里，他买了一块牛肉和一个冰激凌蛋筒。我在他身后排队。他个子真高，瘦瘦的，穿着球鞋。二十二元。您看，我连那块牛肉的价格都记得了。他掏出信用卡付钱。

离得近，我在他身上能闻到一种气息，也许是香水？那一定是海洋调的。

他走后，我发现收银员红着脸，和对面另一个女收银员会心地对视一笑。

他为什么如此起眼呢？也许因为没有一个成年男子会一

边提着购物纸袋,一边旁若无人地在大街上专心致志吃着香草蛋筒?

那天清晨我带乔治在后花园晒太阳,一抬头发现他竟出现在隔壁的阳台上。他是汤姆家的邻居!他赤裸着上身,微黑的皮肤在晨光下晶晶发亮。我仰望了一会儿,想和谁分享这个消息,可乔治已经打起了瞌睡。

媞娜依然坐在阴凉处,读一本英文书,书名似乎叫《罗丹岛之恋》。

他叫格拉特,这是我后来从小莉那里知道的。他的房子与汤姆的毗邻,高深宏伟得像一个城堡。他一个人住,只有一个巴西女人每周三次替他打扫卫生。听说有人问过巴西女人,房子里面是不是藏了蝙蝠,结满了蜘蛛网。她高傲地维护他道:"不。柏林先生是一个爱干净的男人。"

您发现没有?一个人没有出现在您的视线时,他是不存在的。但他一旦引起了您的注意,便似乎无时无刻都会出现。自那以后,我经常能见到格拉特。我也留意到,无论他走到哪儿,背影上总有女人留恋的目光。

水镇上的男人多半是英国后裔,都和汤姆一样,软绵绵的金发,淡淡的和肤色融为一体的橙色胡子和体毛,在小镇安逸的生活中积累了一身肥肉。听说格拉特的母亲有意大利和希腊的血统,而父亲是斯堪的纳维亚后裔的美国人。他身上调出了某种与众不同的气质。

柏林先生很年轻便成为纽约爱乐乐团的首席小提琴手。只是后来患了抑郁症,才在鼎盛时期离开了乐团,回到了祖父母曾居住过的水镇上。

我离柏林先生最近的一次,是在纳森古董店里。

店铺关出了屋外喧闹的阳光,幽暗得叫人发冷。

"你真有眼光,媞娜。"纳森从柜台里小心翼翼取出一枚胸针,"它是18世纪的作品。你看蜥蜴背部,是斯里兰卡蓝宝石。它的眼睛多么有神啊。"

他把胸针拿到灯下。蜥蜴的红眼睛发出诡异的奸诈的红光。"这是一个太太上周刚拿过来的。这是她婆婆留给她的,她找专家估过价。她现在缺钱用,所以想卖了。"

"可为什么上面没有标价呢?"

"因为,"他笑了起来,"这个价格确实有些高,怕标了价以后都没人敢把它拿出柜子看了。"

"多少钱?"

"唔,"他清了清嗓子,"四万六千六百美元。"

"唔。"媞娜拍了拍胸口,又再次拿起了胸针,放在掌心里。她的黑色蕾丝手套像蜥蜴的小窝。那只蜥蜴仿佛活了，吐着血红的舌头。

"我买下来。"媞娜说这话时，连老纳森都惊了一下。他眯着眼睛看着眼前的美人儿："太太，您是付支票还是刷卡？"

"支票。"媞娜从包里取出支票本，正要提笔写时，纳森突然说："请稍等一下。我想起来我需要打个电话。这胸针的主人曾让我在卖出时通知她一下。不管怎么样，过一会儿，它的主人就是您了。"

他眨了眨左眼，跑进了丝绒幕帘后。临走前没忘记从媞娜手上要回胸针，锁回柜台里。

我问媞娜："你真的有那么喜欢它吗？"

"它不好看吗？"她反问我。

"好看。但我猜，你应该已经有许多类似的了。"

媞娜焦虑地往丝绒布后望了望，又对着镜子轻轻顺了顺口红。屋顶的射灯正照在她雪白的胸脯上。

"我是有许多胸针，但它们每一件都有小小的不同。"

这时，店员走了出来，一脸尴尬，甚至不敢直视媞娜："对不起，那位太太改变主意了，她不想卖了。"

媞娜试图出更高的价格，但显然纳森知道电话那头的意愿，甚至拒绝做更多的尝试。就在这时，门后的铃铛响了，有人推门而入。

格拉特走了进来。

浅灰色衬衣衬着他留着青色胡茬儿的下巴，他深邃的眼睛藏在眉毛落下的阴影里。他看见我们时，确切说看见媞娜时，眼珠子似乎震动了一下。可以理解，人们的目光总是被漂亮的先吸引住，无论是一条挂毯，还是一个雕塑。但是他只是这么从我们身边经过了。

"那是我们的邻居。"出门后，我提醒媞娜。

"是的。我知道他。那个意大利人。"她心不在焉地回答，似乎还沉浸在没有买到胸针的懊恼中。

7

那天媞娜出门前把她的驾照忘在了餐桌上。1972年5月29日出生，身高5.4英寸，体重126磅，姓名Wang Wenting。

我当时立刻有了一个念头，上Google去调查媞娜的过去。II，我想您可以理解女人的这种心理。她们常常把爱和好奇混淆，也常常把好奇和嫉妒混淆。

当我输入英文名,找不到可能是媞娜的人时,我并不觉得意外。很多人在网上的历史一片空白,只有死后才能让人找到一则讣告。

但我不甘心,又试试输入中文"王文亭+美国"或者"王文婷+美国"。出来的信息虽然不少,但依然没有一条可能和媞娜有关。有一家经营进口日化用品的小公司的女董事长叫王文婷,她的业务和美国有些关系,但主页上的照片和媞娜毫无相似之处,况且人现在也生活在北京。最后,我只好放弃。

大约一周之后。

有天清晨,我在媞娜宝蓝色连衣裙的胸口发现了这枚胸针。当时她正对着门厅的镜子调整她的大檐凉帽,胸针在镜子里折射出刺眼的光芒。

"她最终还是卖给你了?"我惊异地问道。

"是啊。"她心情不错地笑答。

"你真是个幸运儿,要什么都能得到。"我说。

她歪着头想了想,说:"也许是我比较固执。我无法接受'不能得到'这个想法,光是这个念头就会把我搞疯的。"

"唔,你是媞娜,你有条件得到一切。可我呢,我只会劝慰自己，让自己放弃这个念头。我告诉自己，你并不需要它，它不好，一点都不适合你。然后，我就觉得自己终究胜利了。"

媞娜用略微沙哑的嗓音，像励志节目主持人一般鼓励我："只要你足够努力，总能得到的。相信我，人们通常得不到，总是因为他们觉得付出的代价和得到的不成正比，所以放弃了。说到底，他们还是更爱自己，而不够爱那样东西。"

唉，H，我现在又想起她当时说这句话时的样子了，和她胸口的蜥蜴如出一辙地狰狞而美艳。

您让我怎么能不怀疑呢？您让我怎么能不相信，这个女人又一次得到了呢？

8

小莉自然也告诉过我关于老乔治从前保姆的事。小镇上能有什么秘密？如果不是每隔一两年就会出一件类似荒唐的闹剧，供他们嚼嚼舌根，所有居民都会无聊至死。

只不过，不久后的下一出闹剧还是出现在汤姆家里。

那个阿姨脾气倒是不错的，挺和善，山东人，在乔治家干了两年。她那时候常来我们店订餐，连老乔治也喜欢上了中餐。我和她聊过一些。"她从厂里退休了，听说美国钱好挣就来了。我问过她子女。她似乎不愿意多谈，好像她女儿是开什么公司的。至于他们说她拿了钱跑了，这种家事谁说得清？没准儿乔治虐待她了呢？她一个老妇人，除了嫁给乔治还有什么更好的选择？偷了十来万美元有什么用？还不如留这里和老乔治吃香喝辣。"

"嫁给那个快死的老头有什么好？就因为是白人？小莉的哥哥又冷不丁地插话。白天给人当用人，晚上还要陪睡？"

小莉没有理睬她哥哥，而是在她那条粉红卡通猪围裙上擦了擦手，说："我想起来有次餐厅店庆，找了一些老顾客来领礼品，我哥还拍了照片呢。"

说着她从收银台抽屉里翻出一张油腻的六寸照片。

一群人在排队，好几个我似乎遇见过，队伍里有一位约六十岁的大妈，穿着橙色绸衫，一头中国妇人的短鬈发堆在头上，衬出肥墩墩的下巴。

"这照片能给我吗？"我问小莉。她警觉地问："你要用来干吗？"我道："我想给媞娜看看，她也好奇这妇女的模样。"她不太痛快地答应了，让我用完还给她。

我兴奋地跑回家，关上房门。当只有我和乔治在一起时，我把照片放在了乔治手里。

"乔治，快醒醒，你还认识她吗？"

H，当我告诉您我的这个举动时，您一定又气得大骂：你这个邪恶的女人！疯子！唔，我不在乎您怎么看我，反正您也不爱我了。

乔治垂下头，看着手上的照片。他的眼睛混沌一片。他的喉咙开始发出咕噜咕噜的声音。老鸽子没法再继续装睡了，哈哈。他伸出两只手一把抓住了照片。

他发出了一声低沉浑浊的单词。

"什么？"我没听清楚，蹲在他的椅子旁，观察他的表情。

"她在这里。"他这么说。

"她走了，"我反驳他，"她离开了你。"

"不，她在这个房间里。"他摇摇头，肯定地说。

"你糊涂了。"我再次反驳。

他的视线慢慢抬起来，盯着我的脸。我在两摊浑浊的液体里，什么都看不到，甚至看不见我自己的倒影。这是一间被荒废四年的屋子，再也没人能擦干净那两块窗玻璃了。

就在这时，他突然伸出手掐住我的脖子，整张脸扭曲了，闷声闷气地吼叫着："是你！你在这里！是你！是你这个bitch！说谎的女人！你应该下地狱！！"

我从没想过一个老人的手，平时连一杯茶都端不稳，此刻会如此有力。一把冰冷僵硬的钳子，死死扣住了，再没人能把它打开。

我感觉热血在往脸部冲，整个脑袋开始发烫。"放开我！"我拼命往后挣扎，直到听到一声巨响，老乔治从椅子上摔了下来。

退伍老兵的手终于慢慢松开了。

我惊恐万分，捂着疼痛的脖子，瞪着乔治庞大的身躯在地板上痛苦地抽搐。这是中风吗？不要死。老头儿，不要死，你死了，我就失业了。我还有两个月的工资没拿呢！我一边咕哝着，一边扑向电话机，拨打了911。

9

老乔治没有死。第二天我和媞娜去看望他时,一直提心吊胆,怕他突然惊醒,恢复了说话的欲望。

幸好,老乔治看似已经不计前嫌,忘记了这一切。他快乐地坐在轮椅上,抱着媞娜送给他的一只充绒猴子,像一个发育过度的五岁孩子。媞娜则穿着高跟鞋,优雅地推着轮椅,扭动着屁股,穿过草坪,接受病人们的注视。

当只有我和芭芭拉在病房里时,她严肃地看着我问:"到底发生什么了?肯定有什么事刺激了乔治。"

"不,没有。"我说,"他只是突然睁开眼睛,看到了我。他一直说着'是你,你在这里',然后卡住我的脖子。"我做出被掐脖子伸长舌头的样子。

芭芭拉嘘了一口气:"唔,原谅他吧。他也许把你当成了那个女骗子。在美国男人眼里,你们中国人、韩国人、日本人都像一个模子里出来的,不管年纪差多少。"

就在那个下午,我跑回家替乔治拿他的外套时,听到了另一种声音。

我慢慢摸索着楼梯，上了二楼。"吻我，吻这里，我喜欢你的嘴唇。我想我是爱上你了。你是那么温柔。看着我，看到它了吗？"门后是她凌乱的呻吟。

男人很安静，只是哼哼着。我想知道和她在房间里的人是谁，因为汤姆昨晚去了芝加哥。

我回到医院给乔治削苹果时，一边和他讨论这个问题："乔治，你猜媞娜会和谁在床上呢？水镇上的每个男人都想要媞娜吧？你呢，你是不是其中之一？你可是上过战场的人，一定也泡过不少妞吧，干吗装得那么害羞呢？"老乔治只是望着我手上的苹果咽口水。

那晚回家后，我看到迈克正从后花园放猎枪的小木屋出来。"迈克，"我向他打招呼，"你什么时候回来的？你有木屋的钥匙？"

"是啊，我一直都有，我去里面找个修车的工具。"他那件邋遢的T恤已经湿透了，他用衣尾擦了擦额头，又是那一脸傻笑，"今天天气可真热啊！"

"是啊，汤姆去芝加哥了。那里一定更热吧？"

"唔，我听说了。"

他似乎不愿意和我多啰唆，蹲下来开始修理他的玩意儿。

10

水镇的6月底又像往年那样迎来了麦城爱乐乐团的巡回演出。镇中心那栋大部分时间都大门紧闭的古老音乐厅从月初开始就在为演出做准备了。而水镇上那些百无聊赖的老女人们,也早在几天前就开始考虑穿哪条裙子才能在熟人相聚的场合不会被别人盖过风头。于是那天下午,主街上尽是晃悠着穿西装的男人和盛装打扮的女人。因为天气热,他们只好钻进两旁带冷气的冰激凌店和咖啡店休息。

那天的媞娜戴着一顶系橘色丝带的草编凉帽,一副白色蕾丝手套,蓝黑色印花裙子,像90年代初的海报女郎。

在得老年痴呆前,乔治每年都不缺席交响乐会,这次也不例外,于是我也被顺带捎上了。在入场前,大家照例先在大厅喝一杯香槟。我们身旁的演出海报上,写了一行小字:格拉特·柏林将和麦城爱乐乐团合作,参与部分演出。这是他近十年来首次登台。

身后有年轻女孩在议论格拉特。

"反正我今晚是为柏林先生来的。"

"水镇上的哪个女人不是呢?"

"每个女人都爱他。他太帅了,人又和善,又富有。我在想水镇上谁能配得上他。"

"他本来就不适合水镇,这鬼地方真要把人逼疯了。我希望明年能去芝加哥找个酒吧服务员的工作。"

"告诉你们,我经常在街角那家意大利餐厅里遇见他。上个礼拜,我穿了条红裙子经过他身边,他冲我笑了!"

"骗子!他才不会冲一头猪笑。"

这时,一个老女士忍不住插话:"你们的柏林先生唯一不好的是,他从来不去教堂!"

格拉特在中场休息后出场,全场屏息凝神。他的薄嘴唇专注地抿着,即便隔很远也能看见他的睫毛像瀑布似的垂下来,随着《斯拉夫舞曲第八号》的乐曲快速颤抖。

我向侧前方望去,媞娜专注地盯着舞台。我从没见她的表情如此严肃,她皱着眉头,仿佛在听人讲述一件重要的事情。她身旁的汤姆眼神迷离,或许正想念前天的妓女,并在脑海中随着强有力的音乐节奏,重温一次次撞击。再看看身边的老乔治,他那双平时缩在大腿上的毛茸茸的大手,此刻有力地抓着轮椅的扶手,眼睛直盯着舞台,喉咙里咕噜噜直响,似乎想要说什么。

后来,汤姆真的睡着了。媞娜啊媞娜,赶紧捅捅他,谢幕时间到了。音乐家们在掌声中一次又一次回到了舞台上,但柏林先生再也没有出现。

11

当知道芭芭拉最近一个星期都会去媞娜家照顾老乔治时,我提出回麦城一趟。就是在我赶回水镇的那天,大约在我开了三分之二行程时,我从收音机广播里听说了那个新闻。即便已经六年过去了,它依然是水镇近三十五年来最大的新闻。

三十五年前,一个五十多岁的家庭主妇捅了丈夫六刀,任他躺在浴缸里流血过多致死,原因是她发现这位最虔诚的基督教徒、这个所有人都称赞的好先生,私藏着一本秘密日记,上面记载了他每次去外地出差时嫖妓和去酒吧找一夜情的经历。

而三十年后的那一天,广播里只是笼统地提到,水镇那户造价最高的豪宅内清晨发生一起命案，一个男人开枪把另一个打死，嫌犯已被及时赶到的警察控制住。目前死者身份和杀人动机等都不清楚。

我的心剧烈地跳动，握方向盘的双手开始发抖。这种兴奋是完全没有立场的，我既不感到悲哀，也不感到害怕，只是感到像一个正常人嗅到点儿大新闻时都会有的焦虑和兴奋。

我当时就可以确定，汤姆已经不在人世了。虽然这么说有些马后炮，但我还是想说，几乎从见到媞娜的第一天起，我就知道这样的生活不会是常态，必定有什么事会发生，打破这个僵局。

唔，等我开近媞娜家时，便看到了黄色的警戒线、警车、记者和围观的居民们。随后我遇见了芭芭拉和乔治。乔治几乎像一个石雕，坐着一动不动。芭芭拉说："他吓坏了，这可怜的老男孩。我进去救出他时，他独自躲在角落里，不停地念叨着，是她，是她，是她。"

是的。汤姆被射了两发子弹，附近不少居民听到了枪响。一发穿过他的心脏，一发打碎了他的肩胛骨。房间里到处是血。是他最信任的修理工迈克干的。"迈克没有逃走，我看到他被警察带走了。"芭芭拉道。

"媞娜在哪儿？"

"她一起去警察局了。这可怜的女人也被吓傻了，她全程都看到了。"

那两天，我一直没能有机会和媞娜说上话。倒是在咖啡馆里、餐厅里或者超市里，我听到到处有人在谈论这件事。对于这案件中最精彩的一小部分，也是上不了台面的那部分，他们在聊天时会刻意触及，却又不明言，只是耸耸肩，或者给出一个暧昧的眼神。

在两声枪响后，媞娜裹着睡袍冲出了房子。嫌犯，也就是水镇上人人都认识的老邮递员的小儿子，随后也退出了房子，手里握着一杆猎枪。他后来对警察说，当时他听到媞娜喊救命，便拿了猎枪进了房子，上了二楼，正好看到媞娜冲出房间，说汤姆手上有刀，要杀了她。随后他朝正要追出来的汤姆连发两枪。他没解释为什么非开枪不可，似乎只是因为一时头脑发热。但在被捕时，他不断对警察强调，他是正当防卫。

水镇居民无所适从了。从理智上来说，他们也认为这解释不通。为什么他手上正好有一杆猎枪？为什么要朝一个距离自己还有几米远，且只有一把小水果刀的人发射子弹，而且是两发？这不像正当防卫，更像是蓄意谋杀后编的借口。

如果是女主人和这男孩私通呢？如果是他们联合导演的一出鸠占鹊巢的戏呢？可媞娜的证词却否定了这一点。

她在警局哭红了眼睛，反复表示她当时只是和汤姆在玩一个"游戏"。游戏这个词能叫水镇上所有的居民脸红。他有时候是有点暴力倾向，但大多数时候他会适可而止。而她，并不讨厌这样。那天他拿了把刀子，确实把她吓坏了，她也许说了点什么，比如"不要这样，汤姆"。但她并没有大声呼救，所以按照常理，院子里的人不可能听到她的声音。

迈克一定当时已经在房子里了，甚至可能正在偷听他们做爱。然后他借题发挥，冲进房间，打死了汤姆。至于他为什么要这么做，媞娜不好意思地说，她认为这傻子爱上了她，就算谈不上爱，至少对她着迷了。因为她发现在他送给她的生日礼物——一只手工玻璃杯的杯底，有一个镶嵌的单词"LOVE"。

大家又点头。迈克，不会狡猾到蓄意策划阴谋。他只是一个从小就不聪明的笨男孩，一个在水镇上找不到女朋友的单身汉，因为爱上了一个不该爱的人，在冲动之中犯了罪。虽然芭芭拉不喜欢媞娜，但她似乎也更容易接受这个版本。

当然，还有第三个版本，在一些太太们中流传。杯底的LOVE根本证明不了什么。是这个妖娆的中国女人先勾引了男孩，并唆使他这么做的。她策划了一切，然后便翻脸不认人了。她是个婊子。她那张几乎完美的脸，看着就让人觉得虚伪。

有人反驳说，可她为什么要这么做呢？汤姆不是她的钱袋吗？

另一个回答，汤姆死后，她将继承大笔的遗产和保险赔款。你们猜猜这数字，三四百万美元有没有？虽然老乔治还活着，但钱对他有什么用？连过去最喜欢的雪茄和伏特加他都不消费了。这个不知道从哪儿冒出来的中国女人，在六个月后摇身一变，成了水镇上最富有的女人。她尽可以卖掉房子，带了钱，去她想去的任何地方，做她想做的任何事。

老乔治啊，可怜的老乔治，那天上午只有你在家，你又听到了，看到了什么呢？你可不可以告诉大家，究竟哪一个版本是对的呢？让我们来下赌注吧。

12

第三天,媞娜把我叫去,感谢我过去两个月对乔治的照顾,支付了我一笔不菲的薪水,并通知了我一周后的葬礼。她的眼睛被泪水长时间浸泡,肿得像金鱼,也像一个称职的遗孀。

葬礼的那天阳光明媚。媞娜身着黑色的裙装,黑色的手套、黑色的皮鞋,庄重得像个女王。当她得体地站在墓园边,宣布她绝不会丢下汤姆的父亲不管,而是会留在水镇照顾老乔治时,周围人无不唏嘘感动。

我远远地望着她,她身上竟然已全然不见第一眼时的廉价感。那近乎自虐的儒家妇道和她那舞台感十足的性感,巧妙地结合在一起,能叫所有美国女人汗颜。那几个在背后打赌媞娜会把乔治扔进孤老院,自己带了钱财一走了之的美国太太们,此刻也显得表情尴尬,仿佛被扇了响亮的耳光。她们预料到回家后,各自的先生一定会说:"歇歇吧,别再污蔑这个可怜的女人了,你们只是嫉妒她的美貌。"

给第三个版本下赌注的人输得一干二净。这女人留在了水镇，所以动机不存在。

那天的老乔治穿了套纯黑色西装，模样很精神。在葬礼的前半部分，他都显得无动于衷。只是在牧师念完追悼词后，他才突然捂住脸，哭了起来。只可惜老人的眼泪已经枯竭了，流不出一滴泪水，只能从嗓子眼儿发出一些干号。

大家同情地望着他，可怜的老头儿，这么多天来，他终于醒了，知道自己的独生儿子死了。幸好，他有一个好儿媳，会给他送终。

当媞娜从我手中接过轮椅时，我看到乔治的肩膀哆嗦了一下。我认为他想说什么，可是晚了，一切都来不及了。

媞娜蹲下身，掏出她包里的纸巾，细心地替乔治擦去口角的涎水。而乔治只是垂着视线，专注地看着她的头发，噢，那里新长了一根白发。

那一天，深居简出的格拉特先生也出席了葬礼，但他的光芒被伤悲而坚强的媞娜掩盖了，并没有太多人注意他。葬礼结束时，他走向媞娜。他们远远地站着交谈，媞娜又低下头抽泣，格拉特把手轻轻放在她的肩上。

13

我回到麦城上学。媞娜给的酬劳,让我偶尔还能在周末去美容店做美甲。有次一个西班牙裔的女孩一边为我涂上紫色指甲油,一边与我聊天:"你的皮肤保养得真好,只有看你的手呀,才知道你也是快三十岁的人了。"

我低下头仔细看自己的手,发现手指上长满一条条皱纹,汗毛下有一些褐色斑点。"我其实并不怎么做家务呀。"我惶恐地说。

"这是没办法的事,"她安慰我,"做什么不要用到手呢?哪怕你不干脏活粗活,但就算敲个键盘或者数个钞票,都能让手一天天变老。就算你从头到脚整了容,你的手没法改变,也藏不起来,总会泄密你的真实年龄。"

就在那一秒,一个念头让我浑身哆嗦了一下。我突然又想起了媞娜各式各样的手套。我从没见过她的手——

假设她和格拉特不是相遇在四个月前,而是四年前呢?假设她太想要得到这个蜥蜴胸针,而不计代价呢?

这么多年过去了，每每想起这个念头，无论是在1月的暖气中还是6月的艳阳下，我都会立刻感觉背脊发冷。

我重新打开北京那家化妆品公司的网页。名叫王文婷的女老板今年三十五岁，一个被母亲偷走了名字和年龄的女人。

H，我知道，您又开始嘲笑我的想象力了。您总认为我的大脑里的世界缺乏逻辑，就像失了控的陀螺。可您不知道，疯狂的陀螺也有它旋转的逻辑。就像一个重度老年痴呆患者，遗忘哪一部分的自我也遵循一定的逻辑。

为了向您、向我自己证明我所认知的真相，在第二年的5月，我回到水镇。我站在马路对面，望着那栋漂亮的红砖白窗房子。门口草坪上自动洒水机正在喷水。不远处，格拉特的家露出像城堡一样的尖顶。

我又回忆起去年葬礼上的一幕。阳光明媚，微风习习，他们站在一棵大橡树下轻声交谈，看起来是那么般配。

我终究没有上前按门铃，也许是害怕面对媞娜完美的面具吧，也或许是因为收过她一笔不菲的佣金，不好意思再去刺探她，我转而去"中国厨房"吃午饭。餐厅的招牌已经拆了，店内一片狼藉。小莉的可可正在收拾东西。他一眼认出了我，说："生意越来越糟，我们上个月关了店，打算搬家去洛杉矶了。"

闲扯了几句后,我问他老乔治死了没。

"老家伙没死,但听说他脑子已经彻底坏了,连吃喝拉撒都要人服侍了。估计挺不过几年了。"

"那媞娜呢,她再嫁人没有?"

"在这卵大的地方,她能找到谁?"他反问我。他对这个辜负了他并将要被抛弃的小镇充满了不屑。

我向他告别,出门后坐进车里。我固执地相信此刻媞娜和格拉特正在泳池里嬉戏,而老年丧子的老乔治正坐在阳台上观赏呢。这才是一部小说应有的结局吧。

重度痴呆才更好。我心想。这样,他就会忘记她从前的面孔,忘记她带口音的叫床声,忘记她头顶那一根刺眼的白发,也忘记他自己是谁。

假设某个清晨,他偶然记起了战场上杀死的某个人,和换了张面孔回来的坏女人,他一定会觉得生活真他妈好笑。然后,他会死于一片混沌,这未必不是好事。

我的心情又明朗了起来,发动了汽车。

可怜的老乔治啊,祝你有个丰富的晚年!

艾米回家

1

刚踏进米奇酒吧,我就注意到一个独自坐在吧台前的背影,高大、蜷缩,穿着绿色格子衬衫。

我和朋友坐在门边聊天时,眼睛忍不住一直瞟向那个沉闷的背影。我也说不上来为什么它看起来很熟悉。直到他转过身去洗手间,我才认出来,他是杰克。

杰克的嘴唇动了动,显然已经叫不出我的名字。我提醒他:"我是净。你和艾米租过我的房子,还记得吗?艾米好吗?"他的眼睛缓慢地眨了一下,流露出退缩的神情,吐出几个字:"她在家。"

周二的下午三点半在外面喝酒,证明杰克很可能不用上班,或者失业了。他的络腮胡子像废弃房屋前的草地一样缺乏维护,看起来陡然老了五岁。

"你对艾米一无所知。"他一屁股坐回高凳上,突兀地说了一句。

认识艾米是在去年三月初,刚刚下了一场大雪。美国中西部的这个时节,市民生活静若死水。他们总要等待气温转暖,绿树发芽,才开始着手做什么。

这里是大学城。你如果碰巧像我一样打算出租一间房间,最好是挑选在五月,因为几乎所有的旧租约都是随着五月学期结束而结束的。所以当我三月在租房论坛上发出招女室友的帖子时,我并不抱太大的希望。

回信者们完全无视我的性别要求。有的男性强调他们多么爱干净,生活习惯比女人更女人;有的则写信吓唬我,说我性别歧视,会让网站封掉我的账号。

直到有一天,我收到了杰克的信。他说他在替一个女性朋友找房子住。他用的是工作信箱,落款有他的Linked-in链接。我点进去看了介绍,他和我一个大学毕业,在芝加哥大学读的MBA,现在是一家IT公司的技术主管。

他们当晚来看房,一个穿棕黄色呢子大衣的白人男子,身后跟着一个娇小的亚洲女人;杰克四十岁,身材壮硕,留着大胡子,但举止斯文,与人对视时甚至有几分腼腆。艾米是越南人,英语结结巴巴,只有一些简单的词汇蹦出来。

艾米看了房间后,似乎很满意。在讨价还价时她提到,她以后每周都会去杰克那里住几天。杰克及时补充了一句:"因为我是她在这里唯一的朋友。"可当我问艾米打算租多久时,她却只是望向杰克,寻求答案。杰克垂下眼睛,咕哝了一句:"越久越好。"

两天后,艾米搬了进来,只有一个小行李箱和一个洗衣篓。杰克写了一个月房租的支票给我。我对两人的关系难免有一些揣测。

戏剧性的是,杰克刚从我家离开,艾米就到厨房来找我,用紧张而蹩脚的英语告诉我:"他不是我朋友,也不是男朋友,是我的丈夫。OK?"

"你们结婚了?"我太吃惊了,立刻问,"可他为什么说你们是朋友呢?"

"他大概不希望外人好奇我们的家事吧。"

我这个外人立刻好奇了:"可你为什么要单独租房子?"

"杰克和前妻有个儿子,五岁了。他儿子不喜欢我,每次见到我都哭闹。是我主动要求从家里搬出来的。"

这段话虽然疑点重重,但我当时却并未仔细推敲。我甚至认为这一切的不合理,只是因为他们不懂如何合理地去生活罢了。

2

自从艾米搬来后,每天早上六点多,我都会被她热燕麦后微波炉叮咚的声音吵醒。翻个身,我又睡着了。等我起床时,她已经去工作了。她一周七天,天天如此,所以我们从没有在早上遇见过。

艾米需要转两次公车去购物中心。她在那里的一家指甲店工作,每天晚上九点多才能回到家。艾米留给我的印象总是灰蒙蒙的一团,深褐肤色又爱穿灰色大衣,戴灰色帽子。可某天晚上,我却被她的美貌震惊了。我正在客厅看书,她刚沐浴完,披着睡袍向我道晚安。她的长发散落了,五官精致,黑皮肤衬得牙齿洁白,面颊上有两个笑窝。那种美带着热带的气息,与这个冷清的雪城格格不入。

我听说美国一些白人男性，通过中介在东南亚和中国寻找妻子。他们常常把只见过照片的女人娶到了美国，被人戏称为"邮购新娘"（现在或许应该称为网购新娘）。但艾米显然不是她们之一。有天我们一起吃晚饭时，她一脸甜蜜地告诉我，当初杰克可是大献殷勤才追求到她的。

艾米有个姐姐嫁到了马来西亚。艾米去找姐姐玩，在她的家宴上遇到了被公司短期派驻马来西亚的杰克。杰克索要她的电话号码，追她一直追到了越南。他们恋爱了。他回到美国后，难解思念，每天都通邮件。最后他去越南和她结婚，把她带来美国。

"这是我们的结婚照。"她给我看钱包里的一张照片。艾米穿了白婚纱，盘发，捧了一束鲜花，杰克下巴干净，穿着西装精神抖擞。两人依偎在一起，温柔地望着镜头。

听到我夸她漂亮，艾米笑得十分甜蜜："杰克很爱我，也很关心我。"

"杰克的前妻是什么样子的？"我不识趣地问道。

"她也是越南人，四十岁了。"艾米不悦地回答，"他们几年前离婚了，共同抚养儿子。"

说起儿子，她又笑了："这孩子长得很漂亮，完全像杰克，不像她妈妈。杰克很爱他。"

照艾米的说法，去年她见到孩子时，他还年幼，对她也很友善。可半年前她和杰克结婚，来到美国定居后，不知道为什么，小男孩突然变得极为恶毒，不仅冲她喊叫："坏女人！滚出去！"甚至从盘子里抓起她做的晚饭往她身上扔。

艾米为了不让杰克为难，主动提出另外租一个地方住。等他儿子不回家那几天，她再回家。我记得他俩之前说过每周会去杰克那里住上三四天，可她来了两周却从没见杰克把她接回去住过。

"你打算要个自己的孩子吗？"我问。签合同时，我在她的驾照上看到她今年三十三岁。

健谈的艾米只是尴尬地笑笑，低头继续吃色拉。

3

这是一次早就计划好的旅行，我和三个朋友驾驶十六个小时去加拿大边境钓鱼，住三个晚上。朋友和我开玩笑，新室友会不会趁我不在家时把家里洗劫一空，一走了之。我给艾米发消息，问她一切都好吗。她回答：一切都好。

可回到家的那个深夜，我却远远看到一辆警车停在车库门口。车顶上的蓝红色灯光无声闪烁着。

我停好车时，又发现正门外停了一辆黑色吉普SUV。驾驶座车门大开，可奇怪的是车上却没有人。我只见过有些送外卖的人才这么干。

我的心扑通乱跳，担心家里发生了比洗劫更可怕的事。我一打开家门，就冲着楼梯大喊艾米的名字。

艾米的房间里传来动静，让我松了一口气。可当她裹着睡袍出现在楼梯拐角时，我优秀的视力却立刻觉察出异样。艾米的容貌完全像变了一个人，右眼鼓鼓囊囊的，眼圈乌黑，半边脸高耸着。这感觉就像看到一个陌生人偷穿了艾米的睡袍。

艾米的眼睛里带着一丝奇怪的亢奋。还没等我发问，她先开口问我："门口那辆黑色的车还在吗？"

"在。你的脸怎么了？"我抓紧机会提问。

"这是杰克干的。"尽管她的右眼只剩一条缝，我依然能捕捉到她说出这句话时的尴尬。

"他为什么这样？"

"我想回家，可是他不让我回去。这个周末我又打电话给他，告诉他，我要回去。他不仅不让我回去，还在电话里吼叫：'永远别回来！这不是你的家！这是我的房子！'"她的身体微微颤抖。

"我对他说：'好，我不回去，但你要帮我把药拿来。我必须吃那个药。'晚上下班后，他就把药拿过来了。"

"他为什么要打你？"

"他把药放在桌上就要走。"我把头转向餐桌，上面的确多了一个药瓶，"我要跟他回去，他不答应。我们争吵起来。他突然发狂了，抓住我的头发，把我按在沙发上。他一边打我，一边嘴里还骂着脏话，警告我以后不要再缠着他。"

我把视线转移到蓝色真皮沙发上。艾米十分娇小，身高一米五，体重八十斤。我不能想象她被强壮的杰克攻击的场景。但愿这件事不会给我以后坐沙发上看书带来阴影。

"美国人太坏了！你知道吗？他不是直接打我，而是抓住我的拳头猛击我自己的脸。"她指指自己骇人的颧骨和损伤的手背，"美国人太坏了！"

"然后你报警了？"

"不，是你的邻居。他打完我就出门了。我冲出去想要阻止他离开，这时刚好你的一个邻居经过看见，便打电话报警了，警察来了，逮捕了他，又把我送去验伤。我刚从医院回家不久。"她的身体还在微微颤抖。

"他以前也打过你吗？"

"是的，好多次。他只要喝多了酒，就会变得愤怒，想把整个家都砸了。以前他每次打我，我都没有报警。因为我爱他，不想他被抓起来，而且他每次清醒后，都会向我道歉，说他爱我。"

这情节好似俗套的社会新闻脚本。一个自以为邂逅高富帅的年轻女人，一时冲动嫁到了异国他乡，却发现了丈夫不为人知的一面——酗酒和家暴。

我拍了拍艾米单薄的肩膀，笨拙地安慰道："别担心，一切都过去了。"

"这整个是一场骗局！他早就计划好甩掉我了！"艾米说出这一句后，才开始哭泣，"他骗我，如果我搬出来住，每周可以回家住几天。可现在他什么都不承认了，也不让我回去了。那天签合同时，你还记得吗？他强迫我在租房合同上签字。"

我记得那天我拿出合同给杰克看。杰克略有些烦躁地读完了合同，讽刺了句："你搞得好正式啊。"他倒也没有强迫艾米签字，只是顺手把笔递给艾米，说道，"这是她给你的合同，我读过了，没问题。你签吧。"

艾米茫然地看着他问:"签哪儿?"他指指那个位置,艾米签下了她的越南名字。

"现在他对所有人说是我自己要搬出来的,说是我要离开他。"艾米说,"但其实一切都是他主导的,找房子,付房租,帮我搬家。"

"我也记得你说过,是你主动要搬出来的。"我忍不住提醒了一句。

"那都是为了'脸面',我不希望你觉得我是被抛弃的。我那时候还相信他。"

"他就是因为你和儿子的矛盾,所以撵你出来的吗?"我总是抑制不了一个侦探小说作者的习惯,想为被指控者找到足够充分的动机。

"他认为什么都是我的错。"艾米抽泣道,"他把和儿子、前妻的矛盾,他的失业,都怪在我身上。我不让他喝酒,他更恨我他已经不爱我了。"

不爱了。我想没有比这更充分的理由了。

4

此事发生后,任何刺耳的门铃声都会惊吓到我。我总是担心杰克回来了。我听说过一些平常沉默斯文的人,冲动时尤为可怕。他这次可以把她打毁容,难保下次不会在喝醉后开枪或者动刀子。为了我自己的安危,我在考虑要不要和艾米中断租约。

早上我想把所有窗户打开透气,走进艾米的房间。这是自她搬来以后,我第一次进入她的房间。我吃惊地发现在床头柜上摆了七八个相框,相框里每一张照片都是她和杰克的合影。

他们在海滩,他们在床上,他们在餐厅,他们笑容满面,无忧无虑。这些照片是谁替他们拍的呢?令我惊讶的是,照片里的艾米似乎怀孕了,身体依然很瘦,但手总是放在隆起的腹部上。尽管怀孕,她依然打扮时髦,烫过的长鬈发,紧身衣、高跟鞋,LV包,和她每天灰蒙蒙的形象判若两人。这是一个我从没有认识过的艾米。照片里的杰克羞涩地笑着,或者只是痴痴地看着她。为什么还要把照片摆出来?它们不会让她更难过吗?

晚上艾米啃着买来的汉堡,对我说:"你不知道我们以前多开心,还一起去普吉岛旅游,住的酒店可棒了。可回到美国后,他就开始酗酒。他不喝酒的时候挺好。可一喝酒,就像变了一个人。"

她脸上的伤消退得很慢,张大嘴咬汉堡时两边的脸不对称,看起来有些狰狞。

"我才是真正爱他的。那个女人整天就知道要钱!钱!钱!"她搓着两个手指,那模样让我想起在东南亚旅游时,农贸集市上的当地女人们讨价还价的手势,"我不需要他的钱。我自己工作,赚很多钱。"

"你现在打算怎么办?"我问她。

"我要上法庭去离婚,我想让他坐牢。"她的语气坚决。

我突然想起了依然留在床头柜上的那些照片。我捉摸不透她的心思,大概是又爱又恨吧?

艾米每天躲在房间里打电话。有天她急匆匆出来,让我听一个电话。她按住话筒说,她想问问那个律师,如果她起诉她丈夫家暴,会有什么结果。可那个公益律师的英语她不能完全听懂。

我拿起话筒,对方是一个老年男性。我重复了问题。他似乎有点不耐烦,大概已经回答了好几遍。

"我看了那些受伤的照片了,他真的把她往死里打啊。威斯康星的法律是不告不理,呵呵,美国只有四个州才这样。如果她告了,他会被判刑,她也可以争取更多经济赔偿。如果她不告,他的逮捕记录保留两年后会消失。"

"有逮捕记录会怎么样?"

"他的雇主能查到,以后填各种表格,都会问你是否被逮捕过,所以你很难带着这记录找一份体面的工作。"

我把这些话用一种最简单的英语复述给艾米听。艾米的眉头紧蹙,若有所思。

"我这次不会再心软了。"她对我说,又像在对她自己说。

"我支持你。"我拉住她冰凉干瘦的手,"不管他怎么求你,别再被他的花言巧语欺骗了。这是他应得的。"

她点了点头,又叹了一口气:"我累了,想回家了。"我理所当然地把她口中的家理解为越南的那个。

可是一周以后,艾米真的回家了,只不过是另一个家。

5

艾米搬走的时候我在学校。等我回家时,她的房间已经被彻底搬空了,地毯吸过尘,好像从没有人住过。我在餐桌上找到一张字条和大门钥匙,看来是她临走前随意写的:净,我回家去了,谢谢你。艾米。

这张潦草字条和她的突然搬离伤害了我。我自以为我和她的友谊足以让我冒着危险接纳她继续住在这里,可她只不过把我当作一个房东。

她怎么可以这么傻相信杰克呢?他一找她求和,她就搬回去了?她的智力真的这么低吗?

我开始担心某天会在网站上或者收音机里听到关于艾米的噩耗。我发许多条短信打听艾米的状况,可她冷酷无情,不再回我的任何消息。而我却偏偏想见到她,就像一个送比萨的,迫不及待要把自己的意见及时送达。

我记得艾米说过,她工作的指甲店在购物中心内。虽然她脸上的伤未痊愈,很可能不会来上班,但我还是想碰碰运气。我在购物中心里兜了一圈,找到一家叫天堂的指甲店,里面好几个东南亚女孩在替人涂指甲。她们中的大部分应该是几十年前移民过来的老挝二代。我问店员有没有一个叫艾米的在这里工作,他们说她三月二十日就辞职了。真巧,就是在我出发去加拿大边境钓鱼的那一天。

我在回家的路上一直寻思着还有什么线索能够找到她。突然,我想起来曾拿手机拍过一张艾米的驾照。我立刻打开手机相册,果然,驾照上有一个地址,看起来离我家不远。

这是一栋低调的二层楼房子,外观近几年整修过,灰蓝色瓦、白墙,门前草坪上种了一些天竺葵和郁金香。我在门前站了一会儿,窗帘内透出灯光,有影子在客厅里走动。

我在路灯下徘徊了很久,终于鼓起勇气上前按了门铃。"请等一下。"一个女人的声音,令我既紧张又兴奋。随后,门打开了。等等,她不是艾米。

开门的女人是东南亚裔,看起来比艾米年纪大一些,又瘦又高,扎着马尾辫。第一眼,我就猜到了她是谁。很奇怪,在她的黝黑肤色下我却能感受到一种高冷的气质,和这个白人占大多数的城市温度相同。掠过她的肩膀,我看见一个五六岁小孩安静地坐在客厅地板上,盯着电视里的动画片。

她问我找谁。我觉得此刻说出艾米的名字是不恰当的。

"我找杰克。"我脱口而出。

"他现在不住在这里。"她的脸上显示出一丝决绝，"你是谁？"

"我算是他的房东吧，他还欠我房租呢。请问他从警局里释放出来了吗？"

"是的，我把他保释出来了，但他没有再回家。我现在只是通过律师和他联系。"她说话时胸口起伏，似乎在压抑情绪。

"那么，他现在和艾米在一起？"我试探着问。

"我不认识那个谎话精。"我刚想再发问，她已经不客气地关上了门。

我怔怔地在门外站了一会儿，才带了满腹疑问打道回府。

到家门口时，我看见住在西边的乔又溜出来抽烟了。他的房子的地基格外高，像建在一个小山坡上。他喜欢站在家门口的门廊上抽烟，远眺前方的树林。我和他打了个招呼。

"嘿，你的越南室友怎么样了？"他大声问我。

"她搬走了。"我停下来，回答他，"对了，谢谢你那天替她报警。"

"你搞错啦，不是我报的警，是住在背后的施密特。我只是后来听我太太在议论这事。其实，我那天下午就看到那个女士了。"

听到这句意味深长的话，我抬起头看他，并用手挡住刺眼的夕阳。

"我当时就站在这里抽烟，看到她从你的屋子里走出来倒垃圾。她戴了个口罩，露出的一只眼睛肿得像荔枝一样。"说完，他神秘地眨眨眼睛。

"下午？你搞错了吧？她丈夫晚上才来找她呢。"我说。

"这我知道。"他又抽了一口烟，"所以这不是证明这个女士太傻了吗？她怎么不吸取教训呢？之前已经挨了打，怎么还会放他进屋里去？"

这刺目的夕阳让我几乎瞎了，除了一片金色什么都看不见了。

但我似乎还能看见艾米那个傍晚推门进来，卷进来一股冷气。她的双手各提两个超市纸袋，大衣和绒线帽上粘满雪花，脱下帽子叹了一句："真累啊。"

6

"你并没有动手打艾米,对吗?"我在杰克身边的高凳上坐了下来,点了一杯和他一样的伏特加加冰块。

"她让我拿她吃的常用药给她。我走进客厅,一看到她那张脸,就吓坏了。"杰克摇晃着酒杯里的冰块,说,"我问她是谁干的,她说是我干的。我说:'你疯了吗?我从没碰过你。'可她却开始尖叫。我知道不对劲,立刻退了出来,但她却在马路上抓住我衣服不放。然后就有了报警和逮捕的事。"

"我猜到这一切了。然后她以撤诉来要挟你接纳她回家,对吗?"

杰克沉默不语。"可是我不明白,她是你妻子,你为什么不让她回家?"

"妻子?你在说什么?"杰克惊讶地盯着我,他的眼神里明显写了对愚蠢之人(我)的厌恶,"那会儿对她来说我只能算作是个朋友,或者敌人。"

"可是难道不是你和你前妻的孩子与艾米起了冲突吗?"

"去年这时候,朱迪才是我的妻子!三岁的孩子,怎么会和艾米起冲突呢?我听不懂你在说什么。"杰克坐直了背,似乎打算要好好矫正我的智力,"我和朱迪是芝加哥的MBA同学。她在我心中几乎是完美的,高智商、善良、有魅力,可她唯一的缺点就是太完美主义了。这有多可怕啊,因为生活永远不可能完美!

"我们同居多年,她都无法怀孕,后来查出来是她身体的某些原因。我倒也并不在意。可她拒绝了我的求婚,因为她执意要有一个我和她的'优秀基因'的混血宝宝。"说到优秀基因时,他举起手指打了引号。

"我们一起在马来西亚出差时在朋友家遇到了艾米,她单身,没有工作,在姐姐家帮忙照看三个孩子。朱迪和她相熟后,突然有个主意,让她替我们代孕。开始我还担心这个提议太冒犯人了,可出乎意料的是,艾米轻易答应了。接着是取卵、人工授精等一堆手术。后来我们听说孩子如果出生在越南,要通过领养手续带回美国很麻烦,还有风险,最佳办法是艾米在美国生产。可她肚子已经大得遮不住了,拿旅游签证恐怕是不可能了,怎么才能来美国呢?"

"于是你和她假结婚把她带来美国。"我接着说。

"没错,我和艾米在越南登记结婚。为了让移民官信任,我们甚至拍了婚纱照。"

"我看到你和艾米去海岛度假的合影,那个拍照的人是朱迪,对吗?"

"是的。"杰克很满意我终于开窍了,"那些可笑的亲热照都是朱迪拍的。回到美国三个月后艾米顺利生产,她拒绝了我们的报酬,我和朱迪十分感激。我答应会和她保持两年婚姻,助她拿到绿卡。所以那两年中,她白天替我们照看宝宝,晚上独自住在一楼客房,我们负责她所有的生活开销。可我们万万没想到的是,两年到了,艾米不肯离婚。她再也不愿意离开我和朱迪的生活。

"我们怎么可能永远三个人在一起生活呢?艾米不懂英文,我和朱迪想了个办法,骗她签了一份伪装成移民文件的离婚协议。之后我们为了躲避她,搬家到了威斯康星州。我和朱迪结婚了,和孩子在一起,像真正的一家三口。但是,这平静生活只持续了一年。今年一月,有天晚上门铃响了。

"没错,艾米回来了。我不知道她是怎么找到我的,现在有了网络,什么人找不到呢?她以妻子的名义要求和我共同生活,我不得不告诉她真相,其实我和她已经离婚了,我现在是朱迪的丈夫。她不信,甚至威胁要和我争抚养权。我们不想闹大,让新结交的圈子知道孩子的来历,只好让艾米以朱迪妹妹的身份先住下来。可自那以后噩梦开始了,朱迪和她、我和朱迪终日争吵。我开始酗酒,还丢了工作,这让朱迪变本加厉地指责我。后来我终于暂时说服艾米,替她在附近另找一个住处。再后来发生的事你已经知道了。朱迪把我从警局保释出来那天,把我所有的物品也从家里扔了出来。唉,她或许觉得只有摆脱我,才能永远摆脱艾米吧。

"最终留在我身边的只有艾米。在我失业的这一年,她打三份工养家。我们现在租了一个小房子,但她毫无怨言。"他苦笑道,"我是不是应该感激她呢?"

"你爱艾米吗?"我轻声问,仿佛会听到什么羞于启齿的答案。

"爱?哈哈哈。"他爽朗地笑道。

她摧毁你的生活,再成为唯一可以接纳你的那个人。她成了圣人,你成了爱人。或许这也不错。

这时杰克举起酒杯说:"干杯。"

"为什么干杯?"

"为了每个家。"他咧开嘴,露出牙齿,却并不是一个笑容。他把杯中酒一饮而尽,站了起来。

"你现在去哪儿?"我问。

"回家。"他答。

机器人35号之死

1

看到马厩门虚掩着,一种不好的预感立刻沉入老吴的胃里。他走到门边,首先在地上发现了咏梅的一个脚趾。他捡起脚趾,掸去灰尘,装进口袋。他抬起眼睛看,满目的支离破碎。眼珠、锁骨、膝盖、毛发散落在草垛和水泥地上,没有血,场面不至于太过难堪。

老吴蹲下身,捧起咏梅的胸腔,把手伸进去掏出一盒卡带。突然他感觉内心凄凉,仿佛是自己从自己的心脏里掏走了什么,一首歌、一个魂儿或者一件秘密。他颤抖着用手背抹去温热的眼泪和鼻涕。

他知道一切已晚，人生不能重来。

2

吴铁生拧紧了35号胯部的螺丝，带他爬上土坡。他们向远方眺望，黄土地连绵不绝，仿佛污浊的大海隔断了外面的世界。近处树林包裹着春水村，树林顶梢缠绕了一层暖色调的炊烟，风吹不散似的聚积着。一排大雁从头顶的蓝天飞过。

吴铁生感觉心旷神怡，扩了扩胸。"这就是咱家的地。"他指着坡下的五亩玉米地。35号微微转过脑袋，朝那个方向望去，他浑身被涂抹了夕阳的金属色，双眼黑洞洞的。

那块地并不大。吴铁生这才注意到邻居的田里都种上了玉米，就他家的还是不毛之地。他惭愧地挠挠头，拍了拍35号的屁股说："回家吧。"

吴铁生把35号擦拭干净后进了屋。永菊的那张臭脸是他预料中的。这倒没什么，他讨厌的是她往桌上摆碗时故意碰出很大的响声。他皱着眉，在心底咕哝：你有啥不满意就说嘛，折腾这些碗干什么？他端起边缘磕了一个小口的饭碗，夹了一把豇豆，猛扒几口米饭。

永菊好奇，她刚才不是打翻了半瓶盐在炒锅里吗？她夹起一根尝了下，立刻朝地上呸了一口："妈的，咸死了。"她抹着嘴站了起来，眼泪涌了出来。

春水村不大，沿田埂走到底便是老吴家，土墙里探出几株向日葵，很好辨认。老吴的院子里养了几十个机器人儿子，不光远近村民，北京来的记者也参观过。走进他家院子像上了外星球，树上爬的、井边滚的、地上蹒跚的，都是形状不明的铁锈物，发出吱吱嘎嘎的嘈杂声。我说的一点也不夸张，你要想去看，我可以带路。

老吴没时间给他们取名字，最初管他们叫大儿子、二儿子，小儿子后来索性只编号码了。村民们对此不满意，他们自发给每个机器人取了名，比如管这个爬墙的叫蜘蛛精，唱歌的是白喉莺。

我每次站在老吴的院子里，总觉得自己每个关节都在痒，恨不得给自己的膝盖也上点机油。

自从半年前开始制造35号后，老吴就闭门谢客了，孩子们若趴在墙头偷看，也会被他用毛竿打下来。村民偶尔见他踩着自行车在村口垃圾堆旁转悠,或者车后座上绑着一个铁皮筒风尘仆仆地往家里赶。女人们替永菊惋惜,年轻时颇有姿色的女人,怎么就嫁给了这么个怯弱无能的混混呢?

此时此刻,吴铁生从桌边站起来,走到抽泣的永菊身后。他想抚摸她颤抖的肩膀,但又害怕这么做,就像害怕去抓院子里的鸡。平日里杀鸡宰羊的事都是永菊做的。

吴铁生从心底深处害怕女人、鸡、羊,以及其他一切行为无规律的生物。他特别恐惧它们温软的身体会突然绷紧,猛地挣脱他的手。他不想勉强任何人。

他退后几步,清了清嗓子道:"别哭了,好吗?现在好了,快做完了。以后你叫我干啥都成。我说真的。"

说完这句,他朝门外望去,天色暗了,有淅淅沥沥的雨声。

35号正背对着门站在屋檐下,歪着乐口福罐脑袋,一个劲儿看雨。

老吴不合时宜地笑了:"这个傻东西。"

3

吴铁生曾是春水村最聪明的人。

现在年轻人念了大学,个个会用电脑,想必比老吴聪明。大家喝酒时议论,老吴生错了朝代。"文革"时吴家成分是富农,加上拥有一台旧收音机,在意料之中被抄了家。吴铁生的父亲被判了九年刑,罪名毫无新意——收听敌台。吴铁生小学毕业就不能继续了,他身体羸弱,又厌恶干农活,常常为了躲避公社劳动而装病。幸好再艰难的日子也总有母亲和两个姐姐替他担着。他闲下来就在屋里摆弄残破的零件,试图把被红卫兵砸烂的收音机装回去,因此掌握了一门手艺。

"文革"结束后,吴铁生依然游手好闲,喜欢找人下棋,听对手认输。他二十多岁了还靠母亲耕种的五亩地养活,只是偶尔被村长叫去修广播喇叭赚些小钱。

永菊清楚记得第一次见到铁生是在一个薄雾的清晨。他敞开白衬衫,挥舞长袖在田埂上飞奔,轻盈得如同一缕白烟。

永菊比铁生大三岁。别看她现在像条晒干的老丝瓜，拿着硌手，但她年轻时浓眉大眼，肩膀滚圆，饱满多汁。她究竟看上铁生哪点？毫无疑问，他聪明，皮肤是村里最白的。他书生气、有礼貌，还有几分害羞。他们谈恋爱以前，铁生只要见了永菊就涨红脸说不出话。

永菊和铁生在婚前只牵过一次手，是永菊主动的。铁生做了一个自动扇风机作为定情信物——两只火钳做的铁臂带动蒲扇前后摆动，比我们现在用的电扇温柔许多。无风的夏夜他们吹着扇风机坐在井边，永菊看着铁生微翘的嘴唇和几根胡须，真想扑上去咬他。可看到铁生受惊吓似的后仰，她又扑哧笑了。

婚后不久，永菊产下一个儿子。男婴在两个月大时，睡了个午觉却再也没有醒来。永菊伤心欲绝，把怨气撒在了铁生身上，回了娘家。铁生亲手为儿子下葬，他抱着不怎么重的尸体，突然觉得人真是脆弱啊。这么小的肉体，哪怕今天不是被一条毛毯闷着了，明天也可能在哪儿磕碰着了。

太脆弱，太脆弱，他叹着气，不敢再想。

铁生为儿子收拾遗物时找到一本捡来的小人书。天马博士也在一次车祸中失去了儿子,他最终以自己儿子的外形制造出了拥有七大神力、十万马力的阿童木代替。

三个月后铁生给永菊写信:"我想和你再有个孩子。"

永菊回来了。她一进门就扑上了床,退去了裤子:"让我们再怀一个。"此刻只有蓬勃的欲望才能克服她对死的恐惧。但铁生只是推开她,一边诡秘地摇头:"不,不,比这更好,我要给你比这更好的。"

永菊不敢相信自己的眼睛,铁生从柜子里拖出了一堆哐当响的铁器。一个废车胎上立着一个铁桶(像是烤红薯用的那种)。它的两侧伸出两根铁钳,铁钳有节奏地挥舞着(天哪,他拆掉了家里的扇风机),铁桶上方是一个乐口福罐子,切开了三个孔。

永菊困惑地转过脸,碰见了铁生骄傲而又急切的目光。

"这是我们的儿子。"他说。

二十多年过去了,老吴已经陆续造了三十四个儿子,却没有一个能让他自己和永菊满意。他昔日清秀的面庞被浮肿的眼袋遮盖,瘦杆身材竟也有了肚腩,而永菊已和任何一个粗糙的村妇无异。

岁月终于让这对人儿没有什么可以骄傲的了。

4

吴铁生希望35号是最后一个。他时常有紧迫感,怕自己再不完工就老了,眼花手抖,永远完不成了。他要在老之前做一个真正像样的、会走路、会说话、会干活的35号。完工后,他要带他去北京,去美国、日本,去世博会、奥运会。他要带它出尽风头。

今天他为35号漆了红色防锈漆。漆干后,他把35号赶进厨房,觉得是时候正式介绍它和永菊见面了。在永菊冷漠的注视下,他打开了藏在35号腋下的开关。35号眨巴着黑纽扣眼睛,橡皮嘴唇一张一合,向前迈出一步。

"你看,他会蹲下来,会站起来,会弯腰,抬腿。"

"这是什么?"永菊朝35号身后一根带滑轮的杆子努了努嘴。

"让机器人直立行走可没那么容易,这涉及重心计算,连人科学家都没研究出来,"老吴挠了挠头,"所以,我给他安了一个尾巴,一个支撑。它本来是海伦酒店门口的栏杆扶手。"他抚摸那根光滑的空心管。

看永菊板着脸,一声不吭,老吴又拿出遥控器,道:"马上给你看更绝的。"说完,35号靠近灶台,抓牢了热水瓶把手,颤颤巍巍地举了起来。永菊想去抢,却被老吴拦住:"嘘,快看。"

35号揭开了瓶盖,拿起热水瓶慢慢移到瓷杯的上方,他晃晃悠悠地倾斜了一点,让两个观众都为它捏了把汗。铁生小心翼翼地摁着遥控器,让热水瓶倾斜、再倾斜,直到成九十度角。滚烫的热水注入了杯口,发出悦耳的水声。

"瞧,它可以帮你做家务。说实话,你生个娃还没这么乖哩。"

这时的永菊已经爆发出哭声:"二十年了!二十年你就给我这么个破烂东西。谁有耐心等他五分钟倒水!"

"会快的,会快的。再给我点时间。"老吴说。永菊在他胸口推了一把,吼道:"滚!滚远点,带着你这些畜生儿子都去玉米地过日子吧!"

这话真的伤了吴铁生的心。他无法忍受永菊当着35号的面骂得这么难听,更无法忍受再和这张臭脸在一个房子里待下去,他决定搬去平泽镇上的二姐家住。

临走前,他把35号抱进了房间,给它穿上自己的夹克衫，戴上老头帽。

"如果你敢把它拿屋外去，我就和你……"他哽住了，把那两个字吞回肚子，头也不回地出了门。

5

今晚暴雨让永菊想起了那个终日潮湿氤氲的国度。这就像是她的前生啊。

那一年，她在平泽镇上的亲戚家寄宿读书，被狂热的气氛感染，主动要求去西双版纳农场支边。她到了那里才知道苦，哭天喊地都回不来了。十八岁那年她和傣族青年好上了，他们滚过满是蚂蟥的河滩、橡胶林、傣庙地板、小沟渠。虽然当时一个月才见一次猪油，他们却有使不完的劲儿。

永菊清楚自己不是永久牌，而是飞鸽牌，一直为或迟或早的别离伤感。虽然有那么一次，当她和傣哥哥赤身裸体躺在月光下时，她也曾想过，就这样过一辈子其实也还行。

自从第一个孩子夭折后，吴铁生再也没有碰过她。如果她靠近他的身体，他会像受惊的猫一样躲闪。在三十多岁时，她动过离婚的念头，但谁都说，看你家铁生多好啊，不喝不赌不嫖，手巧心细，啥都听你的。她也想过找个情人，但这里是春水村。站在坡上望，方圆十几公里就这么十几户人家，去最近的平泽镇要坐七小时的中巴车。村里能干的男人都去城里打工了，留守的只有女人和老人，吴铁生是仅剩的几个壮年男人之一。

今晚的雨下得可真吵闹。突然间，窗外的闪电照亮了房间里一个男人的剪影，让永菊心头一惊。

他当然不是老吴。

他比老吴魁梧、挺拔、有气势，圆圆的大脑袋上戴了一顶帽子。他让永菊想起了一个人。

十年前，三个外地来的驴友在穿越天凉山时迷了路，黄昏时闯进春水村。他们敲永菊的门，请求留宿。那阵子吴铁生去大姐家了，永菊用客房接待了三个年轻人。晚上正在她辗转反侧之际，其中一个爬上了她的床。第二天早上他留给她一百元，她推辞，他说算作前晚他们的伙食费。她留恋过他紧绷的臀部和沉重的鼻息。她以为他会再回来，但十年过去了，再也没有人在黄昏时叩响院门，而她有天猛然发现，自己竟然绞尽脑汁也想不起过路客的名字。

这里是大地的死角呵。没有人会为了春水村越过那片污浊而艰辛的海洋。

永菊披上睡衣爬下床，走到窗边。她伸手拥抱住了黑暗中的男人。岩糯，岩糯，岩糯。她一边低吟，一边摩挲他的胸肌、小臂、臀部以及尾巴。她握住那段冰凉光滑的尾巴时，突然想到了什么。

她坐回床边，拿起它缓缓放入自己的体内。她呻吟着，在接连不断的闪电中浑身颤抖。这久违的充盈感让她回忆起了那些雨雾蒙蒙的黎明，芭蕉叶上的露水和木瓜的气息，一只蚂蟥曾在她高潮那一刻死死咬住她的小腿肚。

第二天清晨她替他装回尾巴，把他的夹克衫领子披好，在他脖子上加了一条围巾。她做这一切时都低着头，不好意思看他的眼睛。

自那以后，村里的女人都注意到了永菊的变化。她们议论她脸上总是喜滋滋的，一离开玉米地，就急冲冲往家里赶，仿似家里藏了个人。

永菊一进家门便拥抱住35号，把头埋进它的怀里，它的锁骨时而硌疼她的耳朵。她用十八岁时尖细的嗓音说话，一边做饭一边和它扯家常，把憋屈了一辈子的心事讲给它听。她也会差使它给自己递盐瓶，在接过时娇嗔："你下次能不能动作快一点呀?"她在家里时开始注意形象,比如睡衣要穿成套的,头发总是梳理整齐。黄昏时她和35号在院子里散完步,不忘替它擦洗脚丫和尾巴。

在月亮升上来后,她紧紧搂住35号的身躯,亲吻它锋利的锁骨,与它相拥而眠。

去年有上海的战友给永菊写信,说起他们一行人在三十年后又重聚勐腊农场。永菊问了一圈当地人的近况,最后才旁敲侧击地问起当年的岩糯。他说这小子过得不错,开了辆福特牌越野车去机场接他们的。他娶了个汉族女人,有两个如花似玉的女儿和一个儿子,承包了几百亩橡胶林。

永菊在收到那封信以后不下十次梦见岩糯,他在梦里还是黝黑、精瘦、十八岁的样子。

6

老吴回来了,因为放心不下他的35号。他甚至担忧永菊已经把它们都称斤卖给了收废铁的老头。但当他推开院门,却吃惊地发现它们整整齐齐排列在门廊前,永菊正在院子里喂鸡。

永菊对机器人的态度发生了一百八十度转变。她每天替它们擦上机油，带它们在院子里活动，当老吴在废弃的马厩干活时，她会端茶倒水，不时提些改进意见。起初这一切让吴铁生感到困惑，但很快他又有几分得意，相信这是自己被压抑多年后反抗家庭暴力所取得的成果。

某个午后他刚要出门，听到身后传来声音："太阳这么烈，你们上哪儿？"

"村子口溜达。"

"等等。"妻子扭着腰跑上来，递给吴铁生一顶草帽，把另一顶戴在35号的脑袋上，并细心地在它的下巴打了个结。

老吴发现永菊现在说话音色都细了，气若游丝一般，脸蛋总是红通通的。他的内心甜蜜，究竟有多少年没见过永菊这么温柔迷人的模样了？

"来了。"村民交头接耳，走到各自的门外张望。有人对35号很失望，你看，这都21世纪了，机器人不应该还长这土样，应该像飞机，或者ET。有些人觉得好，老吴到底牛逼，35号这回真像个人儿了，比老吴更高，更结实，更威风。35号停下脚步朝他们鞠一鞠躬，引来孩子们疯狂的尖叫。

老吴受到永菊的鼓舞后，开始反省这么多年来对妻子的亏欠。他希望加紧完善35号，干出一番事业。他要带着35号和永菊逃离春水村，他要让自己的女人过上好日子。

"来，快过来。"那天吃完早饭后，老吴在院子里朝永菊招手。永菊顺从地走过来，在围裙上缓缓搓着手，显得有几分羞涩。

老吴诡秘地一笑后，35号突然开口了。

这个庞大的家伙竟然摇头晃脑，用比永菊更尖细的嗓音唱了起来："你问我爱你有多深，我爱你有几分，我的情也真，我的爱也真。"

永菊霎时面色惨白："你给他配个女人嗓子干吗？"

老吴扬扬得意："我这次在镇上买了盒邓丽君，现在它能唱歌，会说话了。"

老吴刚转身离开，永菊立马一把抱住了35号，眼泪哗哗落了下来。"为什么变成这样？别怕，别着急，我会想办法。"她紧紧搂住它的脸蛋。

老吴回来了，轻松拨了拨穿在钥匙串上的遥控器，让35号开始唱下一首。

"甜蜜蜜，你笑得甜蜜蜜，好像花儿开在春风里，开在春风里，在哪里，在哪里见过你。"

"走，咱溜达去。"老吴欢乐地拨了拨35号的手。

老吴和35号逛出院门时，那真诚的歌声还在燥热的空气中继续："我一时想不起。啊在梦里笑得多甜蜜……"

永菊追出一步，看着他俩远去的背影。35号的尾巴拖在地上，轮子与大地摩擦。他走得趾高气扬，头都没有回。

永菊感到胃里空落落的，正如同在火车站与岩糯永别的那个凌晨。

7

老吴那天经过邻居的田地，看到一个裸体的年轻女子人偶。她斜躺在田埂上，白皙肤色与黑色大地形成耀眼的对比。她的乳房上沾满泥垢，双腿分开。老吴以前也见过服装店人体模特竖在田地里驱赶鸟雀，但从没见过这一种。他停下来观察了一会儿，伸手捏了捏她柔软的肩膀皮肤。

那天晚上老吴没有回房间睡觉，他在马厩里连夜赶工。他把人偶的皮肤一点点儿剪开。他心情很激动，谢天谢地，它是那么富有弹性！虽然皮肤的面积小，但可以尽情拉伸，而且手感比自己的皮肤更细腻一些呢。

当接触到人偶的下面时，老吴有些踟蹰和害臊了。他用手指胆怯地探究了一下那条缝隙后，又抬头看了看正盘腿坐在那里的35号。说实话，他早就忘记了造儿子养老的初衷，几乎没有考虑过35号的性别问题。

"你说呢？"他问。这回，35号没有回答他，但显然他也没有对已经粘上的那对高耸乳房表示反对。

最终老吴在35号的下端找到了一个合适的位置，用老虎钳撕出一道口子，再把那段剪下来的阴道小心翼翼、完完整整地安置进去。

清晨时分，老吴踉踉跄跄地从地上爬起来，给35号戴上人偶的金色鬈发。他退后一步，重新打量拥有了性别的35号。从天窗落下来的阳光让它的硅胶皮肤灼灼发亮。

瞧瞧这个美丽的家伙啊！小嘴微微张开，眼神迷离。况且，它没有不规律的颤抖和痉挛，也没有尖叫和眼泪。多么完美的生命，安然、平静、细腻，而又温柔。

就在这一刻，他突然感觉到一股欲望如闪电般划过全身。他简直想不起在近十年里他有过这样的反应。上个月他在镇上的发廊理发，洗头姑娘在他头发上摸索。他闻到了洗发水的香气,睁开眼睛看到她白皙的脖子和前胸在他面前晃荡,但他一点反应都没有,那时候他思考过自己是不是已经老得一败涂地了。

他试着进入一点。他突然对于自己这么潦草地占有她充满了罪恶感。她或许并不喜欢这么做,她或许会怕疼。需要把她想象为谁吗?想象为发廊女是不是会减轻负罪感?不会。她就是她,她是35号,他的爱人。

她的身体紧实、平滑、冰凉,但他其实想不起真正女人的感觉了。他在高潮时从背后死死地抱住35号的身体,那时候他为她想好了名字:咏梅。

8

老吴坐在电线、硅胶和废铁皮中间,坐在咏梅的尸体碎片上,黯然神伤了很久。随后,他拨打110,向警方报告了咏梅之死。

一定是哪个暴戾而嫉妒的村民杀了她,那个浑蛋不得好死。之后,他爬上土坡上等待,从那里可以望见来往春水村的所有车辆。

那时候,他突然想起了什么。早上当他在永菊的衣柜里翻找咏梅能穿的裙子时,永菊曾朝他投来狐疑的目光。

中午他出门了一趟。回家后刚想要午休,却听到身后传来一声痴笑。永菊正披头散发地躺在床上,咬着指甲。他朝她看去,她又是扑哧一声,抓过被子,在被窝里笑得浑身抽搐。老吴心底有些发毛,便从床上爬了起来。几分钟后,他发现了凶案现场。

老吴跺了跺脚,又流下了眼泪。他的掌根在脸上抹开一条黑色的泪痕,喉咙发出含糊不清的呜咽:"你又怎么能懂我对你的心?"

看来,谁都把春水村忘记了。不会有收废品的老头吆喝着一斤五块,不会有镇上姑娘永菊站在田埂上朝他招手,也许,也不会有警车再来了。

他朝远方眺望,除了污浊的荒漠,剩下的还是荒漠。

天堂来的时候

不仅仅是英雄,就算是超人也不可能住进一座实心的石塔。

1

H,这是第七年的冬天。我重游天台。

我跨进国清寺大殿,一圈一圈解掉脖子里的围巾,像给自己的脖子松绑。我的脖子不长,但很瘦,肩膀和锁骨突出,有人认为这样很性感。性感意味着至少你要多看我一眼,可是你却对我背过身走了。是什么让你对我们这样残酷呢？你不愿意告诉我，也许你在想念着另一个谁，也许你只是懒得微笑。于是，H，我决定要告诉你那个秘密，本来只有我一个人知道，以后就是我们两个人共享的秘密了。从此这些秘密就会像母婴间的脐带、父子间的血液联系着我们，你再也不能带着我的秘密离开我。

你也许不感兴趣，带着一点烦躁不安的表情，低垂着头坐在国清寺后院那把掉了漆的红色长椅上，忍受着我在你耳边嘤嘤私语，像你离开的那一天一样孤独。

但是，我要告诉你的秘密正是七年前你在走之前一直追问我的秘密。七年前你跟在我身后追问我那个假和尚对我说了什么，我一边扯着树叶一边对你说"无可奉告"。你忽然板起脸来气呼呼地走了，我还在你身后笑你小气鬼。你是赌气走的吧？我后悔死了，因为你这一走就再也没有出现，你对我和小桃闹了个多大的恶作剧呀。我们都爱着你。可是你却自私地让我们找了你整整七年，也许还要接着找一辈子。你得意了吗？除了在精神上折磨我和小桃，没有事情能让你更有兴趣吗？

可是小桃说，你离开大家不是因为赌气。这是个阴谋。当时她就是这么说的。酷暑天我觉得背脊上一阵冰凉。我害怕地哭起来，说我们还是再找找吧，便要拖她的手。她却定定地站在那里不动，仰起脸眯起眼睛看着耀眼的天空，表情诡异，一边轻幽幽地说：找也没用，H要躲的地方，谁也找不到。

那时候我觉得她一点也不难过，我想她一定知道你躲哪儿了。你们两个合伙耍我。可是七年过去了，我不再那么认为，因为你已经长大了，再也没有你藏得下的衣柜、水缸和墙缝。我这才觉得小桃才是真正了解你的人：H要躲的地方，谁也找不到。

仔细想想，这真的是一场策划精密的阴谋，而不是意外。本来去天台旅游就是你的建议，那个暑假你告诉我和小桃，五岁那一年你跟爷爷奶奶一起进天台山拜过佛。那里的深山枝叶茂密，溪水青蓝。我们都是在平原的小县城里土生土长的孩子，自然很向往。接着你又说服了你的父母和我们的父母，放我们三人独自去旅行。你还记得在颠簸的山路上吗？夏天潮湿的热风吹着我们的皮肤，你倚在我的手臂上对我说："F，你知道吗？山上有一座最古老的石塔，耸入云间，从没有英雄爬上去过。"你还说你想住在石塔的最高层每天偷偷地望着大家，可是大家却又都看不到你。我当时说："那我呢？"你说："你和我一起站在塔顶。"

现在想想你当时定是在敷衍我，其实从一开始你就决定抛弃我了是吗?那你又为什么要带我和小桃一起出来旅行呢?仅仅是利用我们做你的同伴以取得你父母的许可吗?你失踪的那个下午,我和小桃寻遍了整个国清寺、整座山。傍晚时分,我们寻着远处山坡上的塔尖,跌跌撞撞地爬上另一座山去找那座石塔。我开始很有把握,你一定藏在里面,因为你就是这么有计划的一个人。

可走到塔前,我却失声痛哭,因为那座陡峭斑驳的石塔是实心的!不仅仅是英雄,就算是超人也不可能住进一座实心的石塔。我也是从那时起开始感到人生的绝望。

可是,H,无论你是凡人还是英雄,你如何能够把自己藏得那么好,那么隐蔽?国清寺里的住持带着和尚们、公安局里的警察们、你的父母、当地的山民一批一批的人进山找你,把偌大一个天台区的山全搜索遍了还是没有发现你或者你的尸体。你就这样凭空蒸发了,现在想来我还觉得心里发毛。你究竟是化作一根竹子、一只鸟还是一股清泉,像你说的"你看着大家,可是大家看不到你"?

今天我重游天台山国清寺,眼睛和身体触及的每一物都可以想象为你。现在的天台山旅游已被成功开发,香火旺盛,游客进寺要排长队,山内又盖了一些其他庙宇供奉不同的佛像,走到哪里都是人满为患。国清寺门口的汽车也一直排到山口，叫卖纪念品的小贩在其间穿梭，根本不像我们十四岁那年那么冷清幽静。

最可恼的是那座独奇而沧桑的千年古塔却也被一个蓝色箭头指着，成了一个景点。前往它的山路被铺平整，许多游客在塔前争相留影。唯一不变的是至今没有英雄上过塔，住在塔里。

H，你究竟为什么要策划这起阴谋在七年前离开大伙？你的父母怨恨我和小桃已经七年了，他们觉得我们是说谎的孩子，不愿意再和我们讲话。其实连我们自己也不相信，一个人怎么就这样毫无征兆平白无故地消失了呢？

小桃说，你离开我们是因为你不喜欢我们。你喜欢清静，所以要一个人住。长辈们猜测，是高考的压力太大了。因为后来成绩出来了，你那次期末考考砸了。而我，一向天真地以为你是在和我赌气。直到七年后的今天我才恍然觉悟，小桃说得没错，其实你不爱这个世界。因为我隐约记起在出发前几天的一个晚上，你忽然对我说："F，要是再发生一场世界大战多好！"

H，大冬天我忽然觉得很热，脱了两件大外套，可还是燥热难挡，似乎一下子回到七年前的那个夏天。啊，现在我只脱剩一件汗衫，周身轻松，更想要一吐为快了。

没错，你是对的，那个在国清寺扫地的蓄发穿袈裟的假和尚不是哑巴。他当时正和我说话，发现你来了就匆匆离开，你抓住他问这里晚上几点关门，他只是摇头和打手势。你问他是哑巴吗，他点头。接着你发现他和其他和尚交流也是打手势。于是你觉得很蹊跷问我为什么一开始听到他在和我说话呢。我说："你听错了吧？他是个哑巴呀。"可你总不愿意相信，跟在我身后追问真相。你从小就有很强的好奇心，什么都要寻根究底。我开始不理会你，后来被你缠烦了，说了句"无可奉告"。大概是伤了你的自尊心吧，你转身就走了，然后再也没有回来。

　　H，你现在还想知道那天假和尚和我躲在寺庙后的树荫底下聊什么吗？你想知道他为什么要装作哑巴吗？

2

　　清晨你和小桃才刚起床，我已经进寺了，我还清楚记得那一天是在仲夏，当时，国清寺的和尚和各地赶来的信徒们正在烧香，香料味浓郁的烟雾裹着吴越一带山中的湿气，氤氤氲缭绕。知了藏身在我们头顶茂盛的树枝里疲于喊叫。我绕过寺庙向山上走去，突然听到一些呜呜咽咽的声音，循声走进树林深处，看到一个穿袈裟留着短发的和尚正拄着竹扫把对着一棵树念念有词。我听了一会儿觉得他口齿含糊不清，就上前问道："师傅，你一个人在说什么呀？"他似乎受了惊吓，顿时跌倒在地上，对着我挥舞手脚，不停摇头。半天我才明白他打的是哑语，就笑起来："我又不是聋子，你干吗要打手势呀？"

后来我们在树林间的木椅上坐下，虽然头顶树叶茂密，但阳光耀眼，木椅、我们的大腿、肩膀和头发还是被晒得滚烫。他的手带着夏天的潮湿。我讨厌他说不清楚时就用汗津津的手抓住我不放。他头发蓬乱，眼睛像一个病人灰淡无色，更要命的是他的牙齿。因为有着这样的牙齿，他说话口齿不清。

不过我还是从他口中知道了关于他的牙齿的故事。

他一生下来母亲就不知所终。他的母亲似乎从来没有存在过，也没人向他提及。于是很自然地，他把外婆当成他的母亲。在他一岁大的时候，他爬到外婆脚边，抓住她裸露在裙子下的瘦脚踝，本能地从嘴里发出"妈妈"两个字时，旁边的男人发出哄笑。外婆也和着男人的笑声，用柔软的脚尖拨开他,他于是像一条小狗仰面躺在地上。他直到六岁还没有搞清楚谁是他的母亲,因为别人对他说那个女人是他母亲的母亲。可到底什么才叫母亲呢?

外婆后来过了五十,快到六十岁,可是她还是把男人一个接一个地带回家。那时的她风姿绰约,精力充沛。她的乳房虽然已经耷拉下来,垂到了肚脐,但因为体积不减,所以一个穿铁丝的围胸就能把它们支撑得滚圆。她是瘦高个儿,到老年更瘦得厉害,穿旗袍却还是好看。但是她的眼袋和面颊也耷拉下来了,松松垮垮,布满不清晰的老年斑,这张脸无论抹多少胭脂,远看色彩斑斓,近看还是一张老妪的脸。他有时候看到她坐在桌前一边抽着烟,一边轻轻啜泣,屋内光线幽暗,桌上摆着面镜子。他想她哭肯定是因为那张已经被时间腐蚀的脸永远没有了修补的余地。他知道她哭只可能是为她自己,不是为那些男人,不是为外孙,更不是为她的女儿。他和外婆一起生活的那十几年里,只是屋角的一只老鼠。他身材出奇地瘦小,衣袖却还是短到了胳膊肘。她哭的时候他就缩在潮湿阴暗的角落里,不敢吱声,因为那种时候她的脾气总是异常暴躁。

外婆带回家的男人形形色色,不分老少贫富贵贱。有些男人猥琐,穿着破夹袄,擤着鼻涕,像是街头的黄包车夫,走时还会顺手牵羊。有些则西装革履，不时看表，看到屋内缺少打扫的环境眉头紧皱，完事后匆匆离去。他还见过和他们一条街的一个孩子，比他大三岁，是个送报童。有些男人走过屋角猛然发现阴影中的他会被吓一跳，像看到了鬼。等缓过神来，他们便笑道："这就是你外孙？"外婆眯起眼睛看着他，轻声笑着说："是我的乖儿子。"那些男人记起了那个人人皆知的典故，心领神会地笑了："就那傻子，呵呵。"

这些男人跟在他外婆身后进了房间。房间大厅中间的墙壁和门都是糊着画报的木板拼凑的，床叽叽嘎嘎声、男人和老妇人的呻吟声，像一阵阵冷飕飕的风从木板的缝隙中穿透出来。他抖缩着抱住自己，但还是听到自己的上下牙齿不由自主地发出"吧嗒吧嗒"的声响。落地钟在走。

但有一个男人却和别人不同，这人每周三固定来这里。男人约摸四十多岁，体格健壮，戴着金边眼镜，有一张斯文人的脸。有时候男人会把手伸入黑暗中，摸索到他的头发。有一次他发烧得厉害快要死掉，第三天外婆把男人叫来，摸了摸他的额头，又给他把脉，然后转身对外婆说，还死不了。他看到外婆双手抱胸站在他的身后，听到这句话面无表情。从那时起他想那人大概是个医生。

这个想法得到证实是在他最后一次见那人的晚上，那也是他最后一次见到外婆。那晚那人和外婆回来已经是半夜。外婆把他推醒，拉他出角落，指着那个男人说，叫"张医生"。他叫："张医生。"男人对他亲切地笑，把他拉到身前，抚摸着他的头发说："张开嘴让我看看你有没有烂牙。"他张开嘴，医生举起一盏小灯照着他的嘴说，"很好，很好。"他以为医生对我说话，外婆却问："那现在可以了吗？"医生微笑点头。煤油灯昏暗的灯光晃着他们两人脸上朦胧的笑意。

外婆让他坐在椅子上，她抓住他的下巴让他仰面朝上，不让头动弹，张医生在他的牙床上一连打了三针，过了一会儿他的嘴就麻得合不了了，口水从嘴角流出来，顺着脖子流进了衣服里。张医生把他的嘴用一个支架撑开，拿出一把小铜钳，借着灯光把他上面的牙齿一颗一颗地拔了下来，医生的动作很快，手脚利索，似乎赶时间，而口腔深处和下面的一些牙齿，医生则用一把小凿子把牙齿凿碎，然后用镊子把嵌在肉里的碎片拔出来。医生很用力把他的牙床撕破了，血和口水一起顺着嘴角流下，可能因为有些牙齿长得很牢，所以丢在盘子里的牙齿都带着牙肉和血丝。这样持续了一个多小时，他开始觉得疼痛了，大概是麻醉药散去了，于是他开始挣扎，使劲甩头，但外婆的一只手牢牢地扣住他的下巴，另一只手从椅子后紧紧抓住他的两只手。他想告诉她真的很疼，但支架把他的嘴分开让他说不了话。他在泪眼迷蒙中看到张医生专注地从他嘴中取出又一颗牙齿丢在盘里，盘子的血水里已经浸满了牙齿，满满的一盘像发黑的珍珠垒在一起，他眼前一黑晕了过去。

等他醒来后，高兴地发现已经是早上，外婆已经松开了手，嘴上的支架被取走了，他自由了。但就在这时他忽然觉得整张嘴剧烈地疼痛起来，那种钻心的刺痛超出了语言的描述。他觉得一张嘴又痛又沉重，肿胀着，张不开也合不拢，说不了话，咽不下口水。他从椅子跌到地上，在地上拼命打滚，痛得"嗷嗷"地叫，最后来到院子里用冷水冲洗自己的嘴。

这时外婆出现在他的面前，她一边扣着内衣的扣子一边问他："怎么了？"他像找到救星一样跪在她面前，拖住她的衣角，疯狂地指着自己的嘴叫道："疼，疼，疼。"她却笑着推开他的手说："从今天起不许你再开口说话，在外人面前你就是一个哑巴，知道吗？如果你敢开口说话，我就剁掉你的十根手指！"她的话把他吓呆了，她这时又换上一副睡意蒙眬的笑容递给他一面镜子，然后仰头大笑走进了房间。

哑巴发着抖把镜子举到面前,他的嘴又肿又红。他使劲张开嘴,一下子惊呆了,他的上下牙床上镶嵌的竟是金灿灿的两条黄金!

当年他的外婆把仅有的两条黄金铸进他的牙齿是为了能躲过地头蛇彝哥的复仇。那几天外头传言她惹恼了彝哥,他发誓要让外婆身无分文、光着身子滚出小镇。这种说法传得沸沸扬扬,于是外婆让张医生把她所有的黄金铸成两排金牙镶在他的嘴里。当天,她让他先去码头等她,并且装成哑巴不要和任何人说话,她收拾完行李随后就去。可是,他没有等到他的外婆。天黑了,他忍着疼痛跑回家,却发现家里已经被砸得七零八落,房间和大厅的木板墙被推翻了,大床的一只脚也被砸断了,斜躺在那里。

从此他的生活中只剩他一人。

多年以后他才听说,那天下午就在她的外婆收拾完东西要出门的那一刻,她被一群流氓拖出去活活打死在街头。那时候人们才看清楚她藏在光滑的旗袍绸缎下的皮肤,已经像她的脸一样开始起皱。

这就是黄金牙的故事。当他坐在我的身边握住我的手,我清楚地看到他的每一颗牙齿都是沉甸甸的黄金。他已经从那个小男孩成长为三十多岁的男人，他的身材仍旧瘦小，脸上和身上满是疤痕，背有点驼，那都是他日后的流浪生活带给他的创伤。

五年前他流浪到国清寺当了一名清洁工，虽然他的地位比普通的和尚低许多，但他似乎对这种安稳的生活非常珍惜。他的嘴显然已经不痛了，但牙齿一定很重，所以他的嘴哪怕闭着也看着不对劲。他也没想到外婆嘱咐他装哑巴，他一装就是一辈子。他说黄金牙一旦被发现，他的厄运就要重新开始。人们要不就会害怕他，躲避他，要不就诅咒他，耻笑他，或者就是想要杀死他夺走黄金，所以他永远都是紧闭双唇。

那天他把他的一切都告诉了我，他说这二十多年来，他总是寻机在没有人的地方对一些树呀鸟呀讲话，以免真的忘了怎么开口，而我是第一个碰巧拆穿他的人。他觉得压抑太久很痛苦，索性把一切都告诉了我，求我为他保守秘密。

但是我们都没想到话没说完，你就来了。你大声叫着我的名字问我们在聊什么。他的脸色变了，转身要走。可是你很不知趣拉住他，他当时的眼神你没有注意有多么凶狠。H，我忽然为自己另一个可怕的念头害怕得直哆嗦。

3

H,那天你气呼呼地转身离开了。你从小就有寻根究底的坏毛病,不知道真相不愿罢休,你又是那么天真,容易信任别人。我太笨了,怎么在七年前就没想到你会离开我去找他寻求真相呢?

从你失踪的第二天起,我再也没有见过那个满嘴金牙的假和尚、假哑巴。他是个骗子!是个凶手!所有的和尚都出动去找你了,可是他却和你一同失踪了。

但愿你们两人在山间的森林里谈得投机,如逢知己,于是携手一同进了深山,化作两块大石。

塑料时代

1

清晨,我站在落地窗前,为对面的广治大厦送终。远远望去,这栋十三层楼的建筑正沐浴在一片柔和的晨曦之中。十年前,它是平泽镇上的最高楼,但随后这个纪录被十八、二十、二十六楼,和我正身处的三十六楼超越。我举起望远镜,朝楼下的广场望去。赵雨正戴着橙色安全帽,仰头朝我挥手,他的耳朵和肩膀之间牢牢夹着手机。

他在电话听筒里陪我倒数,我把望远镜重新对准广治大厦。就在这时,一点黑色在灰色水泥间移动,大约在六楼的位置。

这是什么？我的心被猛击了一拳，口香糖停在了舌头和下颚之间。颤抖的双手无法调准对焦。没错，是黑色的一声喊叫要从我的每个毛孔里喷出来：人！

但就在那一秒，我突然失声了。那声早应该撕破我喉咙的尖叫突然在空气中消失了。

或许你也有过类似的经历，当你恨不得用尽全身力气冲着全世界高喊时，你却发现自己突然成了一台散架的机器，舌头、喉咙、牙齿、声带、面部肌肉四处散落。

一部无声的慢动作电影——我转向左边，一群红光满面的男人正在讨论着新规划图，右边，一个小女孩捂起了耳朵。

战争是沉默的。广治瞬间从地平线上消失了。它朝着37.6度角，软绵绵地倒下，像一个中了枪的老人，捂着胸口，来不及哼一声。

携带着那一点黑色。

有人触摸我的肩膀表达成功的喜悦，或是安慰。他们纷纷离开，只有我无动于衷地站在窗口，注视着大地上广治的尸体。那颗粘着的口香糖，刺痛了我的喉咙。

两天后，当地新闻证实在广治大厦爆破时，一名三十岁男性不幸身亡。我知道的内容比报纸更多。死者叫王阳，上个月刚释放出狱。我十几年前就认识他了。

2

我曾为这部小说的名字苦恼了好久。许多人都知道有个作家叫王小波,他写过《黄金时代》《白银时代》《青铜时代》和《黑铁时代》。我一直在推敲如果不是英年早逝的话,他接下来会写什么。我曾经以为是《灰石时代》。但当我有天站在琳琅满目的充气娃娃柜台前时,我才明白,它只能是《塑料时代》。

在王小波去世后,我们的生活失去了自然界本来的质量,变得无比轻灵、疲软、艳丽、不真实、一次性、有毒害、无痛感。除了塑料制品,我想不出这世界还可能有其他什么主要组成成分。

这是一个凡事经过合成的时代,包括我的爱情,都再也经不起火焰、温度、日晒、雨淋、遗弃,充满了犹如化合物的刺鼻味。

1996年夏天,我第一次抽烟。他们把烟丝从骏马牌香烟里拆出来,再卷在树叶里。我抽了一口,被自己夹烟的动作搞得飘飘然。那时候，我们尽想干坏事儿。我们五个人，猴子、王阳、阿四、张静和我偷豌豆，烧芦苇，用石头打狗，放鞭炮吓邻居，干的尽是些没有文字记载价值的坏事。

只有王阳是例外。

他那年十五岁，在我们五人中间年纪最大。他肤色黝黑，健硕敦实，总是一副恨不得掀翻世间一切的模样。小鸡、书包、汽车轮胎、蚂蚁窝……反正你能想到的一切都可以被他毁掉。

后来他真的未经许可毁了一个人，那就是镇上送邮件的女邮递员。他进了仓街监狱，九年后才放了出来。可没过多久，他就抱着广治大厦一起粉身碎骨。

他倒好，拍拍屁股走了，给活着的人留下一副烂摊子。赵雨和他的同事正在接受警方调查。听说那个工程被搞得晦气，一些投资方甚至要求撤资。王阳的动机成了谜。但不少认识他的人都觉得这结局是必然的，和他一向的秉性脱不了干系。不管怎么说，他也算干了件惊天动地的大坏事。

十五年前的那一天，我们在树林里看到了几只羊，便想去抓。其中三只横冲直撞没命儿地跑，人是追不上的。但剩下那只站在原地不动，像一个不明状况的呆子，面色苍白地瞪着我们，问："你们他妈的想干什么？！"

在我们快要捉住那只羊时，赵雨出现了，口口声声说这是他的羊。我和赵雨家离得近，以前我只见过他，但算不上认识。他不让我们碰这只羊，宁可挨打也要保护它。问题是，他挨了打也明摆着不能保护它。他的这种无意义的固执大概是他最有魅力的地方。

他挨了打以后继续佝偻着身子，抹着鼻血尾随我们。有时候王阳朝他挥一挥拳头，他就停下脚步，过一会儿又跟了上来。

我们抱着战利品走出了树林，可那一刻，我们突然不知道要一只羊做什么。有人提议把它就地处决了，或者割掉一只耳朵后放了。我建议把它扔河里淹死。他们同意了。

王阳走到桥上，双手微微一抬，把挣扎的小羊扑通一声抛进河里。

我们一伙人站在桥上观看它溺水的过程。它沉入灰色的河水，绝望地翻滚，挣扎，下沉，最后，竟浮了上来！它欢快地（如果我没有理解错它的姿态）划动着四肢，湿漉漉地爬上了岸，雀跃着往树林里跑去了。

3

1980年夏天的午后,柳家弄里走进来一个陌生的姑娘。她皮肤白净,穿花衬衫,扎马尾辫,肚子上抱一个军绿色旧书包,看起来二十八九岁。她大概走累了,就在赵家门口搁的竹椅上坐下来,眯起眼睛,一个劲儿探望天空中变幻莫测的云层。乌云来了,不一会儿暴雨如注。

收椅子的赵家大妈发现了这姑娘,便让她进屋里躲雨。她的儿子性格羞怯,年近四十还没娶老婆。老妇人的脑子转得比色鬼还快。她见了大街上的任何女人,小至十六,老至五十,第一反应总是,她若能留下来做儿媳妇就好了。

姑娘留了下来。有人去赵家见过她,她长得白净清瘦,但闷头闷脑不爱说话,那双凹陷的眼睛总是低垂着,仿佛不让你们看见她的瞳孔。只是偶尔,她喜欢在大雨来临前,站在院子里打探天空中翻腾的乌云。

她留下来的第二年给赵家生了个儿子。外婆替他取名赵雨,感叹这好事是雨做的媒。在赵雨两岁那年的夏天,他妈妈带他在巷口玩。天气说变就变,瞬间乌云密布。他妈妈突然手足无措起来,仿佛大难临头。她丢下赵雨,慌慌张张地穿过人群跑了。赵雨很自信记得这一幕:她先窜到了马路对面,又朝一条弄堂里冲了进去,一路狂奔,披头散发,红色塑料拖鞋也跑丢了一只。自那以后,再没人见过她。

赵雨长到了十七岁,脸蛋漂亮,特别是那双深凹的眼睛和翘翘的下巴,像极了那个疯女人。

有一天,赵雨在校门外张望,朝我走来。我推着自行车快走,他疾步跟在我身后,说:"谢谢你帮了它。"我白了他一眼:"神经病,我帮了谁了?"他说:"就是那只羊。"

我站住了,没想到他还记得那只羊。以后赵雨提起此事,总是坚持认为我一早知道羊会游泳,故意用此招愚弄同伴,放走了羊。他说我骨子里善良,只是喜欢装坏。

看我不说话,他低着头,小声地说:"我喜欢你。嗯?"他的声音真诚,眉头紧锁,证明了表达的严肃性。但这时,我已经跨上了自行车,猛踩几脚,慌慌张张地从他身边逃走了。

我自那以后开始留意赵雨,因为他漂亮得叫人心疼,也因为他的身世带着一种悲怆的戏剧感。某天我们在小卖部遇到，我看见他低下头在口袋里找钱时，又长又密的睫毛耷拉着，我渴望伸手触碰它们，再顺带着摸到他干净的脸庞和瘦骨嶙峋的肩膀。唉，赵雨啊，当我老时，你会在哪儿呢？

4

王阳在小学里留过两级，比我们大两岁，永远坐在教室的末排。大家都怕他的拳头。他上衣的胸前口袋里每天都放着同一枚避孕套，表明他时刻准备着要和一个人做，但一直没找到机会。有天午休时，王阳趴在课桌上睡着了，有人从他的口袋里偷走了避孕套。等他醒来时，同学们正在教室里打水球。他怒吼一声，那个半透明的肉色水球掉在地上，破了。

赵雨给我写信。他礼貌地解释他并不想打扰我，但是知道我家院子里养了一只鸡，所以想问问我是否知道为什么母鸡自个儿也会下蛋。

我想了想，我家的母鸡确实天天下蛋，也没有公鸡和它交配。他写道："既然我们都知道，没有性生活的母鸡下的蛋是不能孵小鸡的,那蛋本身是不是相当于女性的卵子呢?进一步说它排出体外是不是相当于每个月的月经呢?那我们吃鸡蛋是不是相当于吃鸡的月经呢?"我真的被他的问题难住了。

当年没有网络,也没有百度。凭借生物课上学到的知识,我基本认可了赵雨的类比,并与他深入地讨论了母鸡有没有子宫的问题。

自那以后,我和赵雨成为笔友,保持了多年的通信。他向我借书,我们每周三傍晚都会在纺织厂背后的巷子里见面。我把新的书递给他,他把看完的书搁在我的车篓里。我们在信里滔滔不绝,但在这擦肩而过的几秒内却想不出任何台词。后来见面次数多了,他会说一句"谢谢",我冲他笑一笑。

那是个冬天的黄昏,天黑得早,我推着自行车走在巷子里,远远地看到了熟悉的身影。但直到他站到了路灯下,他的脸还是藏在头发的阴影里。

他把书从书包里拿出来,塞进我的车篓,破天荒地开了口:"天黑,骑车小心点。"但就在那一刹那,一只黑乎乎的大手突然伸出来,牢牢钳住他的手腕。

我抬头看到自己人王阳,心里咯噔一下:这下要出事了!

王阳的身后还站着猴子和阿四。

"我一路跟踪你,果真让我抓到你们两个了!"王阳说着扳住赵雨的手臂,像押一个犯人。他虽然比赵雨小两岁,但身材壮实。赵雨挣脱不掉,便用他的长腿钩住了王阳的腿。

我试图分开他们,却被王阳用肩膀撞开,他们挥舞着拳头,四肢纠缠在一起,跌跌撞撞地摔进了路边一个黑漆漆的公厕。我起初听到了叫骂、呻吟、咳嗽和拳头打在肌肉上的声音。过了一会儿,赵雨的声音消失了,只剩下王阳一个人哼哼唧唧。

啊,王阳要把赵雨打死了。我踩猴子的脚,挣脱他的胳膊,想去替赵雨解围。就在这时,王阳跳下了厕所的台阶。

他朝我呸了一口,便离开了。他经过一棵大树时,跳起来顺手摘下一把树叶。猴子和阿四也急忙丢下我,追了上去。过了一会儿,街角传来三个人兴奋的学狼的叫声。

我冲进臭气冲天的厕所时,赵雨已经扶着墙壁爬起来。借着从高处镂空窗格照进来的月光,我看到他嘴角有瘀青,运动裤被扯下一半,衬衣纽扣掉了。他推开我的手,瞟了我一眼后,不再看我。

"你还好吗?"我跟在他身后,走出了公厕。他摇摇头,眼皮依然耷拉着,道:"你别管我了,自己回去吧。"说完,他取过挂在我车把上的书包,往背上一甩,走了。

我始终记得他单薄的背影,走路时一瘸一拐,垂着脖子,在昏黄的路灯下渐行渐远。

回到家,我从车篓里取出赵雨还给我的书,其中有《基督山伯爵》、陀斯妥耶夫斯基的《白痴》、莫迪亚诺的《暗铺街》和勒·克莱齐奥的《战争》。我在《战争》里发现了他夹着的信。

他说他这几年读了那么多书,《战争》是最伟大的一部。那些硝烟弥漫的战场令他兴奋,虽然它没有情节,也只字未提爱情。

"战争无所不在,我们无处可逃。"他写道。

后来当我在回忆中搜索我究竟是何时爱上赵雨时,我总认为这封信是一个分水岭,因为它终于让我和某个人产生关联。这个关联可以是一个难以启齿的习惯、一本冷僻的文学书、一个叫他人皱眉的饮食口味。我们不和众人成婚,我们只有在冷僻的选项中才能找到亲人。

可惜的是,爱情之深刻,正是建立在虚构和误解之上。

十二年后,勒·克莱齐奥获得诺贝尔文学奖。那一年,我和赵雨重逢,激动地告诉了他这个消息,可他一脸茫然:

"克莱齐奥是谁?"

我说:"写《战争》的那个。"

可是无论怎么提示,他那微蹙的眉头始终没有松开。他对这本书毫无印象。

5

你们已经知道了王阳和赵雨的人生是何时有了第二次交集,你们一定恍然大悟,自以为看透了那起意外事故背后微妙的人物关系——一定有什么力量又把我们三个人带到了广治大厦的爆破项目中。

可事实上,他们两人的生活从此再无交集。一个多月后,王阳退学了,在杨家弄弄口摆了个修自行车和轮胎充气的铺子。在人口区区五万的平泽镇上,王阳和赵雨确实可能走在同一条大街上,去同一家火锅店,先后睡过同一个姑娘,但他们不会在一起吹牛、挥拳头,不会爱对方或者恨对方了。我猜是这样的。

也是一个多月后,我终于又等到了赵雨的信。在拆信那一刻，我从自己的舌头上尝到了甜蜜的味道。

巴普洛夫会说，这叫条件反射，我的愉悦已与拆信的动作捆绑。

打个比方吧，一个男人日复一日地握着家里的飘柔洗发水，嗅着合成的芳香自慰，有天当他在超市货架上拿起这瓶去头屑洗发水时，即刻兴奋了。而假设这款洗发水突然换了包装和气味呢？他在自慰时顿时感到空虚无力，仿佛自己的心脏脱落了一小块皮。这是条件反射。所谓的爱情啊，不比一条小狗听到铃声分泌唾液更高深多少。

自从王阳退学、五人组散伙后，我的成绩突飞猛进，最后加上一点狗屎运，去县城里读一所省重点高中。赵雨自职业高中毕业后在我们镇的东风花炮厂工作。我们继续保持着通信。作为一名车间杂工，他每天的工作是在筒子里灌上黑火药。他说他真的迷上了这种气味呢，下班了都舍不得脱掉手套。

高二那年暑假，我从寄宿中学回到平泽，和赵雨约了在小树林里见面。我远远见到他，快认不出来了。他瘦长的骨骼逐渐饱满，上臂粗了几圈，夏天的短裤下露出毛茸茸的结实的大腿，汗衫下有一点小肚了若隐若现。如果王阳再遇到他，未必能打得过他。但如我所说，他们不再相遇了。

我们走到树林中间的空地时,他突然从裤兜里掏出一个小花筒,说:"这是给你的。"

花筒的包装上写着"降落伞"。他把花筒放在草地上,掏出一次性打火机点燃了。只听一声巨响,一道白光冲上天空,便不见了,接着花筒倒地了,对准我们的脚噼里啪啦扫射,吓得我俩躲闪不及。

我们仰起头看,树林格外寂静,太阳明晃晃的,有鸟在树梢顶端飞过。可降落伞迟迟没有降落。

这时,我走到他身边,主动拉住他的手。他紧张地笑笑,挣脱了,把手插进裤袋里。

我们在小树林里散步。那天下午的气温达到35摄氏度,气压低。阳光从树顶的缝隙里落下,也没什么风。我的汗衫微湿,贴着我的背脊。我刚开始戴乳罩不久,那层白色布料虽然薄,但就像铁笼子一样牢固。

这时,他仿似下了什么决心,突然停下脚步,转向我。他快一米八的个子在我身上投下阴影。他把热乎乎的大手搭在我的肩膀上。

我感受到了他手掌的压力,便安静了,不敢动弹。他低头要亲我,我略一躲闪,一个干燥的吻落在了侧颈上。原来他也只是对准我的脸颊而已。他的大手抓住我的脖子，从领口探下去，摸到了那些白色面料，轻声耳语道："脱了吧。"

我扭捏地脱掉了上衣，又挪掉肩带，把涔涔的棉布小胸罩往下扯了扯。于是，我的乳房袒露在夕阳下。

这是它最撒野的一次经历。它终于能探出身子亲近自然，看看草地、树林、小河，吹下夏风，晒下太阳。

赵雨看着它们。而我，看着他。我忘不了他的目光，他的眼神里竟带着愧疚之情，以及一丝伤感和一丝好奇。这又是一个谜。

他事后给我写信，说他喜欢极了，让他渴望把脸贴着它。可我再也不信他了。因为当时，他只是这么看着它，额头和鼻子微微渗汗。树林里安静得能听到树叶窸窣的声音。终于，他垂下眼睛，淡淡地说了一句："穿起来吧。"

我认识两个赵雨，信里的那个充满奇思怪想，轻浮好色，油嘴滑舌；另一个在我面前，正如同在其他人面前，拘束，寡言，孤独。

我们唯一亲近的一次，是我主动把头倒在他的怀里。他迟疑了一会儿，才把手搭在我的肩上。我们就在他家的小阁楼上沉默着，在电扇搅起的气流里依偎着，倾听他那个手脚残疾的父亲在楼下做饭。那老头大约不小心把碗筷碰在地上，一片嘈杂的碎裂声。

他会不会思念十几年前逃走的女疯子？

一种空虚感从胃里升起，在胸口郁积，我突然抱住了他，喃喃道："等我老时，你会在哪里？"

他没有回答，身体僵硬，一动不动。

一年后，他告诉我，那一刻他真想把我一把推倒，压在他家的草席上。但他能控制住自己的情欲，而不像大部分管不住自己的男人，因为他的心里有爱——爱的最高境界是成全别人的人生。他希望我能安心考上大学，去大城市，远离他。这番话如此质朴动人，竟为我营造了一个爱的幻境，在多少年后才被轻轻一下戳破。

同时这番话也让我沉迷于爱和性的二分法。我只对信里的那个赵雨充满了渴望，期待他轻佻、好色、粗暴，会扯去我的格子衬衫，让我们汗津津的皮肤紧贴在一起。可是，我怎么偏偏更爱现实中的赵雨呢？那个抱着我时语无伦次、爱克莱齐奥、从小有抑郁症的赵雨。

6

在王阳辍学那一年，镇中心正在大兴土木建造广治大厦。完工那一天，大家才发现它长得像一个煤气罐，仿佛随时要把平泽镇炸了。镇民们的不满很快随着第一家肯德基的开张而烟消云散。据说这是全中国唯一一家开在镇上的肯德基，这多少让平泽人的胸口涌起自豪之情。年轻人蠢蠢欲动地想从国企辞职，去应聘肯德基2.5元时薪的点餐员。张静也是其中一个。

她刚工作那阵子我在肯德基见过她，她用清脆欢快的嗓音大声招呼排在我前面的顾客："肯德基今天新推出了墨西哥鸡肉卷，先生您想尝试一下吗？"

可惜等一年后我再见到她时，她已经蔫得像隔夜的薯条，恨不得立刻回到可以喝茶聊天玩手机的人民商场的营业员岗位。

广治大厦为平泽人提供了一个粗糙廉价的南方梦，一个从港片录像带和下海老板们嘴里移植过来的繁华梦。它的二楼和三楼是商场，卖梦特娇、鳄鱼、博斯和一些小镇人谁都不认识的牌子。四楼卖冬季大衣，偶尔也会展览野兽。后来我在拉斯维加斯的MCM酒店门口看到一头公狮，一点也不觉得惊异。在二十世纪九十年代初的江南小镇上，我们就已经懂得把鲨鱼养在商场里了。它们在羽绒服的包围中焦躁地打转，每一个掉头的动作都能引起围观人群的骚动。我知道它们恨不得吃掉那些大呼小叫的孩子。广治大厦的四楼及以上的高级酒店则是整个平泽镇最神秘的地方。

就在广治大厦旁边那条恶仄潮湿的杨家弄里，王阳摆了一个修自行车的摊位。

我的自行车被人拔了气门芯，也不敢去他那儿充气。张静说，他对我通敌一事至今耿耿于怀。但某一天当我不得不从他的摊位前经过时，他眼尖，认出了我。他冲我笑，露出一口烟熏的黄牙："卓尔，你怎么看见老同学都不打招呼了？"

看他口气轻松，我才有胆停下脚步，仔细打量他。两年多没见，他的个子保持在一米六，身材只往横里长了。衬衫领口敞开着，露出黑黝黝的粗脖子。他用被自行车轮胎染黑的手从胸前口袋里取出一支烟，点着了。我相信那里再也没有装着避孕套了。

我试图用过去的语言和他交流，把"他妈的、傻×、操"灵活地应用于各种句式中，但我发现自己已经不具备这种能力了。用我妈的话说，我在这两年间长成了文雅的大姑娘。我走在镇上，人们总是瞟我几眼，又不好意思多看，然后朝向我妈说："你女儿真漂亮哟！"

我再张一张口，竟发现那些粗暴的词语在舌头上打滚，怎么都没法发出那个音来，尽管我可以自如地在内心的角落里偷偷使用它。这真是一种奇妙的变化。每个人被社会挑选、分类，然后照着你的那个类别生长。你成了被标准化的社会人，另一些人不再是自己人了。

去北方读大学前，我最后一次和赵雨在小树林里见面。他说他两年后会调到烟花销售部工作，领导对他很看好，没准儿五年内就可以升为主任。我那时还不知道我将来会变成谁，去哪儿，但我们仿佛都看到像钱币似的在湖面上闪烁的希望。可是第二年国企改制，赵雨却下岗了。

几个月后，我从张静那里听说王阳强奸了一个女邮递员，被抓了。那个中年妇女我也见过，她的颧骨布满黑斑，腹部围了几圈轮胎。

我一度以为王阳变了。在修车摊上遇到那次，他向我提起之前有过一个小女朋友，是邻镇的，谈崩了。人家要结婚，但他没挣到钱。当成人的世界不再以拳头取胜，而是以金钱时，他终于发现自己成了被踩在脚下的弱者。他那会儿看起来无精打采、懦弱讨好，毫无攻击性。可是，谁又知道呢？

我更想不明白他为什么会在出狱后让自己被炸成碎片。大厦内部及门窗早已拆除，警示线在三天前就拉了起来。他是怎么进去的，又为什么要进去呢？有人说他那晚喝醉了，不小心闯了进去；有人说他出狱后走投无路、报复社会；有人说他只是太爱广治大厦了，想和它一起殉情。

7

2008年，有天我在信箱里发现一封信，没有内容和落款，只有一个标题："八年后，我回来了。"我搜索了记忆无果后，点击了删除。

那晚的饭局结束后，一位先生开车送我回家，在我刚准备打开车门的一刹那，他突然探过上身抓住我的肩膀，我推开他，跳下了车。那时候，收音机里正在放勒·克莱齐奥获得诺贝尔文学奖的消息。

而那个名字正是在那时突然杀回了记忆——八年，一定是他。

八年后的赵雨剃着板寸头,皮肤黑黝黝的带着光泽,笑起来眼角多了几道皱纹。他在我的面前话依然很少,嘴唇紧紧抿着。他说他半年前从日本回来时就想联系我。他去找张静,可张静不愿意给他我的电话。后来他通过网络搜索,居然找到了我工作公司的主页和我的邮箱。

九年前他下岗了,闲在家两三年,觉得没有面子再和我联系。后来,他家人终于托了关系让他去日本劳务输出,到了京都一家烟花厂做工。由于以前装过黑火药,他被调到了技术科。

"猜猜我现在找了什么工作?"

他回国后看到一家爆破工程公司在招聘安全员,因为他有多年和炸药打交道的经验,便被录用了。

"一切旧的都等着被炸掉,新的才可以建起来。"他垂下眼睛,在陶瓷小杯里啜了一口清酒,长睫毛垂落下来。

他的五官依然精致,继承了女疯子的基因,只是掩藏在粗犷的嗓音和身材里,不易被人发现。

我们盘腿坐在垫子上,面对面喝酒,像少年时代一般拘束。

从餐厅出来后,夜色有点凉,他从大衣口袋里掏出一根细细的小棒,点燃了。烟花刺破了黑暗,在他的手指上发出细碎的光芒,锋利而轻盈。

他说,日本人描述一个人心思细腻敏感,就说他像这线香花火一样。

我突然转过身,眼泪流出来了。

"我太爱闻这个味了,硫黄、木炭粉、硝酸钾,你呢?"他继续说,"你知道吗?红色的火焰是锶盐,绿色的是钡盐,黄色的是钠盐。"

这枯燥的化学成分,绽放到空中后成就了美丽的幻境,和我们注定要写出来的爱情一样虚妄。一切都和真的一样。

我们打车直奔回家,一进门就拥抱在一起。

我想起了前天送我回家的先生。为什么我对他急切的眼神充满了憎恶?这是你留给我的后遗症吧?因为你整整用了十六年和我做这场前戏啊,以至于我对其他人的耐心有了太高的期望。

我们互相为对方脱光衣服,好像再拖延一秒,皮肤就要被衣服灼伤。这时,赵雨突然停止了动作。我是指,他当时正弓着背匍匐在我的身上,一手搂着我的腰,毛茸茸的脑袋顶在我的肩膀上。

他保持静止几秒后,咕哝了一句:"对不起。"他翻身下来，躺在我的身边，修长的裸体紧紧蜷作一团。"对不起，"他哽咽道，"我太紧张了。"

我抑制住一声胸腔内的叹息。一种无边无际的空虚在体内蔓延。

等我老时，你会在哪儿？

8

我们重回热恋，只是赵雨不再触碰我，仿佛我享有某种欲望豁免权，仿佛他把手伸进我的裙底就是对全世界女性的亵渎。我并不像我以为的那么介意。我相信我们毕生追求的亲密，是心灵含着心灵。因为器官的融洽性，不会比鞋子码数挑剔，总可以找到替代品，但心灵的默契却是命运的奖励。越高贵的心灵就越难找到它的容器。在情感的亲密之前，身体的欲望显得格外琐碎。

有天赵雨让我猜猜他接下来要进行的爆破项目是什么。听到是家乡的广治大厦，我确实有些吃惊。虽然我知道昔日最高档的三、四楼商场早已被个体户的廉价摊位分据，四楼以上的宾馆设施老化得恐怕都评不上三星（只有镇上唯一的肯德基让它依然是一个地标建筑），但我依然不能理解为什么要拆它。

"那个地段好，听说要建一栋中国最高的双塔楼。""中国最高的？""没错。"

既然记忆中的鲨鱼展是真实存在的，又有什么不可能呢？赵雨所在的工程队计算好了广治倒下去的角度，那里恰好是我的初中校园拆除后的空地，时间定在清晨。赵雨邀请我回到平泽观看广治大厦的消失，他的语气像要重新表演一次降落伞花筒。

知道王阳出事后，我给赵雨打电话却一直不通。他们应该在接受调查吧。等我回到上海后，电话终于通了。

"我都知道了，"我说话时腮帮子还在哆嗦，也许因为冷，"这一切都不是你的错，是他找死的！哪个安全员能保证一个找死的人的安全呢？"

他平静地回答："我知道。"他说他现在不方便和我说话，他们在开会，便挂了。

我坐在赵雨家马路对面的咖啡馆里等他下班。不一会儿，天色暗了。我仰头望去，猛然发现三楼左边第二间的灯亮了。他不是在开会吗？这让我有些疑惑。

我顺着老公寓的楼梯往上爬,站在了赵雨的门前。我刚要敲门时,突然听到了门后传来爆炸声,像是打游戏的效果音,或是放映一部电影。

我找出了他曾经交给我的钥匙,打开门。客厅里空荡荡的,房间的门缝里露出昏红的灯光。我悄然走近,从虚掩的门缝往里望,眼前的场景让我愈加地困惑。

一个穿红色薄纱睡衣的女人正背对着门,匍匐在地板上,黑色丁字裤嵌在她撅起的屁股里,她发出哼哼唧唧的声音。床头电脑里反反复复地播放着广治大厦倒下去的录像。我的脑袋像卡住了的机器,滚烫,无法转动。

她听到声音,受惊似的跳了起来。或者说,在她站起来以前,我已经认出了这毛茸茸的小腿。

赵雨吃惊地瞪着我。我们对峙着。

我能从他的眼睛里看到他对我突然闯入的厌恶,也有那一丝似曾相识的怜悯。

那件红色睡衣披在他的身上明显短了一截,露出他的黑色肚脐和直挺的生殖器。他的裸体,和他来不及切换的眼神一样,带着一丝戏剧性的绝望,口水还挂在他的嘴角。

他捂住了脸:"我一直觉得我是爱你的呀,可是……那天晚上他把我按倒在厕所里我觉得羞辱极了,世界都崩塌了。可是,天知道,它竟成了这十几年来从不会让我厌倦的回忆。每一次回忆,都有新东西出现,我的身上戴了镣铐,他按住我的头,让我舔肮脏的地砖,他骑在我身上用链条勒住我的脖子。我多想回到那个厕所啊,我希望被男人践踏,卓尔。我喜欢屈辱,挣扎又失败,绝望,喜欢被我爱的人毁灭。瞧瞧每个人的矛盾啊,我想要屈辱,也要尊严。你知道最刺激的高潮是什么吗?是他点燃导火线,让我粉身碎骨。"

"他为什么会在广治大厦?"我问他。

"他为什么要强奸那个老女人?是为了证明他不喜欢男人,让我彻底死心吗?他坐牢后,我去了日本,他一出狱,我就回来了。他说他从没爱过我,哪怕一丁点儿。我和你可以聊书,聊电影,而他是个蠢货,什么都不懂。唉,我都为你不值啊。你看看你都糊涂成什么样子了?"

"他为什么会在广治大厦?"

"他不愿意碰我,冲我大吼大叫,叫我去死。他说他从前只是因为实在没东西可以干了才会干我。这话有多伤人啊!如果他从没在那个公厕里干过我,我是不是就能爱上你?"

"他为什么会在广治大厦?"我重复着问题。

他咽了咽口水,刺目的喉结滑动了一下,慢慢走向我。"我用了很多时间才让自己接受这个现实,你那么好,我却没有办法爱你。"

我这才注意到他那张毛茸茸的嘴巴上抹了桃红色的唇彩。

我害怕得发抖,转身拉开门跑了出去,冲下楼梯。

我开始在街上狂奔,仿佛脚步交替的频率慢一点,红裙子的妖怪就会追上我。穿过两条街后,我渐渐跑不动了,在一个街心公园的花坛上坐下来喘气。

你爱男人或爱女人,是先天的。你爱谁,爱什么样的姿势、方式、态度,也已在最初的一刻被注定。烟火散尽后,你总能闻到化学物质的真相。你从没爱过我,哪怕一丁点儿吗?那晚温暖的夜风如同一剂麻醉药,让我的思维逐渐放缓,昏昏欲睡,失去了推测能力。

9

爆破工程公司出钱为王阳办了一个隆重的追悼会。遗照上的王阳像一个对未来信心十足的有为青年，这应该是他一辈子最风光的时候了。大家已经不再关心他究竟为什么会在那个清晨出现在广治大厦里。那天到了不少人，但赵雨不在里面。反正从没有人觉得，这两个人会有什么联系。

阿四和张静是前后脚到达灵堂的。我早听说阿四在和父母一起经营茶叶店。他和张静谈了大半年恋爱后，把她甩了，找了一个更年轻的外地打工妹结婚。那也是好多年前的事了，现在张静已是一对双胞胎男孩的母亲。当她丈夫去给王阳献花时，她迫不及待地告诉我，阿四在洗浴中心染了性病，不孕不育了。我对这点将信将疑。

那天我在街上走路时，一辆黑色别克轿车在我身后按喇叭，我看到猴子在后座上探出了脑袋，他胖了，只有嘴唇上那颗长毛的黑痣能叫我认出他来。他执意要让司机带我一程。他对多年前的晚上和阿四在公厕门口拉住我，阻止我去救赵雨一事，至今很愧疚。

"你说，我们当年咋就和王阳这种痞子一路货色呢？"他顿了顿又说，王阳还在摆修车摊呢，他挺想帮帮他的，可现在大家都开车了，谁有自行车要修啊？他继续摩挲着大腿说："你念名牌大学，是文化人了，看不上我们这种大老粗了。"

突然,他从包里拿出一本贴了很多面料小样的簿子。他捏起一小片给我看说:"这是今年最火的布,我押宝押对了。"

我早已听说他和他舅舅的厂找银行贷款了上千万,排了上百台织机生产面料。"这小子胆可真够大的。"阿四当时这么说。

我用手抚摸那光滑的银灰色布料问:"这叫什么?"

"花瑶绉,可以和真丝以假乱真吧?其实它和蚕宝宝没有一点关系,就是聚酯纤维。"他说得兴奋起来了,嘴上的黑痣开始跳跃,"它的某些优点真丝还真及不上呢,比如不容易皱,手感软,质地轻薄,透气性好,看上去又亮又高贵。"

"可它对健康没好处。"我指出他的遗漏。

"可它才几毛钱一米。"他继续补充,"你比比,分得出区别吗?"他指着我脖子上的真丝双绉围巾。

我用手摸了摸他的,再摸摸自己身上的,笑了:"你别说,它们真的和真丝一样。"

海熊的失踪

1

在我十九岁那年,米粒悄悄伏在我耳边说,这世界上最孤独和痛苦的事莫过于你得不到任何人的信任,你听到的他们听不到,你看到的他们看不到,你说的他们都不相信。

在我二十六岁那年,米粒又对我说,一切都不确定,活着的动力是在于我们坚信还存在另一种可能。

在开往南京的快客上,我假装熟睡,把头抵在冰冷的窗玻璃上。窗外飞速后退的是入秋的风景,高速两边的绿化正在慢慢萧条。我听到张件正和坐我们前排的小毕说话。我们一上车,他就遇到了中学同学小毕。他们说话很小声,也许怕吵到我睡觉，也许是不希望我听到。断断续续的声音被高速公路上碾过的车轮声淹没。可是突然，一个词语或者说一个名字以极不规则的音频跃入我的耳朵。

"海熊最近和你有联系吗？"张件问。

"海熊？"小毕说，"多久没听到有人提起他了。"

张件说："那小子，前段时间还和我们住在一起，但有一天晚上忽然失踪了。"

小毕问："海熊失踪了？"

张件说："是啊，突然没影了。"

我暗自对自己说，天哪，海熊真的失踪了。

我也许不应该对海熊的失踪大惊小怪，他的生活状态就是跳跃的，从一些人的世界到另一些人的，只做短暂的毫无意义的停留。所以他一事无成，游手好闲，失业且至今没有固定的女人。而前不久，他碰巧生活在我们中间。

那又是个星期四，我对所有的星期四都有偏好，算命的说"4"是我今年的幸运数字，不管这是不是实话，也不管我遇到海熊算不算一种运气，我确实在那天第一次见到他。那天我陪张件到平泽汽车站接一个四川来的中学好友，我的鞋跟扭了就坐在天桥下等他。远远地，我看到张件和一个男人一起走上天桥。他们快走近的时候，我抬起头来向他们微笑，午后阳光在天桥的金铜色护栏上折射出金灿灿的一片。等我的瞳孔回过神，他们已站在我身边。

张件说，这是海雄，英雄的雄，不过我们都叫他狗熊的熊。

多么老土的名字，如同我乡下的几个表哥叫海勇、海生，海什么的。我一边想着一边笑着看他，他比张件个子高一点，肩膀稍宽，不算强壮，夏末依旧只穿一件并不干净的白T恤。他的皮肤黑黝黝的，眉毛挺拔，眼睛是窄窄的双眼皮，这样的双眼皮很适合男人。不过这些可能是我后来观察的结果，也可能是在他失踪后我的想象。实际上，我的记性差极了。

张件接着紧紧地搂了搂我的肩膀说，这是我女朋友，叫卓尔。是才女，她写诗。他说得很快，我没有机会反驳。海熊只是朝我点点头，显得张件后面附加的介绍很多余。他从地上提起行李，我这才看到他只带了一个空瘪的大拎包。

接着那天，我们三个人怎么了来着，我不记得了。反正海熊现在失踪了，不存在了，像他来之前那样。

海熊因为失业从成都跑到南京找张件，没找着，就跟着到了平泽。我听张件说过，他的前一份工作是一家杂志社的摄影记者。没有人知道他为什么失业，也许是因为杂志社裁员，也许他的工作出现纰漏。

我和张件比海熊早两个星期来到平泽，因为我想看太湖。

我读沈复的小说《浮生六记》。沈复的老婆陈芸陪他一起去太湖，感叹道："这就是太湖啊？今天见到天地如此之辽阔，也算不枉此生了。想来那些不出远门的小姐是一辈子都见不到的。"

我出生成长在干旱的北方，可有一天却梦见自己坐在苍茫的水边，躲在浅黄色的芦苇中。第二天我对张件说我想去看太湖，他欣然同意。从大学一年级至今，我们已经相恋了七年。我和张件很熟，熟到他能在我开口前就已满足我的所有要求，而我信任他给我的全部安排。熟到我暗知他的一切担忧，熟到我们今天下午就可以结婚，熟到我们在讨论金钱、便秘、死亡等任何问题时都毫无尴尬。有时候我怀疑张件和我那么心灵相通，怎么会没有看出来我和海熊的异常呢？

就这样，我们来到了太湖边的小县城平泽。

在芦苇轻飘的太湖之滨，我们看到一栋红砖墙别墅，我一眼就喜欢上了它，它立在平坦空旷的湖岸带着一点孤独和桀骜。找到当地人一问才知道，这幢房子已经有十多年无人居住，他的主人正准备把它卖掉，可找不到合适的买家。于是，我们交了半年的房租租下了它。

直到搬进来后，我才从一个当地人口中听说了这栋房子里发生过的事。它最早的主人是一位富商，在不惑之年来到平泽经商，对一位俊秀的太湖女子妙嘉一见钟情，很快两人陷入爱河。他为妙嘉在湖滨建下这幢房子，与之成婚，共同生活了七年。商人一年中有一半时间在中非经商，可是有一天在他外出后，却有一个外地女人带着两个孩子找上门来。女人告诉妙嘉她才是商人的合法妻子，早在十多年前就生下了两个孩子，商人犯有重婚罪。她逼妙嘉离开她的丈夫，离开这栋房子。妙嘉起先不愿相信，可是商人迟迟不归，事情传开后，当地人也对她指指点点。这个柔弱女子越来越孤独、绝望，终于在一个雨夜从坝上跳入太湖自尽。后来，商人从国外回来，得知此噩耗后，愧疚万分，从此以后他一个人在这幢房子守着盛有妙嘉身体的太湖，度过了孤独的下半生。在他死后，他的两个子女继承了这幢房子，但他们谁都不愿使用这幢与他们的童年争夺过父爱的房子，只是把它租给一些到平泽的游客或商人。

真不清楚这个老套的婚外恋故事是不是当地人杜撰的，总之它给我们临时的新家罩上了一点酸楚而深情的意味。我把故事转述给张件,并自嘲道,真是七年之痒,我们也刚过七周年。

海熊来到平泽后和我们住在一起。在他入住前,我们刚进行过一次彻底的大扫除,洗刷掉卫生间瓷砖上可疑的颜色,清洗地板,粉刷客厅的墙壁。居委会的人热心地带我们采购床上用品、杯子碗筷和几把新椅子,并换了厨房的煤气瓶。楼下客厅中有一张布沙发惨不忍睹,深红色绒布黑乎乎的,裂开一道道口子,弹簧像内脏翻露出来,让人联想到凶杀。我和张件把它抬到后门口扔了。

第一天我和张件在平泽镇上逛街时,我们看到一个男子在卖花。他拿起一盆不起眼的仙人掌递到我眼前说:"小姐,你见过仙人掌开花吗?"我接过这盆丑陋的小仙人掌摇摇头。他肯定地说:"这一盆下个月定会开花。"在我追问他何以如此肯定时,张件已经掏钱说:"那帮我们装个袋吧。"

海熊入住后的第二天曾跑去平泽街花三十元钱买了一幅印刷品《日出印象》,挂在二楼客厅的墙上。他这一建设性的举动一度使我和张件都很紧张,以为他要长期留下来,跟着我们安家生根了。谁知,他突然走了。

2

关于海熊,我记忆中唯一清晰的是:我们摔倒在沙发上,他把那个沉重的脑袋抵在我的锁骨上,双手紧紧抱住我的腰,身体陡然静止,而我也克制着自己的呼吸,仿佛怕吵醒怀中的孩子。如果当时有一个人站在沙发五步之外的距离观看,定会觉得这种姿势滑稽无比。

至于怎么会发生那一幕的,我的大脑一片空白。海熊在我们的世界里失踪,又何尝不意味着我在他的世界里从此没有踪影?

在发生这一幕之前,海熊处处显得多余。他话很少。我们三人在一起吃饭时,他只是低头猛吃饭。张件刚开始还和他聊聊往事。可后来他也累了,要每天挖空心思和一个不热衷交谈的人维持一顿饭的交际是多么痛苦的事,所以没话说的时候他也只是吃饭。吃完饭,我们三个人围着桌子悄然无声地抽烟,抽完几支烟就各回各的房间。有时候海熊建议喝酒,我们就一起对着太湖喝啤酒,像三个苦恼的人一声不吭。

不过事情总是要有一个转折,不然就不会发生海熊的失踪。

我应该尊重任何事件的发展顺序,透露海熊失踪这个结局本身是愚蠢的。我也许应该在结尾处让大家心惊肉跳:"海熊竟然失踪了!"可是谁让我先在一辆奔驰在高速公路的巴士上听到他的名字,才想起来写下这个故事呢?这种对大脑记忆规律的诚实恪守注定我成为不了好的小说家。

海熊搬来和我们一起住后,睡在客房。两个房间中间只隔着一面单薄的墙壁。我在床上辗转反侧的时候,似乎能听到男人隐隐约约的鼾声,那个声音不是来自身边的张件,他睡觉的时候总那么安静,甚至很少变化姿势。我侧过身,想象着墙背后的另一个男人也正侧身面对着我,下半身盖着薄毛毯,我们如同躺在一张床上,心领神会地相视。

我和海熊很少交谈,直到张件去长沙出差后。张件的工作需要四处奔波。他走后的傍晚,我和海熊围着瘸腿的餐桌等送外卖的按响门铃,屋里安静得简直可以听到窗台上那盆仙人掌的呼吸。我们侧坐以防面对面的尴尬,这导致我们都面向着那幅廉价的莫奈的《日出印象》。

我问他:"你知道那幅画的名字?我做好被他嘲笑的准备,万一他很快就说出答案,我宁可装作无知向他求教总好过带着白痴的自信用这样的问题考他。"

他摇摇头侧过脸来看着我说:"不知道。你知道吗?"

看他这么诚恳的样子,我脱口而出:"不知道,我以为你知道。"千万不能让他觉得我是在卖弄自己。

他耸耸肩解释道:"我只是觉得画的颜色很明朗才买的。这房间太昏暗了,你不觉得吗?"

这时,电话铃响了,我去接电话,张件问我晚饭吃了什么,今天干了什么,说他和一个同事住在宾馆,晚上会想我。说完他在电话里发出响亮的啄话筒的声音,让我有点不好意思,偷偷看了一眼海熊,他还在琢磨那幅画。

我坐下来继续等待我们的晚饭。我的左胳膊肘和海熊的右胳膊肘都搁在桌面上,势均力敌,维持瘸腿桌面的平衡。

这下,似乎轮到他考验我了:"你知道为什么公主结婚后不用再挂蚊帐吗?"

我笑道,因为躺在她身边的男人是B型血吗?

"不是。"他说着站起来走到窗台前,拨弄仙人掌上的小刺。金色的夕阳把他变成一个剪影。

我对着他的背影说:"因为男人很爱她,整夜为她驱赶蚊子吗?"

他又摇头。

因为王子身体魁梧整个把她抱在怀里吗？

他发出笑声。我投降：那是为什么？

他忽然回头问："你写诗？"我说："写过一些。"

"你知道一首诗大体说一个男人在一个女人老时告诉她，他不像其他男人爱她年轻时的容貌，而是更爱她的灵魂和思想吗？"

"你说的是叶芝的《当你年老时》吗？"

他耸耸肩转过身靠在窗台上面朝着我，他的表情和眼神藏在太阳的影子里，我睁大眼睛努力想看清楚，他究竟想暗示什么？可是徒劳。他离我只有两米的距离，但我感觉我们中间似乎隔着一个星球，他的脸是我视觉的盲区，我被模糊的视觉折磨得有些委屈。

"快说，到底是为什么？"

他轻松地笑起来："我公布答案吧，因为公主嫁给了青蛙王子。"

我们在一起度过了一个星期。除了吃饭期间，我们甚至很少在这幢房子里遇见。每天张件给我打电话，像一日三餐那么有规律。直到有一天接他电话听他絮絮叨叨说着他的思念和关心的时候，我忽然觉得耳朵很疲惫，把电话轻轻放在了枕边。这是七年来第一次，我忽然意识到这男人的声音让我烦躁,像闹吧里的音乐。

不要再强迫自己了,我听到一个声音说,你难道坚持你对隔壁房间那个男人毫无兴趣吗?那个声音传自房间的某个角落,似乎是米粒。她又说,你们三人平静的生活下藏的是颠覆一切的可能!

米粒总是出现在我生活的转折处,或者说,她的现身总是使我的生活出现一次次转折。在我十九岁那年,米粒悄悄伏在我的耳边说,这世界上最孤独和痛苦的事莫过于你得不到任何人的信任,你听到的他们听不到,你看到的他们看不到,你说的他们都不相信。为此,我和张件开始了七年的恋爱,我终于把他培养成和我合二为一的恋人来抵抗世界的孤独。

我重新拿起听筒对张件说,我听到米粒的声音了。张件温柔地问:"是吗?她说什么了?"

我没有回答。

"你怎么了,卓尔?"

"没什么,可能我太想她了吧。"

张件似乎有点担忧:"你别胡思乱想,早点休息吧,我会尽快回来的。"我没有回答,挂断了电话。

那时已经是深夜,太湖边的夜晚静悄悄的,许多年以前,那个叫妙嘉的女人一定是在这个房间里怀着幼稚的乐观，花去生命中一半时间等待她的丈夫。

当那个装满水的玻璃杯打碎在大理石地板上，清脆的声音在空荡荡的房子里回振。海熊如我所预料地那样冲了过来。"怎么了？"他慌慌张张地问，我只是脆弱地看着他，他一把抱开我，"小心，你踩到玻璃了。"

他的手环绕住我的肩膀，似乎想把我从地板上提起来，一边跳着躲开他自己光脚丫下的玻璃碎末。他失去重心，一个踉跄，带着我一同摔倒在沙发上。

在海熊的房间里，我们并肩躺在一起。我自嘲道，公主从此不用再挂蚊帐了。海熊微微一笑，把我的头放在他的胸口。

这是我们第一次还是第二次？我糊涂了，或许那晚什么都没发生？我俩僵持了一会儿后，尴尬地笑了起来。他小心翼翼地从沙发上爬起，道："你的脚别碰地，我来把玻璃扫掉。"

现在我又想到了另一个晚上。他站在窗边，胸口的肌肉在月光下很耀眼。即便在那个时刻，他依旧一言不发。可是，我记不起他的脸了，真的，我快要急哭了，海熊究竟长什么样？如何才能把他黑色的皮肤、窄窄的双眼皮、薄嘴唇搭配起来，组成一张合乎逻辑的脸，张贴在平泽的大街小巷，寻找失踪的海熊？

那天是我的生日。一大早起床就收到了快递送来的一大捧玫瑰，二十六朵，我的年纪。贺卡上写着："卓尔，今天是你的生日，我下午在长沙还有一个会，所以赶不回来了。明天我一定赶回来给你补过。爱你。件。"

我听到海熊在二楼走动的声音，急忙打开厨房的杂物柜把花和字条一团塞了进去。我上楼去，他对我说"早上好"，我也回答他。这时，我看到窗台上的仙人掌真的开花了——一朵浅黄色的柔软的小花，在晨光和露水中娇嫩可人。

我轻声说："看，仙人掌都开花了。"海熊回过头，像往常那样走到窗台前用手指肚拨弄那朵新生的小花。忽然伴随着我的一声尖叫，那盆仙人掌从二楼的窗户中掉了下去，紧接着是瓷盆从楼下传来的碎裂声。我们面面相觑，都有点措手不及。他讷讷地说："对不起。"

"没有关系。只好这样了。"

也许是出于愧疚，海熊那天对我特别好，但也不排除可能他在厨房的杂物柜里发现了贺卡，知道那天是我的生日。我们走到镇东，随便挑了一家饭馆。从饭店出来后，天空变成了奇怪的姜红色，枯败的梧桐叶在空中飞舞，预示着一场大暴雨。

天气预报说要降温,我喃喃地说。风直往我衬衣下的脖子里钻,我走得更快,一头钻进了街边一家小歌舞厅。门厅里两个浓妆艳抹露出半个胸脯的女人在卖票,她们身边的大海报上写着:"这里只有风情,没有色情。"海熊跟随我在漆黑的观众席上找座位时问:"你真的要看这种东西吗?"

我说:"为什么不呢?"

演出开始了,黑暗中站着情绪高涨的男观众们。被拙劣的灯光打亮的小舞台上正有七八个穿红色比基尼的年龄不详的女人在跳舞,她们蹬着粗壮的大腿,兴奋地甩着头发。我们找了一个角落位置坐下来。这个节目结束后是一个矮胖女人气壮山河地吼了一首《等你来》。我假装看得很专注,但分明觉得有明亮的目光正贴在我的右侧脸。我转过脸,海熊正看着我。

他问我:"你喜欢看这个?"我耸耸肩没有回答。接下来是一个黄色小品,主要讲述的是四个四川女如何被拐骗成为卖淫女。四个女人在屏风后被男人撕扯的身影和艳俗的尖叫激起了男观众们狂暴的笑声。这时,海熊忽然抓住我的手把我拉了起来,我跟着他跌跌撞撞地跑出了歌舞厅,站在秋风瑟瑟的大街上,他一把抱住我开始亲吻。

他躺在床上，两眼出神地望着自己的腹部。我问："你以前爱过多少女孩？"他说："没有，在遇到你之前我从来没有对别人动过心。"我说："真的吗？"他说："你是第一个。"

他坐了起来，扳住我瘦弱的肩膀说："从在天桥上看到你的那一刻起我就对你有感觉。我站在天桥上看到一个皮肤白皙的女孩子坐在花坛上光着脚，咬着自己的指甲，东张西望，你的头发在阳光中是金黄的。我想到桥下和你搭讪，可阿件却把我带到你身边，介绍说你是他的女朋友的时候我感觉好失望。"

这时他开始下床，我问他去哪儿，他说他忽然觉得很冷，想要杯热牛奶。

我急忙站起来说："我来吧。"便踩着拖鞋跑进了黑漆漆的厨房。

3

张件敲门，我从屋里跑出来为他开门。他全身都被雨淋湿了，头发粘在额头上，像一只刚出壳的小鸡。我紧紧地抱住他哆嗦着的身体。我喃喃地问他："你不是说今晚不回来吗？"

他亲吻了几下我的额头说："因为太想你就飞回来了，今天是你的生日，我一定要赶在十二点以前给你一个惊喜。你早上收到我的花了吗？你今天是怎么过的？"

我打断他的絮叨："外面雨下得很大吧？"他喘着粗气说："是啊，雨太大了，伞根本不顶用。我又没看见出租车，只好从车站一路跑了回来。"

我听到湖水撞击堤岸的声音，想不到平时平静安谧的太湖此时狂暴得像一个精神病人。我有一点战栗。

张件问我："怎么了？"我说："很痛。"他重复着，"什么？什么？"我说："头痛。"我捂着脑袋跌坐在沙发上。

他在我的身边坐下，紧紧贴着我的身体，问我怎么了。我忽然感到极其厌恶，仿佛是他的存在剥夺了我的幸福！他还在继续问，我看到他的嘴一张一合，可已经听不到他在说什么了。太湖的浪声把一切都淹没了。

说到这里你们也许还没明白，海熊，那个穿白T恤的说话语无伦次的男人究竟是什么时候失踪的呢？

第二天我从床上醒来时，张件正坐在我的床边，双手握拳支住他的下巴。我极力温柔地问:"你不用再去长沙了?"他说:"你好像在生病。"我觉得他的声音有一丝冷漠和责问。他是发现了什么吗?

他说:"你的球鞋是湿的,昨晚下雨以后你还出去过?"

我把头转向另一侧,我看到窗户外的天空特别蓝。我觉得浑身很轻松,似乎要跌落到天空中去了,在蓝天白云中游弋。

他坚持不懈地问:"你昨晚出去干吗了?海熊去哪儿了?"

我一边看着窗外一边慢悠悠地说:"昨天我一个人上街看了场电影,等我三个小时后回到这里,发现你的海熊朋友已经不在了。"

"他没有留下字条什么的?"

"没有,反正我没看到。"

"你回来的时候还没有下雨吧?"他的语气越来越像一个蹩脚的侦探。

我厌恶地咂咂嘴说:"我回来不久就狂风大作,把窗台上的仙人掌给打到楼下去了。我就穿了球鞋跑下楼去把它捡起来。"

"仙人掌呢？"他打断我。我不认为他真的那么在乎这盆仙人掌。

"对了，你还没有看到它开花吧？"我笑起来，"那些黄色小花那么好看。可惜了。我很想把它捡起来重新换一个瓷盆，可雨太大了，把泥和花都冲走了。"

张件开始抚摸我的脑袋，他换了一件干净的毛衣，浅灰色的，还是我去年帮他买的。他的头发也干了，蓬松得像一顶帽子。我用手抓住他的胸口，他却有点烦躁地推开我的手说："那家伙招呼都不打一声就去哪儿了呢？我今天早上打他电话，也是关机。你又生起病来。"

我冷笑两声："我生什么病？"说着就要坐起来。

他把我推倒在床上说："你躺着别动。"

那几天我病得很重，时而觉得一个红色的新世界正在眼前冉冉升起，像火焰一样耀眼，正要吞噬整个世界，时而觉得冰冷的太湖水正把我们的房屋淹没，我孤独一人沉向黑暗的水底。

清晨，我醒来发现张件站在窗边举着温度计，道："谢天谢地，你的烧退了。"他趴到床边，刮了一下我的鼻子说："你还记得你在发烧时咕哝着什么吗？"我恐惧地盯着他似笑非笑的眼睛，摇摇头。难道我一直叫着海熊的名字吗?可他笑道,你一个劲儿说:"仙人掌开花。"

接下来那几天,张件心情极好地在我身边忙碌,并且似乎对园艺发生了浓厚兴趣,整天钻在后花园里,还把一棵小太阳花掘到小瓷盆里,放在曾经打翻仙人掌的窗台上。可是他只字不提海熊的名字,似乎在我生病那几天已经找到了那样安心。他是否瞒着我什么,像我瞒着他一样?他的沉默和好心情让我更加烦躁。终于有一天,我忍受不了了,盯着吃空的早餐盘一边擦嘴一边假装随意地问道:"海熊最近还好吗?"

他正在平底锅里煎荷包蛋,明显停顿了一下才说:"不知道。他再也没有和我联系过。"他的声音听起来漠不关心。

我捧起大牛奶杯挡住自己的脸。他把煎好的荷包蛋放在我的盘子里,坐在我对面目不转睛地看着我说:"他走的时候似乎很匆忙,手表都没有带走。"我放下杯子,若无其事地说:"他的表又不值钱。照你对他的了解,这不像他吗?"

"你说得没错,他一直这么丢三落四。哪个老情人突然呼他也不一定,比如叫他陪她堕胎之类的,他在来这儿以前就一直在为各种女人奔波,所以一事无成。"他的语气充满了轻蔑,他站了起来,指着我的盘子说,"把鸡蛋吃了,别凉了。"说完又走进了后花园。

我的心被嫉妒隐隐地刺痛,但这多少减轻了我的负罪感。我跟着他走进花园说:"我们走吧,离开这里。"

张件正蹲在地上种植一丛新的孔雀蓝,几天前的暴风雨把这株可怜的植物打蔫了。他抬起头问:"为什么?当初是你要来太湖边的,我们交了半年的房租还没有到期。"

"走吧,这儿太潮湿了,我的每个关节都开始疼。"

"你真的觉得不舒服吗?"

"我为什么要骗你?现在我一走路膝关节就像机器人。"

一个星期以后,我们带了两箱行李坐上了回南京的快客。在车上,张件发现他的后座竟是他的中学同学,他有点兴奋地用胳膊肘碰碰我说,我和海熊还有小毕,以前是一个班的。张件这次并没有向他的同学介绍我。这也许证明他对我和海熊的偷情有所觉察。但他难道傻到以为我会和这个秃头、牙齿发黄、说话唠叨的小毕再发生点什么吗?

我把脑袋搁在窗玻璃上假装睡着,其实正偷听他们的谈话。小毕问:"这是你女朋友?"断断续续地,我只听到张件轻声回答:"她有病,我带她回南京看病。"

看病？看什么病？为什么我从来没有听他提起过？我虽然闭着眼睛却似乎可以看到他的同学正好奇地打量我。我害怕和气愤得浑身颤抖，忽然觉得这个相处七年的男人竟是那样陌生和可怕。他的声音、笑容以及正紧挨着我的身体，都是假的。他究竟要把我怎么样？因为我和海熊相爱，他就要让所有的人都认为我有病？

"卓尔，卓尔，你在干什么？"我听到张件惊慌地叫道，"你要把窗玻璃撞碎了。"我睁开眼睛，他把我的头搂到他的肩膀上，揉了揉我的额头。

他转过头继续和他的同学谈话。

当他们谈到无话可谈时，才又提到这个刺耳的名字。"海熊和你联系过吗？他妈的那小子，又跑了！"

回到南京后，我在七楼的房间深居简出。当然，我拒绝见张件介绍来的任何医生，我没有病。我写不出诗，开始写小说。我为男主人公取了个名字叫海熊，决定从他的出现写至他的失踪。可是，我始终不知道优秀的小说应该在哪里结尾，是不是需要给读者一个明确的交代，比如海熊失踪了，那他到底去了哪儿呢？他为什么会失踪？

一天，我在张件出门后偷偷见了米粒。张件对米粒一向没有好感，反对我和她的交往。她依然那么漂亮，穿着暧昧的淡紫色兔毛毛衣，拎金色手袋，涂鲜红色口红。我喜欢她对自己的艳俗毫不遮掩。而我坐在她的对面显得营养不良，不仅是模样，整个人生都是。

我们坐在幽暗的灯光下像学生时代那样压低声音说悄悄话。大学毕业后她一切都挺好，做着一份时尚杂志编辑的工作，没有固定的男朋友。她说她做了结扎手术，她痛恨孩子。我没有说自己，包括把这次太湖之行都省略掉了。她却忽然前倾身子，用一种令人毛骨悚然的声音，甚至带点儿慈悲的眼神看着我说："你生活中的一切都是不确定的，能让我们活下去的动力是坚信还存在另一种可能。"

我哑哑地笑道："什么意思？"她一把握住我搁在桌上的手说："比如说，另一个男人，为事情的来龙去脉找到另一种可能的解释，尝试另一种生活方式。如果没有第二种可能的存在，一切都是一眼洞穿，我简直不能想象生活会有多么乏味。"

其实这么多年来，我一直讨厌她对我指手画脚。但我还是不得不承认她的话又给了我一个灵感。

第二天张件离开后，我从抽屉里取了一些钱，动身去找海熊。我要去平泽，去太湖边，去海熊失踪的地方。临走前我回头看了一眼，墙头的日历上又是一个醒目的"星期四"。

4

我听到门铃声,站在门口的两个年轻男人,一个穿着军绿色羽绒服,岁数或级别似乎稍大,另一个穿着鲜艳的橙色外套,剃板寸头。他们问我:"你就是卓尔?"我点头,让他们进屋。

他们并排坐在沙发上,我为他们倒了两杯水。很抱歉,没有咖啡和茶了,我们已经好一段时间没在这儿住过。我在他们对面坐下。穿橙色外套的年轻人从包里掏出一本黑色的本子。另一个男人咳嗽了两声,环顾这间客厅说:"这房子买下来很贵吧?"我说:"不,是租的,过两个月就到期了。"

"你要不自己谈谈经过吧。"他看着我说。

"不,还是你们问比较合适,我不知道从哪儿说起。"

"好吧。你和张达森是怎么认识的?"

我摸了摸脖子,一时对"张达森"这个名字有点不适应,我已经习惯了称呼他海熊。我说:"他和我男朋友是中学同学。他两个月前过来和我们一起住。"

"你们以前不认识?"

"是的,不认识。"

"那案发当天你男朋友在哪儿呢?"

"他为一些工作的事去了长沙。很晚,可能接近十二点才回来。之前那几天,他也一直在长沙。"

"我想知道,你是怎么做到的呢?"他做了一个扔东西的手势。

我觉得很滑稽,就笑了:"给他喝一杯放了半瓶安眠药的牛奶,然后约他去太湖边散步,走上大坝的时候他说头晕,我趁他不备时,把他推了下去。"

他神经质地看了看刚喝过水的杯子。"就你一个人?你一个人做到的?"

"这很简单,不费力。"

他若有所思地点着头,似乎在回想我刚才说的话,拼命想挑一点差错。

"你男朋友知道吗?"另一个年轻的警察发话了。

"不,他什么都不知道。那晚他突然赶回来吓了我一跳,不过多亏那时候我已经把衣服换了。他看到我的球鞋是湿的,怀疑我在下雨后还出过门。我骗他是下雨后出去捡东西,他相信了。"

他们两人相视一笑:"好吧,卓小姐,谈谈你的动机。"

"动机?没有动机。"

"怎么会没有动机呢?你难道想说你当时只想开个玩笑或者一时头脑发热?到底是为了什么你——要——杀——死——他?"他一字一顿地说,"你又不是街上的疯子,做一件事总有你自己的理由吧?如果你不交代动机,我们很可能把你以上说的一切都当成玩笑,况且我们现在都没有发现尸体。"

"嗯,其实是这样的,从我见到海熊起——请允许我用这个名字来称呼他——就预感到我和他会发生什么。你们凭多年的经验肯定猜到了这是情杀。案发当天,我和海熊一起上街吃饭,回来后我们发生了关系。我想和他远走高飞。当我向他计划着未来的时候,他却没有任何反应。我想那是疲劳的缘故吧。我问他爱过多少女人,他说没有,他从来没有爱过谁。我问他,包括我吗?他却说,我不应该离开张件。愤怒一下子击中了我。我坐在那里看着他,而他只是盯着他自己的腹部出神。这样一个自私的男人,我却差点要为他牺牲我七年的爱情、平静的生活和一切未来。

"这时,他穿好鞋子要往外走,我问他'怎么了',他说他忽然觉得身上冷,要去热杯牛奶。我说'我来吧'。我给他喝了放安眠药的牛奶。喝完以后,他似乎没有什么反应。我说:'我忽然很想看太湖,你陪我去吧。'他说我一定发疯了,外面这么冷,而且暴雨快来了。我穿上球鞋和外套就往外跑。他在大坝上追上了我,求我回去。我不愿意。这时他忽然捂着脑袋说他头晕,自言自语一定是被冷风吹的。他撑住栏杆向太湖垂着自己的脑袋,我从背后把他一把推了下去。他几乎没有惊叫。我看到湖面扑腾了几下就恢复了平静。在我走回来的路上下起了暴雨。"

我看到小警察的圆珠笔在本子上飞快地转动。

年纪稍长的警察听完我的陈述,皱了皱眉,总结道:"因为他不爱你,所以你把他杀了,对吗?"

我点头,也可以说我气恼的只是平静的生活被他搅浑了,而他却身处事外。

警察耸了耸肩,似乎表示这两者没太大区别。

"还有什么疑问吗?"我问。

他看了眼他的同事后对我说:"暂时没有什么疑问了。能不能麻烦你在这儿签个字?"我欢快地接过黑色的本子在他的手指指着的地方签下我的名字,"我们要去核实一下海熊,不,张达森这个人是否真的失踪了,还有搜索一下他的尸体。很可能,那晚的暴风雨把他的尸体冲到下游去了。"他说着从身后掏出一副亮锃锃的手铐,"现在,卓小姐,麻烦你跟我们走一趟。"

我顺从地伸出手腕。就在这时,一个人从门外冲了进来,他的脸被风吹得通红,刘海竖了起来。

张件气喘吁吁地问坐着的那两个男人:"你们是警察?"他们点头。

他说:"我接到卓尔的电话了,说她要投案自首,她犯了什么罪?"

我在一旁冷笑,他为什么不自己来问我,而要问那两个警察?他们知道的一切可是从我嘴里说出来的呀。

"如果我们找到你朋友海熊的尸体的话,很可能会马上起诉她谋杀。"那个警察一本正经地说。

"海熊是谁?"张件问。

"不,是张达森。"警察纠正。

"海熊?谋杀?"他笑了出来,我看到从他嘴里冒出白色的热气,"她在和你们开玩笑。"

"她有病。哎,我这儿有医院的证明,她精神有问题。我租下这儿的房子就是带她来太湖边疗养的,想不到她编的故事越来越离谱。她不过在照着自己写的剧本演戏,你们、你们碰巧客串了一下。"

我怒视着张件。他竟然说我精神有问题?这个男人到底是谁?为什么处处干涉我的自由?就算我爱上了海熊,他难道一定要让所有人把我当成疯子才解恨吗?

这样想着,委屈的眼泪掉了下来。我哭着说:"求求你放过我吧,我已经被你控制七年了,这七年来我没有自由,所有人都把我当成疯子。米粒说得对,我应该开始另一种生活了,属于我一个人的生活。我不能再说谎了。"

张件想要伸手抓我,我嫌恶地甩开他的手。

他似乎也生气了,朝我吼道:"米粒,米粒,她到底是谁?她无处不在,她神通广大,因为她也不存在!"

一个警察插话:"张先生和卓小姐,两位请别争执了,你们的感情纠纷和我们无关。不如劳驾你们两人都到警局来一趟,澄清一下凶杀案的事实。至于真相,可能要等我们搜索尸体后才能下结论。"

我和张件跟在他们身后钻进了警车。他在车上握住我的手说:"卓尔,我不知道你为什么这样做,但现在承认撒谎还来得及,不要给你自己惹更人的麻烦了!"

我发现一个警察正从反光镜中观察我和张件,于是正义凛然地抽出手说:"我不可能心底压着这么一件罪行还安心活着。"同时,我在心底暗暗祈祷:这七年来,永远都是他赢我输。上帝啊,千万要让警察找到尸体,让他输得心服口服。

这时,张件突然猛力拍打车窗叫道:"停车!停车!"

警察把车停了。张件摇开车窗,对着街对面大叫道:"你小子,居然在这里!"

我看到阳光照耀的街对面,一个身形魁梧、穿皮夹克的陌生男人正站在一个烤肉串排档前抽烟。两个艳俗的女人陪在他身边嬉笑。

他看到了张件探出车窗的脑袋,双手插在裤袋里旁若无人地朝我们走来。他一边走一边笑:"搞什么鬼?你小子好久不见,是不是偷税漏税被逮了?"

"你上车。"张件命令道。

那个似曾相识的男人打开车门挤到了我们后座,对我咧嘴笑了笑。我看到他未干的鼻涕粘在黑乎乎的嘴上,满身烟味,不禁气愤地嚷道:"他是谁呀?"

我听到张件轻轻地舒了一口气,心情舒畅地对前座的两位警察说:"带他一起走吧。他就是被卓尔谋杀的海熊。"

乞丐与菩萨

1

我在美国上东南亚文化人类课时第一次听教授说起丘丘庙，以及庙里发生的一起离奇命案。

隔年在曼谷旅游时，我特意去找了丘丘庙。

这是一栋暗绿色两层小楼。的士带我找错了地方，到达时已经夜深了，巷子里其他商铺都打烊了，只有庙门口的一块泰文霓虹灯招牌在黑巷子里孤独地闪烁着。

曼谷的晚上特别闷热，没一丝风，我感觉自己每个毛孔都被堵塞了。这样的夏夜，空气中总有一股腐败、令人作呕的气味。踏进庙里，却多了一种莫名其妙、激发情欲的脂粉气。你去过街角小理发房吧？对，就是里面那种气味。

我被数不清的丘丘泥像包围了。他们的外形一模一样，大小不一，五颜六色。

他们一手拄拐杖，一手抓住肩上的包袱，一串佛珠挂在大肚皮上。

他们的脸上倒挂着胡须眉毛，带着老人慈祥的笑。

他们看似光滑，但细细抚摸，又有些粗糙。空调冷气把他们的脑袋吹得冰凉。我随手拿起一个，他脖子上挂的价格令人咋舌。

"哟，刚要打烊就来客人了！"我听到一个沙哑的嗓音，转过身，看到一个四十多岁的女人。她的睫毛上贴了两片紫色羽毛，两只眼睛快要飞起来了。

她是宋柑，这里的老板。她说，她有世界上最多的丘丘：五千个。正在计划申请吉尼斯纪录。

宋柑拿起其中一个，约十五厘米高，放在手掌上。这个是她的第一个丘丘，已经八十岁，是外婆在她七岁那年送给她的。

宋柑用手指拨动丘丘身上的珠宝，说道："他和我一样喜欢金子。看，他脖子上的这只手表是劳力士的。"

宋柑噘起红嘴唇，贴在丘丘瘪塌的屁股上，眨着眼睛示意我拿出手机拍照。我拍完后，她又凑上脸来一同欣赏。我闻到了她身上一种香精的味道。她鼓励我把照片发到社交媒体上给她做广告，我敷衍说自己不太上网，收起了手机。

"生意好吗？"我随口问道。

宋柑撒娇似的嘟嘴道："你们只把丘丘庙当作免费的景点，生意能好吗？"

"你怎么知道我不会买？"我问。虽然我确实并不打算买。

她嗤笑一声："你连丘丘是谁都不知道吧？"

她的目光尖锐，牢牢盯着我的脸，好像刚发现一个混入队伍的奸细。

2

丘丘的故事，也就是佛祖的前世V的故事。

V是一位王子，娶了贤惠的妻子，生了一对可爱的儿女。他们本来可以无忧无虑地生活，可V却偏偏有个心理疾病——施舍强迫症。

V把本国的一头能祈求雨水的白色大象送给邻国后，百姓们大为不满。于是，他主动退位，把王权还给了父亲，带着妻子和孩子离开了皇宫。

V在流浪的途中依然克制不了施舍，最终财产、行李、乘坐的马车，甚至鞋子，都送给沿路遇到的穷人。他的妻子和孩子们只好跟随他，赤足步行，去森林里居住。

丘丘则是V的反面。他贪婪吝啬，正是靠着沿路乞讨，积累了一笔钱。

可那对替他保管积蓄的夫妇却花光了丘丘的钱。面对丘丘上门催讨，那对夫妇无力偿还，便提出把自己的女儿诺许配给丘丘做老婆。

诺不仅长得很美，而且做家务勤快，我在教授著的《乞丐与菩萨》的插画上看到过她的画像。这惹得村里的每个男人都羡慕丘丘的福气，而村里的女人都十分嫉妒。有一天，她们趁诺独自去井边打水时，将她暴打一顿，并扯烂她的衣服，狠狠羞辱一番。

自那以后，诺再也不愿去井边打水了。她哭着、缠着丘丘给她找两个仆人打水。丘丘心疼妻子，便到处物色仆人。

一个有施舍强迫症的人和一个有乞讨强迫症的人，此刻终于有了交集。

丘丘早就听说，每个人向V要什么，他都会给。便暗想，他现在什么都没了，我为什么不试试向V要他的子女呢？

两个孩子偷听到丘丘和父亲的对话，害怕地躲到了荷花池中。

可是V却真的把孩子送给了丘丘。他看着丘丘当自己的面鞭打孩子，内心痛苦，但依然克服不了强迫症。

妻子回家后发现两个孩子不见了，悲痛欲绝，但最终选择原谅了丈夫。

丘丘得到了V的两个孩子后，当作奴隶使唤了几年，最终把他们卖给他们的爷爷奶奶——国王和王后。

他因此得到了大量金银珠宝。他这辈子从没有那么富有过。

他请自己吃了一顿无比丰盛的晚餐，不小心把自己撑死了。

是的，贪婪的丘丘，最终死在了餐桌上。

3

宋柑提醒我第二天早上回来庙里观看丘丘祭祀仪式。

周六早上，丘丘庙的里里外外便被上千人挤得水泄不通。女人们把丘丘扛在肩上，穿过集市，朝丘丘庙拥去。五颜六色的泥像们在大街小巷流动，像工厂里排出的污水，最终汇入同一条下水道。

宋柑站在店门口的台阶上，举着话筒，向大街上的人发表演讲。她矮胖的身材外罩一件蓝绿色的薄纱袍子，头顶莲花，远看像一只陶瓷艺术水缸。

观众是清一色的中年妇女，偶尔也能见到几张年轻的面孔。她们肩上的丘丘们个个打扮得花枝招展、珠光宝气。

宋柑说："你们把丘丘伺候开心了，他才会带给你们好运。怎么让他开心？你们去菩萨那里，一般都会烧香捐钱对不对？去祭拜祖先，总要备点酒烟吧？这叫投其所好。丘丘是个老色鬼，所以看看小妞跳舞就快活了。我这里有个人妖丘丘，他喜欢的当然是美男。"

她的话引起下面的人的哄笑。

祭祀师上场了。店门口的两个大音响里响起劲爆的音乐。

四个女孩只穿比基尼套装，随着音乐猛烈地扭动腰肢，身上的每一块肌肉都在抖动。她们一会儿用胸部摩擦泥像们的脑袋，一会儿在泥像鼻子前晃动屁股。这种舞蹈在泰国夜店很常见,叫小狼舞。

后排的观众们把丘丘扛在肩上,为了让他们站得更高,看得更清楚。前排的信徒则拼命招呼舞女们抚摸自己的丘丘。

丘丘们色迷迷地笑着。到处是欢声笑语,犹如一个成功的联谊晚会。

4

因为教授的缘故,宋柑把我当作客人。可我总是不知趣地挑起话头,向她打听八年前的那起命案。

她起先态度冷冰冰的,并不愿说,但后来终于松了口,大概觉得我是外国人,不如借此机会向我澄清一些事。

她说那个叫楠的祭祀师是她从曼谷一家酒吧里找来的,是清迈乡下的女孩儿,身材不错,学了点舞蹈,刚到曼谷时在酒吧推销啤酒。

宋柑看楠在曼谷无依无靠,就安排她和另一个叫阿多的女孩一起睡在二楼的仓库。

来了不到一星期，楠就声称父亲生病要一笔手术费，向宋柑借了四十万泰铢。这可不是一笔小钱。宋柑让楠签了个合同，把这笔钱当作预支的薪水。楠两年内不得离开丘丘庙，以无偿工作的方式偿还债务。楠感激万分，在以后的日子里都管宋柑叫作"妈妈"。

可后来两人关系不大好了。以宋柑的说法，楠懒到骨子里了，庙里包吃包住，但她总觉得自己不领薪水不愿干活，平时有客人来也不招呼，一天到晚躲在柜台后玩手机游戏。

宋柑打骂了她几次，楠便怀恨在心，开始散布谣言。

她竟然说丘丘强奸、殴打她。

"你可别笑啊。"宋柑说，"经常有人问我，丘丘究竟有没有灵。

"如果我回答有，他们也不会信，因为他们早就在心底假设所有商人，只要有利可图，必定会说谎。所以，我就回答他们：'你愿意相信什么，就是什么。'对于连菩萨都不信的人来说，丘丘自然不过是一尊泥像罢了；但对于信的人，丘丘当然是有灵的。"

宋柑继续说："我知道那些人问这个，是想让我扇自己嘴巴。如果我承认了丘丘有意识、有生理需求，那我等于承认了丘丘强奸楠的可能性。如果我不承认呢,又等于自砸招牌。哈哈,真狡猾。

"其实,我完全同意他们说的,供给丘丘最好的东西不是小狼舞,而应该是女人的身体。这才是他真正需要的。我不否认丘丘也许会在夜晚和不同的女人共处。

"可问题出在这里——究竟是谁先勾引了谁?

"人人都说丘丘是个无赖,这点毫无疑问。但他不会强迫任何女人和他做爱,一定是那个轻佻的女孩先勾引他的。

"你看看他生前的故事,他只是乞讨、追求、等待。这有什么错呢?丘丘的职业是乞丐,他只是做了他应该做的——尽可能地向这个世界索取。他索取得越多,就越证明他是一个成功的乞丐。但他不是一个强盗,不是强奸犯,更不是凶手。"

5

许多人问我,为什么要拜丘丘。

菩萨总是说,你不应该强求不属于你的东西。你想要不痛苦，你先要学会放弃欲望。五年前，我天天向佛祖祈祷，可我什么都没有等到，我的两个肾都中毒了，我在慢慢死去。

有天我突然看到了外婆给我的丘丘。我躺在医院的病床上摆弄丘丘，心想，这个丑老头才是真正的人生赢家啊。你看，他娶到了贤惠美丽的妻子，让王子公主成为他的奴仆，不用辛苦工作就得到了巨大财富，就连死，都是吃撑了死的。还有比这更完美的一生吗？

丘丘才是我心目中的男子汉。他懂得宠爱保护自己的女人。虽然出身卑微，但有一颗上进的心。而V呢，出身高贵，活得再长又有什么意思？

于是我试着向丘丘祈祷。

那一天，大哥突然从老家来曼谷找我。他并不知道我生病了，他只是听老乡说我在经营按摩店，想来找我借钱。

你以为他会无缘无故捐给我一只肾吗？这不是施舍。

他和我定了一个五年的合约。他赊给我一只健康的肾，我用它好好活着，五年后交给他一百万。我若拿不出钱，他会让医生再做一次手术，把肾拿回去。

一百万对当时的我来说是一个天文数字。虽然开按摩店有了点积蓄，但看病和手术几乎都花光了，还欠了一屁股债。

许多人不能理解幸运的真谛。幸运不是让你无缘无故白白得到一些东西。幸运是让你有机会去交换。

我真是个幸运的女人。现在我已经还清这笔债,完完全全地拥有这个肾,谁也夺不走它。

如果佛是光明,丘丘就是影子。有光的存在,才证明了影子的黑暗。

但也别忘了,是影子成全了光的光明。世上如果没有丘丘这样的人,菩萨也就不是菩萨了。

6

命案发生的那一晚,唯一见证楠之死的是她的室友阿多。

阿多的证词也自然成了警察断案的主要依据。

我在网上找到了一篇一年后对阿多的采访。

当时阿多已经离开了丘丘庙,嫁到了澳大利亚。她主动打电话给曼谷一家报纸,要求为自己的声誉辩白。

警方在案发后得到的一本楠的日记里写：阿多曾偷偷告诉她，自己也是丘丘的情人之一。

"怎么可能？"阿多情绪激动地说道，"记录上的这些话我一句都没说过。真要命！我当时就有未婚夫，是澳大利亚的泰餐厨师，去年我们结婚了。她怎么可以这么污蔑我？好伤心啊，我还以为我和她是朋友呢。"

阿多推测，楠的家人都是佛教徒，她也许内心无法接受自己为丘丘跳艳舞，而一再声称自己是中了圈套被强迫的。这样她会好受一些吧？

记者追问案发当晚到底发生了什么。

既然结案一年了，阿多也没保密。

案发那晚凌晨一点，她口渴，下楼去喝水，再回房间时，却发现房门不小心锁上了，自己的钥匙也在房间衣服口袋里。她没办法，只能敲门，试图叫醒楠替她开门。可楠却似乎睡得太死，毫无反应。她等了十几分钟，门后突然传来一声惊恐的尖叫，紧接着又听到咣当一声响，然后一切都归于平静。

宋老板在阿多打了三个电话后，才不情不愿地带着房门钥匙来了。

打开房门后，房间里漆黑一片。宋老板走在前面，阿多跟在背后。宋老板打开灯开关，阿多一眼就看见了躺在地板上的楠。她全身都赤裸，衣服丢在床上，脚边是一个碎了的丘丘。

宋老板"啊"了一声，扑倒在地板上，搂住那堆碎片。她认出了这是外婆在三十多年前送她的那个丘丘。

报道里说楠的尸体没有任何外伤。那么死因是什么？

法医的结论是呼吸衰竭。楠有哮喘，发作时可能造成黏膜水肿，支气管管径变窄，导致呼吸衰竭死亡。这也是警方的结论。

可是她患有哮喘的事，却被她家人否认了，毕竟也只是宋柑和阿多的一面之词。

至于她阴道中的残留物和被打碎的丘丘像的物质完全吻合——

"酒吧街上那些女孩太疯狂了，什么事都干得出来。"一个办案的警察这么评价。

另一个网站的报道里附了楠的照片。

这是一个脸蛋光洁，看起来有几分执拗的少女，穿着小狼舞的演出服，伸出手指在小脸蛋旁比了一个V。如果楠活着，那她现在也将近二十岁了吧。

网上另一张照片是案发现场的照片。楠赤身躺在木地板上，摆出一个极度扭曲的造型。一条纱巾随意地蒙在她的脸上。她的小腿翻折，隐私部位打了马赛克，紧挨臀部的是一个打碎了的丘丘像。

唉，那一刻我竟想掀起纱巾，看看楠最后究竟是什么表情。

7

后来曼谷便流传，一个小狼舞舞女为了报复剥削她的老板，猥亵了老板最爱的丘丘泥像。可在丘丘的信徒中间却流传另一个版本的故事，丘丘奸杀了无辜的少女。

一些人把丘丘像从家里扔了出来。他们很后怕，原来自己在家里养了一头饿狼。那些日子里，环卫工人每天都在街上打扫丘丘的碎片。丘丘庙和宋柑的名誉受损，周六的祭祀仪式一度变得冷冷清清。没有人再敢驮着丘丘招摇过市去看小狼舞，他们要和强奸犯以及凶手划清界限。

但这些碎片却让更多的人相信丘丘是有灵的。

丑闻消散后，丘丘庙和宋柑更有名了。越来越多的人向丘丘祷告。他们向丘丘祈求健康、钱、女人、男人、时间，或许还有爱。

因此也有其他人嗅到商机，开始制造丘丘像，在网上出售。这些像以那个被楠打碎的丘丘为模板。一个成本几十元的泥像可以炒到上千，甚至上万元。

丘丘从此在人间复活了，成了最大的赢家。

本故事基于曼谷的丘丘庙（ChuchokShrine）和Katherine Bowie所著的新书《Of Beggars and Budd has The Politics of Humor in the Vessantara Jataka in Thailand》。

闺房哲学

1. 诗

我和米粒走进阴冷的房间,像有一条湿冷的蛇突然缠住了我的脖子。她问:"你喜欢这里吗?"我皱了皱眉。那张大床散发着一种陈年旧事的味道。想必在那一刻,我已经预料到我们的结局。

在傍晚出门前,她说:"你长得真好看。"我拉上了连衣裙侧腰的拉链,从镜子里看着站在我身后的她。她正双臂抱胸,倚在门框上,眯着那双小眼睛。我再想看自己,视线竟有些无法聚焦。而她又说:"可我不喜欢你这种身材,我喜欢大胸大屁股,我在法国读书时有一个希腊女朋友就长那样,她还有一双湛蓝色眼睛。哪怕我是女人,我都想睡她。"

每当夜深人静回忆起她说这话的口气时,我就感觉右侧颈部有一根神经在抽动,好似要挣脱皮肤跳跃出来,在满是尘土的地板上打滚。

一切都活了,只有我死了。

自从米粒向我发誓,我们绝对没有杀死陈勐腊以后,我就开始怀疑我有精神病,比较严重的那一种。但这又是一个悖论。我不可能是一个正常人,因为我知道自己疯了;但我又不可能是疯子,因为疯子是不会知道自己疯了的。那么,我到底是什么东西呢?

在唐璜酒吧里,米粒扮出斗鸡眼的样子,盯住她叉子上的那片培根,道:

> 这条肉,此刻还活着
> 但再也没有未来了
> 因为我将要吃掉它
> 就好像生活吃掉我们

每当她作诗时,我便有优越感,我终于有比得上米粒的地方了。

可我当时心不在焉,更在意我连衣裙背部的拉链似有一点开裂,因此,也全然没注意到陈勐腊正穿过迷蒙的雾气和庸俗的灯光,走向我们。

在那一刻,我还是活着的。

我从没后悔过之后发生的一切,因为醉酒以后,我的身体似乎有了自己的生命,我的意识无法代为受过。我后悔的是,当米粒让陈勐腊坐在我身边时,我没有拒绝。因此,我嗅到了他浅绿制服下冷静的体味,冷静到让我浑身哆嗦,愿意服从他的一切指令。

我们是昨天上午才来小勐腊的。我们先在边境的集市上逗留了一会儿,米粒在一个黄色光碟地摊上挑挑拣拣很久,直到看到警车过来,我才把她拖走。接着我们办了通行证,步行穿过国界,到了缅甸的这一边。六月的炎热你可想而知。哪怕现在已黄昏,还是没有一丝风,裙子的棉布牢牢贴着我的皮肤。昨天上午,正当我们走在滚烫的黄沙大道上时,一辆在20世纪80年代香港电影里见过的老式奔驰车开了过来,停在我们身边。有人朝我们吹口哨。

这对经营栗子农场的贵州父子,提出捎我们一程,去小勐腊镇。小果三十出头,红色T恤下露出胳膊上模糊的文身。他说,他刚从贵阳回来。他是去把女朋友送走的,他不要她了。

"唔,我不是这么不念旧情的人,她跟了我也有三年了,但这傻货在这里天天什么事也不做,每天只是赌,临走那天还输掉了我九万块。"

瘦小的老果在鼻子里发出鄙夷的哼哼声。

我们坐在冷气车里,经过广场上的一片大排档。小果说:"三年前这里还是一大片集市,你们知道卖什么吗?"他露出一颗金牙,道,"有枪、毒品,还有俄罗斯女奴。"

我们经过一座桥时,他又说:"今晚你们若出来,会见到不少妓女,三十五十可以打一炮。过去十里路的赌场里,今晚有表演。你们想去看吗?是从泰国退休的四个人妖皇后,你们见过人妖吗?"

我看看米粒,她正出神地望着桥下的大棚。

"那里又是什么地方?"她问。

"噢,那是斗鸡场。"

2. 斗鸡

我拿起相机时,几乎四面八方都有人冲过来,朝我吼:"不能拍!"

拍了它就没魂儿了,怎么斗都不会赢了。

那只消瘦的黑公鸡在笼子里来回转圈,看不出是焦虑,还是亢奋。当鸡主人——一个和他的鸡一样秃的年轻男人——把黑鸡放在擂台上时,另一只红鸡也站在了台上。想必这午后的气温让鸡们昏昏欲睡。它们无心恋战,在台上绕圈,不时梳理自己的羽毛,像在跳着友好的恰恰。

黑鸡主人朝它泼了杯冷水,说起悄悄话:"看它嚣张吗?你不想干掉它吗?你不嫉妒吗?你不想获得奖励吗?你不想今晚吃顿好的吗?你不想我把鸡舍里最漂亮的母鸡送给你吗?你不想踩在它头上,享受胜者的快乐吗?"

这个蓝白条纹的尼龙大棚里充斥了鸡屎、汗水、羽毛、愤怒、血腥、酒精、尿液的气味。我觉得胸口压抑,难以呼吸。四下张望。米粒呢?米粒绕着斗鸡台走着,眯着小眼睛，和当地人一起兴奋地呐喊："上啊，上啊！"

这时，棚内的光线亮了一亮，一个人撩开门帘走了进来。没人注意到他，他也没什么特别的。只是因为他身穿我们中午在边检处看到的淡绿色制服，我便朝他多看了一眼，而他的眼神也仿佛被我迎接着，落在我身上。

我知道我是多么起眼，在赌徒之中。

黑鸡瞬时清醒了，被主人推着上前一步，冲向花鸡。鸡没有表情，但我猜想它一点也不勇敢。它快哭出来了，甚至想跪地求饶，但它又必须豁出去。死和赢一样，有时候都是一种使命。

我又怎么能躲过和你的战争呢？

即便我觉得鸡没有表情，但我可以肯定，鸡能够读懂鸡的心思。比如现在，红鸡读出了敌人的怯弱，所以它变得暴戾起来。它毫不犹豫地扑翅跃到了黑鸡身上，嘶鸣着，用爪子抓牢它稀薄的毛发，用橙色的嘴巴戳它的眼睛。一阵凄厉的拼杀之后，成了瞎子的黑鸡血流如注，像被抽去了木签的皮影倒在地上。红鸡一点一点地剥去同伴仅存的羽毛，吃着那根长脖子侧面最嫩的鸡肉。这比晚上的鸡食美味多了，这是真正胜利的味道，而不是人类愚蠢的承诺。

于是，那只胸肌发达、鸡高马大的红鸡成了明星。它亢奋的长脖子涨成紫红色,像是充血的男性器官。而惨烈牺牲的懦夫还在它的脚下抽搐。

这时,站在我身边的绿制服朝我望了望,问:"来旅游的?"

他和当地人一样肤色黝黑,但戴了一副格格不入的金边眼镜。

他看看争吵的鸡主们,又问我:"一个人?"

"不,还有我朋友。"我指着正向我们走来的米粒。

"两个女孩子,不要乱跑。不知道这里很乱吗?住哪儿?"他说,"我带你们走!"

那一秒,在窒息的燥热里,我突然感觉身体莫名地激动。我真希望听这陌生人重复一遍命令"我带你们走",并拿出他的手铐、他的绳子、他的凶器。

我乖乖地站起来。

他让我们坐在后座上,默默开着车。

"你叫什么名字?"我问他。

"陈勐腊。"

我看到米粒咬着手指笑了,便偷偷捏了捏她汗涔涔的膝盖。

陈勐腊加了一句:"我父母都是知青,不是勐腊人。"

他的背影看起来不是那么壮，确切说有些消瘦，身体的轮廓和淡绿色警服布料之间还有空间。他细腻的黑皮肤湿漉漉的，让我想象他汗流浃背的样子。

他不怎么笑。我喜欢严肃的男人，这会让他的笑尤其珍贵。

3. 壁虎

房间里有一只恼人的壁虎，它张开尖尖的嘴巴，发出婴儿哑舌或者小鸟啾啾的声音。

我说："我打算雇一个桥上候客的妓女，让她整夜守着我的床，替我驱赶壁虎。"

说着，我从床上爬起来，拿出刀，切开一个红芒果。我递给米粒时，她的眼睛没有离开电脑屏幕，正在看今天在地摊上买的光盘。我凑过去看，画面上一名男子正在捆绑两个黝黑瘦小的东南亚女子。他用黄色胶带封住她们的嘴，把一个双腿张开绑在椅子上，另一个上身匍匐在写字桌上，翘着屁股。他抽下皮带，开始抽打她们。

"这不是在演戏。"我自言自语。

"为什么?"她问。

"你看,她们的皮肤破了。"我把脸凑近屏幕,指着写字桌上女人的身体,"你看她的表情。她紧皱眉头,看似极为痛苦,发出呜咽声。"

"这是在演戏。"米粒不耐烦地拨开我的手。

这时,始终没有露出正面的男子撕开一个女人嘴上的胶带,那女人顿时咳嗽不停,呛着鼻涕眼泪。他命令她用嘴含着一只酒杯,从背后进入她。当运动太激烈时,酒杯掉在了地上,摔碎了。男人暴怒起来,他捡起一块碎片,在女人的肩膀划出一道血痕。女人发出一声惨叫。

我叫了起来,这是真的!我抢过鼠标,把进程条往后拖,女人被刻得满背血痕。她的耳朵也鲜血淋漓。最后她头上被套了一个塑料袋,她不停挣扎,双腿乱蹬。

他杀了她。我目瞪口呆。

可就在最后一分钟,突然,两个女人戏剧性地回到了屏幕上。

她们裹着浴巾,嘻嘻哈哈地用蹩脚的英语,讲述她们多么享受这个过程。

"我都说了,这是在演戏。"米粒满不在乎地啃了一口手上的芒果。

"不，你看，这个女人肩膀没有伤痕！"我腾地坐了起来，定格了画面，"这说明什么？这说明这段视频在虐待谋杀前就录好了！现在这两个人已经死了！"

米粒突然合上电脑："你是把自己代入了吧？"

"什么？"

"看，你的脸都红了，呼吸也不对劲。我知道你喜欢这样的感觉。我喜欢树林，你喜欢没有窗户的密室；我喜欢把男人铐在床上，你喜欢被人限制自由。为什么我们不试试呢？我们可以找小果，他的身材看起来很棒。"

"小果？"我尴尬地笑了起来，因为想起他唾沫横飞的样子。

"是啊，小果。我每到一个地方，都喜欢当地特产。你看小果，多有特色，他满口粗话，他的金牙，他色眯眯的皱纹，他说起妓女的样子，他的黄指甲就好像去海南，就要吃椰子；你去古巴，就要看格瓦拉；去蒙古，就要吃烤全羊。你来了小勐腊，你还指望玩什么呢？"

肌肉和粗鲁在我看来一点都不性感，只是显得滑稽。我喜欢冷的东西，腼腆、温柔、镇静、甜蜜。似乎只有冷东西才能爆发让人恐惧的威胁。只有恐惧才是性感的。而恐惧最美妙的感觉,永远是等待鞭子落下的那一刻。但是,我并没有这么说出口。

"我们可以扮演国王和女奴。"米粒继续说,"如果你不喜欢,我们也可以玩警察和女贼。对了,那个谁,今天傍晚送我们回来的陈勐腊,他可以演警察。虽然他不是真的警察,但我想他不难搞到一副手铐。我们可以合拍一部A片卖给这家公司。"她翻看着光盘纸盒上的文字。

"你的主意不错,但我还没打算跨行。"

她用手指戳了一下我的肚子:"你为什么要活得这么累呢?你内心渴望它,你有条件得到它,可你为什么要拒绝呢?你又在表演给谁看呢?"

我在表演给谁看呢?真实的我又是什么?

许多年后,每当想起在小勐腊的那一晚,我就觉得胸口发闷,难以呼吸。

我是一个傀儡。我是那只不得不赴死的公鸡。我是那座高耸的牌坊。我是永远差一点的高潮。我是米粒的影子。我是一个凶手。

我开始想念陈勐腊了。

4. 警察

他裹着一身热气从洗手间走出来，一边擦去头发上的水，一边随意问道："我们可以开始了吗？"我这才发现我无法表态。舌头被一团粗糙的布料压着。我试图坐起来，却发现双手已被固定在身后，只能用肩膀斜靠在床头。

他跪在床单上，一言不发，轻轻搓揉我的大腿。我只能发出呜咽声，像一只欢乐的小羊。突然他俯下身，疼痛让我在心底叫了一声。他在我前胸上咬了一口！这疼，是长在乳房上的。像是溺水的人，我试图挣脱手铐，保持身体的平衡，却只是换来更为狼狈的疼痛。

他解下裤腰带，在手里折得咯咯作响，突然抽在我身旁的床单上。我被吓了一跳，呜咽着表达抗议。可是紧接着下一鞭子，直接落在了我紧绷的肩膀上。

这火辣辣的疼痛，竟打消了我所有的性欲。我像是被泼了冷水的黑鸡，顿时清醒，意识到自己必将赴死的处境。

这不是一部货真价实的A片。我不能说，够了，别闹了，一切便会自动终止。一团肮脏的布料正堵住通向我体内的空气，我甚至无法在每一次鞭子落下时倒吸一口凉气。

他停止了抚摸和鞭打后，邪恶的红鸡在此刻已愤怒地昂起了头。我这才真正害怕起来，浑身颤抖。我无法用鼻子叫停，用眼泪叫停。我无法阻止接下来将发生的一切，那些切进皮肤的玻璃碎片、套在头上的塑料袋、被吃掉的嫩肉。

十岁那年，我和表弟们玩捉迷藏。他们离开了，把我留在外婆的柜子里。我不能从内部打开柜门。我变得歇斯底里，挣扎、哭喊、撞击，几乎崩溃。

有一次，我在洗牙时发现无法呼吸，慌张起来。金发碧眼的护士却不慌不忙对我说，用鼻子呼吸就好了。不，不，我不行。我举起手。她依旧没有停。我开始挥舞双手，夺走了她手上的器械，把她吓得惊叫。

又有一次，十三小时的飞行，感冒本来已让我鼻塞，气压又导致我的耳朵暂时失聪。我突然恐慌起来，不停按空姐的铃，向她求救。她教我如何张大口呼吸，却无济于事，我哭着要求飞机降落，不然我会死。"你不会死。""不，这比死更可怕。"

我记得人生中每一次窒息的感觉，好像一卷塑料薄膜一层一层紧紧包裹着我，我失去自由，与世隔绝，无法交流。

这种脱离空气的感觉远比死可怕。它也许叫孤独。我在这个世界，你在另一个世界，我永远得不到你。

他为了找到合适的姿势，解开我的手铐，把我的一只手铐到床架子上，而另一只……

我只能以死解脱。

或者，让别人去死。

我摸到了枕头下沾着芒果汁的刀，刺向他的喉咙。大批红色袭来，我什么都看不见。

5. 坟墓

我后来问米粒："你和小果怎么处理了尸体？"她困惑地眯着眼睛问："什么尸体？你究竟在说什么？"

我清晰记得最后的场景，米粒从洗手间出来，奔向那个往后重重倒去的物体。他的脖子几乎折断。关键是他身体里所有的血全都喷溅在房间里。床头、茶几、被单、床垫、鞋子、碗筷都被染成鸡血的颜色。我才是那只胜利的红鸡。

"你想想看啊，我有什么本事能把整个房间的血迹都洗掉呢?"

是啊,这不可能。

"所以这事根本不存在。你最近喝太多酒,脑子烧坏了,真的,你看太多小说了。这本《黎明之前》,就有类似的情节。"

第二天下午离开小勐腊时,我坐在大巴上头疼欲裂。我看看米粒,她坐在走道另一侧的座位上,闭着眼睛听音乐,脸上带着祥和的微笑,阳光烘烤着她小麦色的大腿。

而我浑身难受,整条右臂莫名地酸痛、颤抖。这也成了我杀过人的证据。还有其他的蛛丝马迹。为什么我当时正在读的《闺房哲学》不见了?为什么刚回到上海那几周,我听见米粒在门外压低声音给小果打电话?为什么我对收拾行李、退房的过程毫无印象?

那晚究竟发生了什么?

"你太扫兴了,你在唐璜酒吧时就喝醉了。我和陈勐腊架着你回旅馆的。看你烂醉如泥,又在房间里呕吐,我和陈勐腊便留下你,去江边快活了。"

"你们什么时候回来的?"

"我们从江边又去了赌场,凌晨时输光了钱正要走,赌场却主动给我们提供了一个免费房间。那房间真不错,床头的鲜花是真花，还有按摩安全套。第二天下午我们回来时，你还在睡觉。唉，当时的安排完全是为了将就你呀。我整理完行李，才推醒你。虽然，他不是小果，但他表现也不赖，像一匹刚会跑的小野马。"

"你还在想着小果。"

"小果？"她把喝的冰水喷了出来，"如果我在上海看到一个露着金牙，开着80年代奔驰车的男人，我会觉得他是个怪胎，是个神经病，是个长错了藤的瓜。我对他毫无兴趣。"

"可你的手机里还存着小果的电话，却没有陈勐腊。"

她从我手里一把抢过手机，道："你难道不知道，每个和我睡过的男人我都会删除联系方式？"

这时她用餐巾优雅地擦了擦咀嚼着生鱼片的嘴，坚定地看着我的眼睛，说："我可以最后一次向你发誓，你并没有杀过人，你有资格继续心安理得地活着。"

记忆和米粒，我该信任谁？我依旧到处寻找陈勐腊，写信给边境所有需要穿淡绿色制服的机构。可他们都说没有这个人，不是他死了或者失踪了，而是从来没有叫这么奇怪名字的人。

我偷偷从米粒的电话本上翻出了小果的电话，但电话那头已欠费停机。很可能他已被那些赌友干掉了。

我的记忆并非空白,它装有一切,只是不同于全世界的答案。

最后,我只能在后院堆了一个小坟,算作陈勐腊的坟墓。我偶尔会去看望他,告诉他我在那一刻差点爱上了他——可是,谁会知道恐惧,不是死亡或疼痛,而是恐惧本身是那么可怕呢?

6. 闺房

一年后,生日的那天,我在床尾发现了米粒留下的礼物。

拆掉牛皮纸,我看到竟是那本《闺房哲学》。封面上一道枯萎的血迹,让我的心脏被蜇了一下,眼泪正要夺眶而出。

可书中一张字条上潦草写着:不是你丢掉的那一本。红色是丙烯颜料。祝生日快乐。

书里还夹了一幅素描画。画上的我穿着卡其布短裤和汗衫，坐在江边。我想这是她第一次画穿衣服的人类。画上的女孩专注清澈的眼神，竟把我看得面红耳赤。无论看过多少的情欲描写和人体素描，我都没有像那一刻那般无地自容。

这恐怕，又是一个惊喜。

章鱼帝国之章鱼男的诞生

1

朱瑶枕着一条胳膊,蜷曲在吊床上。她高居于山坡顶,身后是一间小木屋。她的一条大腿在网外耷拉着,略显苍白的肤色证明了她原先并不属于这个海岛。

她嚼着槟榔,注视着大海的尽头。那里有一点奇怪的黑色,像一只大鸟,正朝这里飞来。

海边的那些渔夫又开始拉网,一边唱歌,一边挪动脚步。

她从吊床上跳下来,对小木屋里的年轻男人喊道:"陪我去龙楼。"

"不去。"男人在打扑克，简单地拒绝了她。

朱瑶踢了一脚木门，撒腿向大海的方向跑去。她怎么会知道这将是她这辈子犯下的最可怕的错误呢？

朱瑶去年刚从中专毕业。她做过餐馆服务生、啤酒推销员、超市收银员，但每次都因为吃不了苦，做了不到一个月便辞职了。她的继母看她不顺眼，整日讥讽她是懒货。

三个月前的一天，她推开父母的房门，剪断了继母最喜欢的一只胸罩，又从床头柜里拿走了两千元现金。随后，她搭了火车、渡轮和大巴，来到几百公里外的龙楼市，投奔打游戏认识的网友。

唉，女人一切的错误都源于冲动。

朱瑶永远忘不了走出大巴站的这一幕。正午的阳光正烈，高勇双手插在夹克衫口袋里，倚在栏杆上冲着她笑。他的脸比视频里看起来更消瘦，他身后的街道残败、污浊。朱瑶立刻就后悔了，但她已没有别的退路。

朱瑶和高勇在春桃巷的平房里过上了同居生活。

在穷乡僻壤跟了碌碌无为的小警察，朱瑶总有些不甘心。高勇昨晚上龙楼的网吧打了通宵游戏，本来答应第二天早上开摩托车带她去集市，却没能起得了床。下午他又约了朋友打牌，把朱瑶晾在一旁。朱瑶发了脾气，穿着拖鞋冲出门去。她跑了几百米远，也不见高勇来追，心里更觉得委屈。

朱瑶来到一片怪石嶙峋的海滩。她扶着滑溜溜的石头，小心翼翼地前进。她爬上了一块平坦的高地，放眼望去，整片海滩荒无人烟。

她脚下的那一小片海域平静得如同一个碧绿泳池，大约是因为暗礁围绕，浪打不进来吧。这就是高勇提过的天体浴场？朱瑶灵感一闪，飞快地把自己脱得精光。她踩着滚烫的岩石，慢慢涉入清凉的海水中。

这时，她发现脚边倒着一块木牌，写着："此处××出没，请勿游泳。"是谁恶作剧用贴纸盖住了那两个字？难道这里还有鲨鱼？她好奇地揭去一看，不禁笑出了声——章鱼。哈，我会怕那些胆小的章鱼吗？

她蹲下身，在海水中游了一会儿后，张开四肢躺在海面上。她摆动双手，随着凉爽的海水起伏摇晃，任由夕阳抚摸她白晃晃的小腹。她闭起眼睛，回忆和高勇见面后的初次做爱，两人在黑暗中慢慢靠近……如此真切，夏末暖风像高勇在她耳畔的鼻息。想想高勇虽然大男子主义，但对自己一心一意，朱瑶的气便消了一些。

正当我们的女主角享受着阳光海浪时，远方黑压压的乌云翻滚着,向龙楼快速移动。在风平浪静的水面之下,一群丑陋的软体生物踩着暗流,静悄悄地潜伏在礁石后方,如同一群训练有素的士兵。

唉,一场灾难即将来临,而当事人却还浑然不觉,沉浸在患得患失的小情绪中呢。

感觉到空气骤冷,朱瑶才睁开眼睛。起风了,远处的黑风似乎要把头顶的蓝天掀走。

快下暴雨了吧?她急忙往回游,想趁暴雨来临前赶回家。

可是一转身,她感觉一条小腿被水草缠住了。她蹬了几脚,却蹬不去像海带一样滑腻的物体。她猛吸一口气,潜到水下去看。

令她困惑的是,海底似乎刮起了沙尘暴。翻滚着的褐色水流从四面八方包围她,无数柔软的火红肢体挥舞着,如同美杜莎的蛇发。她倒吸一口气,呛进了咸涩的海水。

是章鱼!无数的章鱼!她挣扎出水面,奋力往回游。但是晚啦。

一切都晚啦。

一条有力的腕一把搂过她的腰,另一条抱住了她的大腿。她还没来得及呼喊救命,已经被猛力拖入漆黑的深水中。她毫无反击之力,像一具提线木偶。它们抬着她,把她在水中抛来抛去,用吸盘搓揉她的乳房,拨弄她的身体。她被一条条带子缠住,像精心打包的花瓶,而两腿被迫张开。

突然,一只粗壮有力的腕利索地插入她的下体,神经质地抽搐。一只抽走后,又是一只,另一只。

天哪,她正在被一群章鱼强奸。

她听见了雷鸣、巨浪和章鱼们的哄笑,绝望使她浑身冰冷,她正在失去最后的体温和意识。

2

朱瑶醒来时正一丝不挂地躺在岩石上。天色暗如黑夜,海浪一次次推搡着她的大腿,而海水陡然变得出奇地冷。

她呛出了胸腔里的海水,支撑着自己坐了起来。她瞪大眼睛,发现一条肉色的腕正扭动着钻出她的下体。她尖叫着把腕拔了出来,用力甩向大海。她用尽所有的力气尖叫,尖叫,尖叫……直到累晕在地。

再次醒来的朱瑶,眼前是一片浩渺的星空。一种窸窣声在岩石后响起,像风声,更像脚步声。朱瑶看不透这浓稠的黑暗。一想到那种丑陋的生物也能上岸,她便浑身发抖。她必须立刻离开这里。她在岸边找到了自己的衣物,湿漉漉地套在身上。

高勇看到朱瑶摔门离去,以为她会搭渔民的车上龙楼。他的牌局到下午四点才散。他这才磨磨蹭蹭地骑上摩托车,去市区找朱瑶。当他一无所获地回到家,发现平房的灯还是黑着的时候,他的心这才开始下坠,陷入了忧虑。朱瑶会不会真的赌气离开了龙楼市?他坐在家门口的芒果树下等待。繁星升上夜空,他第一次感觉到身体内空空荡荡的。这就是他们所说的思念吗?

就在这时,他看到了朱瑶。

朱瑶浑身湿透了,佝偻着背,站在灯光惨白的路灯下。她双手紧紧抱住自己,嘴唇不停哆嗦。高勇万分愧疚,冲上去一把抱住了他的女人。

朱瑶大病了一场。

高勇在她生病的两星期里悉心照料。有一天当他把粥端到朱瑶的床头,扶起她虚弱的身子时,朱瑶突然抓住了他的手腕。她的嘴唇动了动,似乎想说什么,最后却只是露出一个虚弱的微笑,道了一句:"谢谢。"

朱瑶决定了，把那天下午的遭遇永远埋在心底。唉，说出来有什么用，一切都于事无补了。她不希望把耻辱感传染给这个将共度一生的男人。她更害怕这桩丑闻会招来好奇的八卦之徒，把她痛苦的内心暴露在闪光灯前，甚至放在网上任人参观。

朱瑶一改以往的倔脾气，变得小鸟依人。这两个不谙世事的年轻人终于抓到了爱情切实的含义，她不是与网友不负责任地私奔，而是认了命，再好再坏，也不愿松开那个人的手。

但是我们的童话故事，并没有"从此快乐幸福地生活在一起"这样的结局。

朱瑶怀孕了。

3

朱瑶的怀孕对高勇来说可算不上一个好消息，他年纪轻轻，还没做好当爸爸的准备呢。但或许，这也不是一个坏消息。高勇发现朱瑶自从大病痊愈后，做什么事都提不起精神。哪怕当他在她身上忙活时，她也只是张开双腿，机械地呻吟着，眼睛却望向窗外，似乎想着心事。怀孕一事，倒激发了朱瑶的生活热情。她督促高勇做了一张婴儿床，自己则忙着裁裁剪剪，学着做起了小衣服。她甚至为腹中宝贝取好了名字，如果是男孩叫高龙，女孩就叫高楼。

平静的三个月过去了。那个黄昏晚霞如血，正预兆着一个丑恶之物的降临。

朱瑶吃完晚饭后，突然觉得肚子有些疼。她从桌边站起来，一转身感觉大量液体从下体涌出。她撩起裙子，把手伸向内裤，指尖立刻沾上了粉红色的液体。她凑近鼻子闻，竟带一丝甜。她困惑地低下头，双脚已站立在一大摊水中。

"是羊水破了吗？可是……"

高勇急忙把朱瑶扶到床上，打120叫救护车。

过了片刻，朱瑶已躺在床上痛得死去活来，大汗淋漓。迷迷糊糊之中，她做了一个可怕的噩梦。医生们把她推进了手术室，她听到他们个个涨红了脸喊："用力啊，用力啊！"扑哧一声，一大团血肉模糊的东西滑到了手术台上。啊，竟是一条令人作呕的章鱼。

比噩梦更恐怖的是什么呢？是如此荒唐之事竟然真真切

切地发生在可怜的小朱瑶身上了。

朱瑶在床上疼得打滚,救护车却迟迟没到。她喊了一句:"来不及了,他快出来了!"便张大双腿。高勇慌慌张张地找来毛巾、剪刀,充当起接生婆。

"出来了,出来了,我看到他了。"高勇兴奋地捧着小婴儿的脑袋一点点往外拖。皱巴巴的小脸,紧闭的眼睛和粉嫩的小嘴是如此迷人。可是,随着他的脑袋离开了阴道口,他的身体却哧溜一声迅速滑了出来。

朱瑶至今记得高勇的表情。他大叫一声,跳出了一米远,抱住了自己的脑袋,整张脸因为惊恐而扭曲。

朱瑶抬起身,也朝地上望去,顿时手脚冰凉,失去了呼吸。在婴儿的头颅下,八条腕正在血泊中蠕动、抽搐着。

一切屈辱终将被血淋淋地剖开,由你一个人面对。唉,毫无怜悯之心的生活啊。它非逼着你睁开眼睛看着自己的伤口,用舌头上的小刺去舔它,再把这声嘶力竭的呐喊吞进肚里。

4

听完妻子的哭诉,高勇的内心痛苦万分。他当即冲进房间,从锁着的抽屉里取出警枪。朱瑶猜到了他要去哪儿。

"你不是它们的对手,它们比你想象的更坏。"她哭着抱住了丈夫的腰。高勇推开她,冲出家门。

如同一个要与情敌决斗的中世纪丈夫,高勇的神经正被屈辱和愤怒灼烧。他只想杀了那些畜生,替妻子遭受的痛苦和男人受损的尊严复仇。

那天天空阴霾,狂风大作。高勇对着大海暴跳如雷,大吼大叫:"出来!滚出来!"

大海一次次冲撞海滩,激起冲天巨浪,仿佛在嘲笑他那单薄可笑的人类嗓音。

突然,高勇看见一条腕牢牢地贴在脚底的礁石上,一个姜黄色圆脑袋探了上来,瞪着狡猾的小眼睛。高勇立刻用上了膛的枪指着那个丑陋的脑袋。

"别开枪,"章鱼开口说话了,"我没有参与强奸你的妻子。请你听我把话说完。"

"说！是谁干的？！"高勇气得浑身发抖。

"你破不了这案了，警察大人。"章鱼的声音像它身上挂着的汁液一样滑腻，"因为每一条章鱼在你们人类眼里都长得一样，就算我们全都上岸排成一列，你的妻子能认出来是谁强奸了她吗？你没法替她报仇，除非杀光所有的章鱼，而这又是不可能的呀！

"让我们再说说理。是你的小妻子光着身体跑到了我们的领地，几个发情的兄弟难以抵抗诱惑，和她玩了玩，又把她送回岸边。好吧，也许龙楼市的法庭会不问青红皂白，向我们家族发出海洋通缉令，可你真的以为人类从海里抓回过任何逃犯吗？可怜的警察大人，我也真希望有一个海底法庭能为你伸张正义呢！

"而那条造孽的老大哥，那个把授精腕留在你妻子体内的老大哥，它已经死了。这是我们每一条章鱼的宿命啊，新生命的起点，就是我们的终点。请原谅它的异想天开吧。它这辈子最大的理想就是和一个漂亮的女人交配。它临死前对我说，它多想看看它的儿子啊！它是这么说的，但现在它已经死了，尸体沉入海底，被一群海蟹吃了。而其他趁机对你妻子揩油的章鱼，有的已经离开这片海域，有的已经成家立业——所以,警察大人,收起你的枪吧,接受这个现实。千万别让你的怒火把你变成小丑,让自己蒙受更大的耻辱。"

这番油腔滑调的言论更加激起了高勇的怒火。话音未落,他便举枪朝章鱼射击,子弹打在岩石上,弹向一边。敏捷的章鱼直立起两条腕,踮着腕尖在岩石上飞快跑动,扑通一声跳进了海里。

这时,海面上爆发出哄笑声,许许多多的脑袋蹿上蹿下,捂着嘴笑:哈哈哈哈哈哈哈哈!高勇朝大海开枪,但十一发子弹都只是无声无息地落到了水里。

高勇因此愈加痛苦。他深深明白,这场复仇必定失败。

5

高勇出门后,朱瑶用火钳夹起了章鱼婴儿,把他装进一只黑色垃圾袋。她下决心要把他丢弃在后街的建筑垃圾堆里。可她提着垃圾袋刚上街没几步,婴儿突然放声啼哭,在垃圾袋中拼命扭动,惹得邻居们纷纷扭头探望。心虚的朱瑶落荒而逃，奔回家锁上门。

朱瑶把小怪物养在一只闲置很久的鱼缸里。她根本不了解这种生物，所以毫无把握应该加多少水。她冲了奶粉，装在奶瓶里喂他。

章鱼婴儿的小脑袋露在鱼缸上面，好奇地四处转动，和人类的婴儿没有什么两样。他的黑眼珠骨碌碌乱转，一些柔软的毛发蜷曲在头顶，皮肤是妈妈那样的小麦色。他开心时，粉红的小嘴吧嗒吧嗒吐着涎水，从嗓子里发出咯咯咯的笑声。

喂，可爱的宝贝。那一刻，朱瑶的心变得无比柔软。她和所有母亲一样，恨不得与孩子嘴对嘴地亲吻。有时候，她也会伸出手指，拨弄他的小嘴或者让他含着。但她从来不敢靠得太近，因为那八根从不歇息的腕叫她头皮发麻。

出于好奇，她偷偷上网调查章鱼。据说雄章鱼有一条独特的腕，前端没有吸盘，只有沟槽。这就是它们用来做爱的交接腕。朱瑶急忙检查她的婴儿。

他有一条这样的腕。这是个男孩！

每次看到高勇酗酒发脾气，朱瑶都会坐在房间角落的藤椅上哭泣。有时候一觉醒来，她也死死闭着眼睛，不愿意睁开。她多么希望这一切，不过是午后瞌睡时的怪梦啊。

当婴儿莫名其妙地哭闹，是朱瑶心情最差的时候。他挤着眼睛号啕大哭，八根腕在空中挥舞，把整个桌子摇得哐当乱响。他的坏脾气真叫她又恨又怕，有时候她甚至恨不得拿起菜刀把这些腕统统斩断。

她清楚地知道，她的人生还在下坠之中，未到深渊的底部。总有更糟糕的事情会发生。

虽然他们对姗姗来迟的救护车说，他们只是闹了个误会，并没有人要送去医院，但依然引来了好奇围观的邻居。自从那天以后，街口卖生煎包的妇女每次见到朱瑶，都会盯着她的肚子看个不停。

按照墨菲法则来说，你越想捂住的秘密，就会跑得越快。

流言已经在春桃巷传了开来。不少人听说住街尾的小警察娶的外地姑娘怀了野种，她三个月就临盆，生下的孩子是人头动物身的怪物。人人都好奇地想看一看。有邻居趁着转交邮件或者送电费单时，透过门缝往高勇的身后张望。人们异样的目光加深了朱瑶的耻辱感，她甚至怀疑，是某只恶毒的章鱼把这个新闻透露给渔民，为了换取一袋贝壳。

章鱼婴儿成长速度惊人，周后就在鱼缸里住不下了。高勇只好把章鱼婴儿挪到了浴缸里，用报纸封住窗户。那天,房东突然登门收房租,他大大咧咧地走进房子,背着手东张西望,似乎为了找出蛛丝马迹,好回家去填饱家中婆娘那饥渴的好奇心。

房东把收到的钞票对折,塞进裤袋后,却盯着卫生间紧闭的木门,突然问起朱瑶的预产期。高勇只好解释,妻子不小心摔了一跤,已经流产。

噢。房东一边答应着,一边说他要撒尿。高勇和朱瑶无力阻止,他们眼睁睁看着这个肥胖的男子径直走向了卫生间,走向了章鱼儿子。朱瑶咬着手指,眼泪唰唰地落了下来,她明白从这一刻开始,她的伤口将公之于众,她的命运将彻底地失控。

房东在尿尿时,眼睛忙着搜索起卫生间的各个角落。瞧,这怪东西被藏在这里呢。他笑了。在浴缸里,一只蓝色塑料盆扣在另一只大盆上。为什么里面这么安静呢?小家伙在睡觉吗?

他滴干尿液,拉起裤链,走向了浴缸。他猛地掀起了塑料盆,打算接受这辈子最刺激的视觉震撼。

啊!可他吃惊地发现,塑料盆里空空荡荡,只有一些水迹。

房东离开后,朱瑶冲进卫生间,终于找到了缠绕在天花板抽风扇里的儿子。章鱼孩子顺着墙壁身手敏捷地爬了下来，乖乖回到了塑料脸盆里。他仰起天真无邪的小脸蛋，等待母亲的表扬。

6

朱瑶不愿意再见到心爱的男人整日浸泡在酒精和痛苦中。她走进院子，默默站在高勇的身后。高勇的手上拎着酒瓶，斜坐在椅子上，对着一株榆树发呆。自从他声称把枪弄丢后，已被警察局开除公职，正在接受调查。朱瑶对这个男人的一生充满了愧疚。

"这不是你的错。"尽管他说过这句话，但从此再没有在床上碰过她。

"那个东西，你打算怎么办？"他听到了她的脚步声，往喉咙里灌了酒，问。

是的，他们不叫他高龙，而是"那个东西"。他不是来自高勇的精子，当然也没有理由要跟着他姓。

朱瑶正打算和他谈这件事。

"我想清楚了。"她站在丈夫的身前。

他抬起头看她。她不过二十岁，却已经苍老得像四十岁的女人。她穿着深灰色的带帽运动衫，头发潦草地扎在脑后，面色惨白，眼袋因哭泣而浮肿。那个冒失、开朗、男孩子气的朱瑶已经一去不复返了。

她跪在他的身前，把他粗糙的大手贴近自己的脸庞，小声说道："我们的一辈子不能毁在他手里。这一切都是我的错，应该由我来解决。"

高勇打了一个激灵。他当然听明白了她在说什么。他慢慢抬起眼睛，与她坚定的目光碰在一起。没错，他们必须结束自己的厄运，而不是任由命运摆布。他们只想成为最正常的夫妻，走在马路上会被湮没，过着最平淡无奇的生活的那一种。

朱瑶回到房间，打开电脑，上网搜寻那种生物的死亡方式。他会窒息死亡吗？他有痛觉吗？他会流血过多致死吗？他的血是红色的吗？他要多久才能被饿死？他会被渴死吗？他断了的腕会重生吗？他的尸体多久才会腐烂？……她握鼠标的右手止不住地发抖。一段视频吸引她的注意："海底巨型章鱼活吞鲨鱼"。她一点也不想看，但还是没忍住点击了标题。或许她只是想搞明白自己的对手到底有多强大。

在幽暗的海底，章鱼通身赭红，参差不平，匍匐在红珊瑚上。（它们攻击自己的那次，想必也早已伪装成礁石埋伏在四周了吧？）当那个和自己一样可怜的猎物从它身边游过时，它突然伸出巨腕抱住它，用两排肉色吸盘牢牢吸住它的皮肤。鲨鱼翻滚、挣扎，却无济于事，像一只蛋筒被送进红色的嘴里……一股酸臭的液体从朱瑶的胃里涌起，她急忙捂住嘴，冲进院子。她退下裤子，发了疯似的用水管冲洗下体——她必须，必须杀死那个东西。

她决定用毒药。

第二天下午，她打开洗手间的门。男孩看到她，快活地奔了过来，像一只——一个比喻在她脑海里闪过——章鱼。而每次当高勇走进洗手间时，章鱼男孩会躲在浴帘的后面。这时，他咧开小嘴笑着，漂亮的长睫毛一动一动的。朱瑶端着碗，小心地贴着墙壁，避开他因兴奋而乱舞的腕。碗里面有章鱼男孩最喜欢吃的蛤蜊、虾和毒鼠强。

她忍住快要落下来的泪水，伸手抚摸他柔软的褐色头发。她在心底告诫自己，不，不要把他当作你的儿子，他不是人类。高勇才是这世界上你最在乎的人，不是这个丑陋的违背你意愿的怪物。况且他一辈子都将受苦，被人耻笑，何不由你亲手把他结束在这里？

她狠心放下碗,转身离开。当她的手刚刚接触到门把手时,一个清脆稚嫩的嗓音从身后传来:"妈妈。"

啊,他会说话了!

背着身的朱瑶终于任由眼泪落了下来。她彻底被母爱打败了!她终于明白,无论她怀的是没有情感的香瓜还是丑陋的壁虎,她都爱他,深入骨髓地爱着,像自己身体的一部分那么爱着。她转身夺走了儿子捧着的碗,冲进厨房,对着水槽掩面痛哭。

就在这时,屋外响起了敲门声。

7

他们面面相觑,不敢作声,试图装作没人在家。敲门声持续了一会终于停了,他们松了一口气。但这时,门底下窸窣作响,一张名片悄悄塞了进来。

高勇捡起来一看,上面印着:星光马戏团团长阿尼。反过来,背面是未干的字迹:"我务必和你们谈谈。我可以替你们解决苦恼。"

阿尼身材肥胖,浑浊的双目转个不停。他礼貌地在客厅椅子上坐下,裤腿的面料绷得紧紧的。他介绍自己年轻时是个小丑,也玩过杂技,现在不行咯,胖得可以冒充狗熊踩单车。他自嘲着,试图缓解气氛。

面对眼前这对毫无幽默感的年轻夫妇,他换了一种声调,进入正题:"相信你们看到我的名片就明白我今天来的目的了。我想和你们签一份合同。我带他离开,保证从今以后任何人,包括他自己,都不会知道他的父母是谁。而我……"他的手伸向脚边的黑色手提箱,把它提上了茶几,"我出的价格足够你们开始新生活。"

伴随着清脆的开锁声,他打开手提箱盖。满满一箱子粉红色的纸币把两个年轻人的眼睛映得通红。

"我知道你们的心情,但我比你们年长,以过来人的身份说一句:你们未来的道路还长着呢,难道想一辈子被他拖累吗?你们目前最需要的是金钱和尊严。放弃他,这两样你们都能得到。"

他并不介意朱瑶苍白的脸色和紧皱的眉头,压低声音继续说:"没有比这更好的选择了。我保证,会像爱自己的儿了一样爱他。我会把他养在舒适的水床上,喂他吃最新鲜的鱼虾。当然,他必须为我工作,回报我的付出。但还有比这更简单的工作吗?他每天只要待在玻璃缸里,让大家看着就行了。我们谁不是靠工作挣一口饭吃呢?"

"来,如果你们想明白了,就在这里签个字。"他掏出准备好的合同,又拍了拍结实的皮箱,"如果你们签了字,里面的钱就是你们的了。"

没有人动。

"我签。"朱瑶突然伸手,接过笔。

阿尼满意地看了看她的字迹:"恕我无理,我想问一下,您是他的亲生父亲吗?如果不是,那母亲的签字就足够了。"高勇背过身去,摇头。

阿尼团长表现得善解人意,仿佛没有半点兴趣知道谁是孩子的亲生父亲。"我敢保证,这是你们这辈子做过的最明智的决定了。"他轻轻推过箱子。

朱瑶清点完现金后,坐在沙发上发愣,她有些吃得太饱似的反胃,同时又觉得内脏像被掏空了。

"现在,我可以看看他了吗?"前小丑问道。

他们打开卫生间的门。章鱼男孩吓得哧溜一下躲到了浴帘的背后。天哪!阿尼两眼放光,情不自禁伸手去捉。他活了半个世纪,见过各种各样奇形怪状的东西,但从没见过如此荒谬的生物。他又恶心又刺激又……阿尼不知道还能用什么词来描述。瞧瞧他可爱的脸蛋和危险的触角！还有比这更值得的买卖吗？

章鱼男孩爬上了窗户，躲避他的大手。

"乖宝贝，来，别害怕。"他慢慢靠近，却又扑了个空。

这时，他的眼睛落在墙壁上面的一行粉笔小字上。"啊，这是他写的吗？"他吃惊地叫起来。

朱瑶和高勇凑近去看，只见墙上歪歪扭扭写着：妈妈的小树。他们也觉得万分惊异。朱瑶从浴缸里捡起了一个潮湿的粉笔头，困惑地说道："可是……我们并没有教过他写字。"

"他多大了？"阿尼问。

"一个半月。"朱瑶回答。

"难道，他是从报纸上学会的吗？"高勇发现糊住窗玻璃的旧报纸上有一篇介绍树的新闻。

"嘘——"阿尼焦躁地打断他们的对话。他屏住呼吸，弯下腰去欣赏那个受惊的生物。他的喉结因为激动上下跳动："他不是一般的怪物。他是个天才。"

8

今晚,梦之都酒店三楼举行晚宴,从早上开始,员工就忙着在电梯、大厅和洗手间里装饰紫睡莲。这是派对主人萝西最喜欢的花。萝西对于这座城市的意义相当于每晚的天气预报,全城人都听说她,谈论她,渴望了解她,或者自以为了解她,却从不能接近她,更不可能掌握她。说到底,她和其他城市的名女人也没什么区别。

朱瑶挽着高勇的胳膊走进大厅时,已经迟到了十分钟。你们也许会好奇,我们的主人公怎么会在受邀之列呢?

在离开龙楼市的那一天,朱瑶独自走进洗手间,面对墙上的粉笔字:妈妈的小树。

在散发着鱼腥味的空浴缸边站了一会儿后,她用手掌擦去了那行小字,戴上墨镜,转身离开了。

自那以后,一晃六年过去了。就像你们常听父辈们感叹的那样,这只是一眨眼的工夫啊!

但对于急于摆脱过去的人来说,他们恨不得猛踩油门,让时间飞得更快一些。

我们的女主人公如今成熟优雅。但我忘了告诉你们,她本来就长得很美呢。今晚,她穿着乔其纱米色长裙,头发盘在脑后,露出高傲的额头,仿佛这一切的荣耀都是她应得的。

人们所了解的故事是这样的。六年前,这对出身高贵的年轻夫妇继承了一大笔遗产,搬到M城开始新生活。朱女士小时候常看外婆做一种叫赤珠的甜品,对那清甜润滑的口感记忆犹新。她向外婆讨来的祖传秘方里,据说包含了对身体有益的芡实、糯米、蜂蜜和一种秘密配料。她在华海路上开的第一家赤珠店生意火爆,于是又有了第二家、第三家……很快他们在京城连开了二十家连锁店。他们的店名被写进了杂志里,出现在电视上。而那位成功精明的年轻女士也总是一边在电视上提醒大家别忘了在繁忙生活中享受片刻的"甜蜜",一边重复着她最爱的雪莱名句——"过去属于死神,未来属于你自己"。

那些对他们更感兴趣、多读了几本八卦杂志的市民或许还知道,我们的主人公夫妇今年不到三十岁,他们和所有名人一样热衷于参加上流社会的派对。只是那位娇气的朱女士如果吹到咸涩的海风便会发作偏头痛,因此不能像其他有钱人一样每个冬天去海边度假。对了，听说她还对海鲜过敏，如果不小心吃下肚就会发作癫痫病。

这一个圆满的故事叫我们的主人公自己都信以为真了，就连简历上虚构的大学学历，在他们自己看来都十分顺眼。他们确信，在得到马戏团团长的祝福后，他们已经完全摆脱了厄运，开始了人生的新篇章。我不想花太多笔墨讲述他们六年间的创业史，因为到头来再多的财富都被证明毫无意义。

那桩发生在海岛县城里的往事如今已被沙石掩埋、填平，上面又加盖了高楼。只是这看似安全的繁华在一场地震后又会怎么样呢？

自从收到请柬后，朱瑶这一个星期都心情激动。她早就希望能认识萝西了。

"听说她特别美，我可不想站在她身边时像个小丑。"她在出门前，前前后后地照镜子，"亲爱的，你看我的腰上是不是多了些赘肉？"

高勇在一旁翻着报纸，头也不抬地回答："你一点也不胖。"

朱瑶不满丈夫的敷衍，噘起嘴："你根本没用心和我说话。"

高勇这时才放下报纸，站起身，从背后抱住她，说道："那女人老了，哪能和你比？"

两人赶到梦之都酒店时迟到了十分钟，纯粹是因为朱瑶紧张得想不起把请柬放在哪儿，最后发现它明明躺在鞋柜上。

9

朱瑶觉得萝西比自己听说的更美。他们说她已经五十岁了，但如果你说她只有二十八岁，也不会有人怀疑。

可惜在晚宴开始前，朱瑶只逮到萝西说了几分钟的话。她猜测自己的表现没有给萝西留下深刻印象，因为萝西只是客套地微笑着听完了朱瑶的自我介绍，她那涣散的蓝色瞳孔证明她根本想不起来自己邀请了这对夫妇。

朱瑶决定在晚宴时再找个机会和萝西好好聊聊，邀请萝西光顾她下个月即将开业的旗舰店，并品尝一口赤珠，以此佐证这款甜品的高贵出身。

但在那天晚宴开始时，高勇的身边坐了一个极为难缠的家伙。那人声称以前见过他们。像这样四六分发型，圆脸，五官平凡的男人实在太多了，他们没有理由要记得他。可这时，男人却一拍大腿说："我想起来了，我们应该在龙楼市见过。"

"是吗？不可能吧！"高勇不知道此刻自己应该全部否认，还是只是部分地否认。每当这时候，他就格外依赖他的妻子。

"没错，我们是去过龙楼市。请问您是……"朱瑶凑过头，插话道。

"我叫陈建兵，幸会。"男人伸出手。但这个名字依旧无法为高勇和朱瑶的记忆提供任何线索。

"可我听说朱女士从不去海边。"他握住朱瑶的手时，眨着眼睛，似乎早已看穿了两位同桌拙劣的演技。

高勇有些坐立不安，他捋着领带，把目光瞟向讲台。为什么那个什么主席的发言还不开始？

"是啊，龙楼是我先生的家乡。我们读完大学回到那里度过假。正是那次经历，让我更加确信自己不适应海边气候。"

"噢，原来如此，"那人举起酒杯，和朱瑶碰了碰，似乎为了奖励这出色的谎言，"巧得很，我也是龙楼人。"

朱瑶感觉自己的胃抽搐了一下。

"你们度假的时候,我正好住在春桃巷,做一点建材回收的小买卖,没想到这两年也搞大了。"男人不动声色地笑着,把"春桃巷"这三个字吐得格外清晰。

听到这个地名,朱瑶变得精神恍惚起来。她突然有些想不起来自己到底是谁,为什么此刻会穿着腰部塑身衣,坐在这个闪耀的大厅里。但她脸上的微笑还在僵持着。

这时,M城商业协会主席终于上台了。谢天谢地。

他风趣的讲话不时激起台下的笑声。但朱瑶的内心波涛汹涌,仿佛回到了那个风雨飘摇的黄昏,她一个人在黑暗的海浪中挣扎,孤立无援。她当然记得那个位于后街的建材收购站。每天她都能看到三五个男人站在那里,轰隆隆的大机器铲起垃圾,分拣,运往各地。她曾经想把那个东西……是啊,那个东西!一切记忆都复活了,那个东西……她的心直往下沉,觉得有些喘不过气。

身边掌声雷鸣。唔,主席发言完了。朱瑶带着热泪盈眶的笑容,机械地跟着鼓起掌来。她真的觉得胃有些不舒服,但她的眼睛始终盯着正在和主席握手的萝西。她还要找机会向萝西重新介绍一次自己呢。

等朱瑶回过头时,发现每个人的面前多了一个金灿灿的小盆。这里的餐具真是精致。一个带葫芦形小把手的金盆盖在上面。她和左手边的客人对视一笑,一边打开了碗盖。

当她的目光落在盘子里时,她的心脏被猛击了一拳,从胸腔里冲出高分贝的尖叫。这尖叫的后坐力竟令她失去重心,后仰摔倒在地。

在失去意识前,朱瑶看到所有的宾客都把头转向这边,几个服务生正朝她奔来。他们很快会失望地发现,什么都没发生,盘子里只不过躺着一条美味的章鱼幼崽。

它闭着眼睛,八条小腕被理顺了,整整齐齐地叠在一起,洁白的身体上淋了金色木瓜汁。这是萝西最喜欢的一道菜。

朱瑶蜷曲在羊毛地毯上,一边痉挛,一边呕吐没消化完的食物残渣。她已不关心萝西和主席的胃口了。

"我要回去,"她紧紧抓住蹲在身旁的丈夫的手腕,"我一定要回去找到他。"

章鱼帝国之章鱼马戏团

如果你去龙楼旅游,可别忘了光顾星光马戏团哦。章鱼小丑还在等着你。

1

星光马戏团这么普通的名字还是有来历的呢。几年前,团长阿尼看了一档叫作《星光之路》的电视节目。那个胖乎乎的节目主持人周游全国,寻访有特殊才能的草根百姓,把他们包装成舞台明星。自那以后,胖乎乎的阿尼也自诩为星光主持人。只不过他踏遍全国搜罗的不是才艺演员,而是连体兄弟、三条腿的鸡、会流泪的熊、没有阴道的姑娘、患白化病的老虎……在他看来，这些上帝流水线上的残次品才是真正的人类明星。

章鱼人是阿尼所有收藏中最得意的一件。

上个星期，阿尼从银行户头里取出自己多年的积蓄，开着皮卡前往小镇如海。

他是在龙楼的路边茶铺上第一次听说章鱼人的。当时那个鱼贩子正在向其他人讲述他在如海镇打鱼时听到的流言，听客们并不当真，只有阿尼信了。

阿尼立刻动身去寻找章鱼人。一路上，他都很忐忑，担心自己箱子里的这笔钱不够收买一个女人的母爱。

章鱼人的家就在海边，是一栋年久失修的平房，带一个杂草丛生的小院。阿尼猜想，这对年轻父母或许正手足无措、走投无路吧。可他没想到的是，他们竟然如此坚决且急迫地想要摆脱自己的孩子。

一百万现金显然超出了那对夫妇的预期，就连他们告别儿子时的眼泪都显得有些敷衍。但阿尼并不后悔。看到章鱼人后他便相信：无论出多高的价，这笔交易都是值得的。

阿尼连夜把小小章鱼人带回了位于龙楼市的马戏团。他将履行对其生母的承诺，让他独自住在宽敞的玻璃水缸里，给他吃最新鲜的鱼虾，干最轻松的工作。

瞧瞧这小东西啊！

此刻，阿尼站在鱼缸前，一边抽着烟斗，一边端详着这个小生物。

他还只是一个六个月大的婴儿，却已经像是三四岁的孩子。他的脸蛋饱满，头发松软浓密，粉红色的小嘴不开心地嘟着。

他和普通孩子的区别在于，他的肩膀上伸出的不是手臂，而是两条滑腻的腕手，腰部下面取代屁股和双腿的是另外六条腕手。

阿尼吐出一个烟圈，在心底深深地感叹：别以为我们的造物主只是一个乏味的流水线工人，他其实是一个淘气的艺术家呢！

龙楼是南方的海滨度假城市，每年有五十多万游客到访。五年前，阿尼的马戏团巡回演出来到龙楼后，便长久驻扎了下来。

章鱼人的加入又激活了阿尼当初的梦想——让星光马戏团成为龙楼最著名的景点。来自全国各地的游客会把章鱼人的故事带回家乡，吸引更多的人到龙楼来朝圣。阿尼会为小章鱼人注册一个微博，带着他上新闻、真人秀、访谈节目。星光马戏团终有一天会扬名海内外。

"但首先，我得给你取个名字，"阿尼摩挲着下巴上的赘肉，思忖着道，"叫什么好呢？要不你就跟我姓吧？"

"张宇！"张阿尼脱口而出，"宇宙的宇，如何？"

章鱼。张宇。他被自己逗乐了，哈哈大笑起来。

而这个小东西似乎还处于和母亲离别的伤感之中，八只腕手纠缠在一起，背靠着水缸，一动不动。

阿尼哼哧哼哧地喘着粗气，挪动水缸盖，盖上，并加了一把锁。这样就不怕晚上有小偷光顾了。

旁边的架子倚靠着一块刚从招牌制作店搬回来的广告牌，写着：

星光"章人馆"开张！

门票二十五元

带给你前所未有的震撼！作假退款！

阿尼回到自己的房间后，兴奋得睡不着觉。他迫不及待地等待天亮。

明天，他要让全世界看看什么是真正的明星。

2

幕帘拉开,探照灯的灯光如洪水一泻而入。

刹那间,小张宇以为自己失明了。他什么都看不见,只听见耳边一片嘈杂的惊呼声。

等他的眼睛适应光亮后,他才看清周围那些黑压压的人头。挤在观众前头的是和他一般大的孩子们。他们似乎都很怕他。

那些家长会推他们的背,鼓励他们靠前站:"勇敢点,宝贝!看!他被关起来了。他不会咬人。"

有些孩子尖叫着拍打玻璃,扮鬼脸,以此来掩饰自己的恐惧。

阿尼亲自担任现场解说员。

"请问哪位见过比这更奇怪的东西,噢,不,人类?看看他的上半身,完全是个可爱的孩子,和您家的小子没一点两样。可他下面没有手,没有腿,也没有小鸡鸡。他只有这几条新鲜美味的腕手!"

观众故作镇定地笑了。

"你们一定想知道他的父母是谁吧?他的父亲是北太平洋巨人章鱼,双臂展开有四五米长,体力超群,是章鱼王国中的老大哥。他的母亲是一个年轻美貌的无知少女,被章鱼老大哥诱奸,诞下这个怪胎……"

这是小张宇第一次听说自己的身世。他不知道阿尼说的是不是真的,但听起来又似乎很合理。

这只是一个开始。

自那天起,张宇的身体和他母亲的耻辱被日日夜夜展示在聚光灯下。来看他的女人、男人、老人、孩子,从早到晚,络绎不绝。他们的眼睛里闪烁着兴奋、恐惧和嫌恶。那时候的张宇又怎么会知道呢,他的一生都将摆脱不掉这样的眼神。

小张宇想念妈妈了——阿尼口中的"无知少女"。他想回到海边的那个家。逼仄的客厅,发黄的浴缸,后院的芒果树,天花板上的裂缝,妈妈冰凉的手,这些便是他全部的记忆。

当他意识到,他或许要一辈子被困在这个水缸里时,他再也无法忍受这刺目的光芒和嘈杂了。

他得了灯光恐惧症。

聚光灯一打开，他便心悸、疲倦、情绪低落。那时候，他蜷缩起所有的腕手，把头埋在胸前，紧闭眼睛，连续好久一动不动，像死了那样。

观众感到很失望，他们希望看到一条生猛可怕的张宇，而不是一团蜷曲的肉体。

每当这时候，罗莎（那只会流泪的母熊）就会用一根木棍戳张宇的背。

而观众在台下叫嚣着："醒醒！醒醒！"

无济于事。你不能叫醒一条装睡的章鱼。

观众看不清他藏起来的腕手，发出失望的嘘声。他们开始烦躁、咒骂，纷纷退场。

阿尼躲在帘幕后看着这一切。他的嘴角耷拉，脸上布满阴云。他嘱咐罗莎：教训偷懒的家伙不能心软，拿出你当年鞭策狮子和老虎的狠劲来。

可是，母熊罗莎终究没法对一个婴儿狠心。

她只是做出凶恶的表情，用棍子"哐哐哐"猛敲水缸，制造巨大噪声，或者用鞭子抽打水面。受了惊吓的小张宇偶尔才不情愿地挪动一下身体。

人们厌倦了，失去耐心了。又是一个怪物，和他们看过的狮虎兽、三条腿的鸡、连体兄弟、双尾马有什么不一样？

不过又是造物主的一个无心之失罢了。

那天晚上表演结束后,阿尼把张宇从水缸里抱了出来。他把张宇高高地举起,严厉地问道:"你他妈的究竟是怎么回事?"

小张宇的腕手在半空中无助地挥舞,把水溅在了阿尼脸上。

阿尼抹去水珠,正要发作时,大棚外面突然射进两道车前灯的光束,并传来紧急刹车声。

几秒后,有人撩开门帘走了进来。身后的光束勾勒出一个凹凸有致的高挑剪影。

哦,是莉莉回来了。

3

阿尼在算一笔账,如果每天一百人来参观,收二十五元的门票,扣除他吃的昂贵的食物和其他开销,多少年能回收成本?

"七年。"莉莉脱口而出,"这可不是一笔好买卖。"

聪明的莉莉正坐在床上替自己涂脚指甲油。她刚刚从俄罗斯旅游回来。

阿尼闷声嗑了几颗瓜子,他不喜欢被自己的女人质疑。

张宇对女人最早的印象不是来自那个终日哭泣、双手冰凉的母亲,而是来自莉莉。

莉莉是阿尼的女朋友,也是合伙人。她是驯兽师,也配合阿尼表演飞刀。

莉莉的脸蛋和漂亮没有关系,卸装后甚至有几分丑陋、苍老,但这并不影响她在舞台上光彩夺目。得益于四分之一俄罗斯血统,她有一对健壮、结实的大长腿。她每天穿着缀水钻的蓝色三角裤连体衣,蹬着十厘米的高跟鞋,身材火辣自信。当她驯兽的时候,她是手持皮鞭的女王。老虎像小猫一样跟在她的屁股后面乞求垂爱。当她被绑在转盘前迎接飞刀时,她又是个正宗的受虐狂。

"他会赚回来的。"阿尼坚持说道。

他必须得让这个小家伙动起来,让他表演。他不能就这么好吃懒做地躺在那里,像一个泡在福尔马林液里的标本。

"从明天开始,他必须得到一次掌声才能得到一条鱼,"阿尼神情严肃地说道,"饥饿可以让他懂得劳动的意义。"

莉莉的脸上浮现一丝嘲讽。

果然，这一招也收效甚微。张宇对于食物的欲望似乎也很微弱。这让阿尼不禁怀疑，他是不是真的病了？

正是这段经历让长大后的张宇明白了：克制欲望是获得自由的第一步。

每当夜深人静、所有人都入睡后，张宇才会抬起脸，展开身体。

水缸处在一个大棚的中央，四周耸立着阴森的道具、器械和笼子。一盏为他留下的小灯泡在电线上轻轻摆动，让巨大的黑影也跟着摇晃。大棚另一头的笼子里关着一只得白化病的老虎，它匍匐着，盯着张宇的一举一动，不时发出低沉的吼声。

黑暗中的这份宁静让张宇感到快乐。他轻轻滑动腕手，从一头溜到另一头，再溜回来。只有在这时候，他才变回快活的巨婴。

有一天，当他正懒洋洋地漂浮在玻璃棺材里时，一个刺耳的声音从黑暗中传来："啊哈！我就知道你是装的！"

小张宇受了惊吓，立刻蜷缩起身体，沉到水底。他看见一个黑影慢慢地从大柜子后面飘出来……

是侏儒郭郭。

原来他一直躲在角落里偷窥。

郭郭自马戏团刚成立时就跟随阿尼了。和张宇不同,他总是很饥饿。他疯狂地需要食物,以至于会因为食物而憎恨别人。

"你吃的一餐就抵我们所有人一天啦!"以往郭郭给张宇喂食时,他会一边这么说,一边故意把扇贝、鱼虾扔到水缸外面,逼着张宇伸长腕手去捡。

在莉莉出现前,郭郭是阿尼最信任的人。但有一天莉莉突然杀入了他和阿尼之间,完完全全取代了他,也让他成为阿尼合伙人的想法落空。

郭郭曾经恨得要死,他愿意与这对狗男女同归于尽。于是他在转盘上动手脚,企图让阿尼表演飞刀时错杀莉莉。但表演开始前,鹦鹉阿宝向莉莉告了密。

莉莉并没有报复郭郭,而是把这个未遂的阴谋当作把柄,威胁他替自己效劳,成为自己的耳目。

侏儒对莉莉也只是敷衍罢了。他渐渐明白,爱情是最难斗赢的敌人,他已经没有希望重新赢得阿尼的关注。他现在老了,也只能苟且偷生,在马戏团里收收门票、买菜做饭。

此刻,郭郭走到玻璃水缸前,眯起眼睛,借着昏暗的灯光打量张宇。

"不用再装了。"他幽幽地说道,"你没有病。你只是不想干活。你懒惰而且狡猾。可为什么你吃得比所有人都好,还要我们伺候你?这不公平。就因为你多长了这几根恶心的玩意儿吗?"

郭郭突然举起一把锋利的匕首,在水缸前挥舞,低吼道:"我总有一天要斩断你的八条腿下酒吃!"

小张宇的身体颤抖了一下。他的害怕让郭郭感到快乐。

但其实,小张宇并不怕郭郭伤害自己,因为水缸盖是锁起来的,只有阿尼才有钥匙。

他只是怕郭郭会向阿尼告密。唉,这个被嫉妒燃烧的小矮人一定不会放过任何毁灭自己的机会的。

4

小张宇真的病了。

那时候他还不到一岁,身躯却已经像一个十岁的少年那么成熟。尽管他进食很少,身体却在疯狂地生长。也难怪,阿尼在解说中提过,北太平洋巨人章鱼的寿命只有五年,那么他现在已经相当于一条少年章鱼啦。

自从生病以后,张宇每天都会从嘴里呕吐出咸涩的黄水。他以为自己快死了。而阿尼听信了郭郭的嘀咕,以为他不过又在玩花样偷懒罢了。

阿尼一边用鞭子抽打张宇的背脊,一边怒吼:"懒惰的家伙啊!如果不是我,你现在已经被你那个母亲倒在垃圾堆里,或者毒死埋在树下了。忘恩负义的畜生啊!你为什么不懂感恩?"

而那时候莉莉站在一旁抽着烟,冷冷地看着。

毒打并不奏效。张宇躺在水缸底部,几乎浮不起来了。他背脊的伤口溃烂了,无法愈合。他的腕手的尖端腐烂了,几百个吸盘也像凋谢的花朵那么萎缩了,失去吸力。每个人都认为小张宇快死了。

招牌上的彩灯还日复一日地闪烁着,但来章人馆参观的游客却寥寥无几。没人有兴趣观看一条半死不活的章鱼。他甚至还不如花瓶姑娘、人头蛇身这样的假货刺激。

阿尼从龙楼三甲医院里请来了正儿八经的内科医生,也请来了兽医,甚至心理医生,但他们都诊断不出张宇到底得了什么病。一个水产养殖专家猜测,张宇可能得了一种绝症——他会从肠胃开始腐烂,蔓及全身。

阿尼害怕极了。莉莉嘴角的嘲讽更加让他暴躁。他不愿意接受这个现实:他用一辈子的积蓄买来的怪物,才过了四个月就要死去了。全部投资打了水漂。他给他提供最干净的水、最新鲜的食物,请最好的专家,为什么还会这样?

连体人月月和日日经常到水缸边看望张宇。月月会长时间陪伴在水缸外面,隔着玻璃抚摸张宇的脸,鼓励他活下去。

月月和日日今年十六岁了。他们共享一个身体,但肩膀上长着两根脖子和两个脑袋。当月月向张宇说悄悄话时,日日一脸不耐烦,他一点也不喜欢月月新交的这个朋友。

日日和月月算不上好兄弟。日日自私、乐观,粗神经,喜欢高谈阔论;而月月是悲观主义者,敏感内向,戴副厚厚的近视眼镜,说话轻声细语。他们经常斗嘴甚至打架,可又一辈子不能摆脱对方。

他们在马戏团里表演相声。日日的幽默很粗暴,而月月的呆滞反倒引来不少笑声。相声的内容无非就是阿尼写的那几个黄段子。譬如,找了姑娘后该谁先和她接吻,该由谁的脑袋指挥下体,是一只手各抚摸一个乳房吗,他们究竟该和一个姑娘结婚,还是和两个?

有一次他们吵完架后上台表演,没控制住脾气,竟在舞台上厮打起来。月月控制左手揍日日的脑袋,日日控制右手揍月月的脑袋，互相把对方揍得鼻青脸肿。这是整个晚上最有意思的一出戏，观众激动得纷纷叫好。

后来阿尼就把这互揍的情节加到了常规的演出中。每次"一言不合"，他们便扭打在一起。观众以为是个意外，分别为他们加油。

日日第一次见到张宇时，对月月说："嘿！我终于见到一个比我们更古怪的家伙了。"

月月却说："不，他还是比我们幸运，他至少是独立的。"

有一天晚上，月月又来看望张宇。那时候的小张宇已经奄奄一息了。他的嘴唇惨白，皮肤上布满紫红斑点，腕手前面几寸已经腐烂了。玻璃缸里的水也成了黑色，散发着恶臭。

看到张宇痛苦地呻吟，月月心疼得直掉眼泪。他终于忍不住说出了那个秘密。

"你其实并没有生病。"他的嘴唇贴在玻璃上悄声说道，"是郭郭在水里下了毒。除了阿尼和莉莉，整个马戏团都知道这个事——"

日日听见了，吓得脸色发白，急忙捂住月月的嘴，却已经来不及了。

"你这个疯子！"日日斥责月月，"他的死活和你有什么关系？如果被郭郭知道，你就完蛋了！你一死，我也完蛋了。你凭什么拿我的命冒险？"

月月后来又告诉张宇，别看郭郭平日里唯唯诺诺的样子，他其实是马戏团的大管家，可以决定你有没有饭吃，有没有床睡，也可以把老虎放出来咬掉你的脑袋。那只得罪他的鹦鹉阿宝就是这么被花豹"意外"吃掉的。还有一只见到他就捶胸顿足的猩猩"意外"地从高空坠落，摔成了下身瘫痪的废物，最后被阿尼遗弃在海边。

"日日说得对，在马戏团最好的生存法则是保持沉默。"月月黯然说道。

张宇本来已经放弃了生存的渴望。他差点相信自己从一出生起就被诅咒了，这场重病是一个怪物的宿命。

当他知道投毒一事后，他突然又不相信命运这玩意儿了。他被激发了活下去的欲望。

5

尽管张宇没有把侏儒投毒的事告诉阿尼，却告诉了每天来喂他吃药的医生。

医生为他换了一池清水，又带走了污染的水回去化验。

张宇在一天天地康复。

水的清凉舒缓了他伤口的疼痛。本已经腐烂的腕手尖重新长了新的肉，吸盘也逐渐恢复了活力。

阿尼暂停了张宇的演出。他如此害怕张宇会真的死去，也一直在为自己下手过狠而懊悔不已。

张宇因此有了更多的闲暇时间。他让月月读书给他听。

日日和月月一半的家当是书。这么多年来，月月怕打扰日日休息，一直在黑暗中读书，也读成了八百度的近视眼。

这些书都是他们的父亲——一个哲学教授留下的。

哲学教授在近五十岁时和暗恋了自己一辈子的表妹结婚。表妹在生下双头连体婴后，患了抑郁症，自杀了。教授独自抚养孩子。

他曾被医生告知，这对连体兄弟活不过一岁，可他们活到了两岁、三岁、五岁……当他们十岁时，老教授被查出了癌症。他很快去世了，甚至还没来得及计划好儿子们的未来。他死后唯一留下的是很多很多的书。

"尽是些没用的垃圾，"口口踢了一脚皮箱，"我早想把它们扔掉了。"

"是啊,没有留下钱。"月月附和道,他最害怕日日发脾气。

"他连个住所都没留下。他一死,我们只能乞讨。"日日说。

"幸亏有了阿尼团长。"月月说。

月月坐在水缸边,对着养病的张宇,小声朗读书上的文字。而那时候,日日只能耷拉着脑袋打盹。

月月很烦恼,他明明认识书上大部分文字,却没法理解整句句子,或是一个段落。但张宇却能毫不费力地理解这些哲理,他常常趴在水缸上专注地听着,还会用最浅显的语言向月月解释某句话的意思。

张宇说,他最喜欢的是《查拉图斯特拉如是说》。

月月念了其中一句:"现在一般人都把怜悯称为一种道德,他们对那种种了不起的不幸、丑陋和失败丝毫不懂得尊重。"

少年张宇用腕手轻轻拨着水,说道:"我终于知道为什么自己最恨别人怜悯的眼光了。我宁可他们显得害怕和厌恶。"

"为什么呢?"月月推了推眼镜,好奇地问。

"因为,如果人们真的尊重不幸和丑陋的话,他们不应该怜悯,而应该像对待正常人那样对待他们。怜悯是虚伪的,同感才是道德。"

月月似懂非懂地点点头。

张宇痊愈之日,也是复仇之时。

医生带着化验单找到阿尼,告诉他在水里面发现了多聚甲醛,一种杀虫剂,可以使人类和鱼类死亡。

"没错,是有人在水里下毒。"医生对阿尼说。

阿尼在当晚演出结束后,召集马戏团三十八个成员开会。他手持鞭子环视所有人(和动物),怒气冲冲地问:"究竟是谁,要杀死自己的伙伴?是谁让我欠了医院一屁股账单?是谁想毁掉整个马戏团?"

"是他,"张宇的腕手指向郭郭,用稚嫩的嗓音控诉道,"他想毒死我,却还污蔑我装病,企图延误治疗。"

郭郭惊得目瞪口呆。

他蹒跚着走到人群中央,双手掩面,伤心地哭了起来:"你为什么要诬赖我呢?我怎么会做这种事啊?阿尼,我跟你时间最长,你还不信任我吗?如果我是这么歹毒的人,十七年了,你会不了解吗?"

阿尼从没有怀疑过郭郭。他弯下腰,安抚了老泪纵横的他,又转向张宇,问:"你有证据吗?"

这时，月月站了出来，几乎以悲壮的音调说道："是小花看到了整个过程。"

小花是帮郭郭做饭和打扫卫生的姑娘。她缩在罗莎身后，害怕地点点头："我那天发现郭郭把整瓶杀虫剂倒在水管里……但我只告诉了马出。"

马出和马杰兄妹是一对空中飞人。马出把秘密告诉了马杰。马杰在某次通宵打牌时聊起了这个传言，于是在场的所有人包括月月和日日都听到了。

"他让花豹吃掉了莉莉的鹦鹉阿宝，还割断了猩猩的保险带，让它从秋千上摔了下来。"早年加入马戏团的柔体演员玛丽说道。这也早已是公开的秘密了。

"是你杀死了阿宝？"莉莉愤怒地吼道，夹烟的手在颤抖，"这个小矮人曾在转盘上做手脚。他想要我的命，再把你送进监狱！他曾经也这么痛哭流涕，请求我的原谅。想不到啊，我的心软没有换到他的忏悔。他竟害死了告发他的阿宝！"

多米诺骨牌瞬间全部倒塌。莉莉是最后一张。

阿尼站了起来，死死盯着郭郭，脸涨得通红："你一直在骗我！你当我是蠢货！"

面对所有人的指证，郭郭早已面无血色，匍匐在地，浑身颤抖。

这时，阿尼后退一步，罗莎冲上前，嘶吼一声，熊掌落了下来。尖利的爪子擦过郭郭的面颊，刻下了几道从太阳穴延伸至脖子的血痕。

郭郭跪在地上抱住了阿尼的小腿，哭着发誓他是整个马戏团里对阿尼最忠心的人，阿尼若驱逐他，总有一天会后悔的。

很快，警察赶来了，把涉嫌谋杀的老家伙押上了警车。

郭郭把那张血肉模糊的面孔紧贴车窗玻璃，死死盯住小张宇，仿佛在用眼神警告他：我还会回来的。

6

张宇又开始表演了。

如今他在马戏团里有了新的朋友，对母亲的记忆越来越遥远，也能坦然面对聚光灯了。

当阿尼解说的时候，张宇会轻轻滑动八爪，游向观众。尽管他面带微笑，观众的神经还是绷得紧紧的，牢牢盯住他的每一次移动,生怕他突然跃出水面攻击自己。唉,人类啊,总是对陌生的事物怀有天生的敌意。

张宇站了起来,趴在缸沿上,好奇地打量大家。大胆的观众会朝他吹口哨,或者发出逗小狗的汪汪声。

阿尼举着话筒,问张宇一些简单的问题,譬如他几岁,叫什么名字。

"我的名字叫张宇。"

"我们都知道你叫章鱼。"

"不,和张阿尼一样的张,宇宙的宇。"

"什么?一条叫张宇的章鱼?"

张宇和阿尼之间这种无趣的对话,总会引来笑声。

阿尼没有撒谎,这确实是一项轻松简单的工作。

有一天,一个站在前排的小男孩不小心松手,手中的氢气球飞了起来,越过所有人的头顶,越升越高,飞向大棚的穹顶。

当大家都惋惜地盯着气球时,一条健壮的腕手突然哗的一声冲破水面,追向半空,以一眨眼的速度拽住了气球的绳子。

观众发出了恐惧的惊呼。他们这才意识到这条腕手有多么巨大、有力和灵活。它完全可以轻易杀死人类。

人群变得不安，屏气凝神地看着这条腕手把气球交到了男孩手中。

小男孩涨红了脸，说了声"谢谢"，水缸里的怪物自然而然地回答："不客气。"并用那条流着黏液的腕手抚摸了一下小男孩的头发。

小男孩的母亲惊恐万分，立刻把儿子拉入怀中。她刚要愤怒地叫骂，却发现张宇早已收回了腕手，目光温柔地注视着他们。毫无征兆，她激动得热泪盈眶。

人群也在这一刻沸腾了。天哪！这是一个真正的奇迹！他居然懂得爱和礼仪！他有八根可怕的腕和一个善良的脑袋。他既不是章鱼，也不是人类，他究竟是什么东西啊？

站在一旁解说的阿尼也十分激动。他不得不承认，张宇真的是一个天才。

他起初还十分反对张宇提议的这个情节，担心一条没有表演经验的章鱼会把事情搞砸。可张宇最终还是成功了，他和那对母子精湛的表演带来了前所未有的效果。

张宇或许比阿尼更了解人性：相比起肤浅的笑料，只有不安和恐惧带来的快感才是最为深刻难忘的。

7

有一天阿尼在网上浏览时,偶然发现了一段章人馆演出的视频。显然,某个不守规矩的观众偷偷拍下视频上传到了网上。这段质量粗糙的视频打破了章人馆营造的所有神秘感。

阿尼迁怒罗莎。

他不是让这头母熊充当保安,对来客进行搜身吗?不是让她时刻监督有没有人偷拍吗?为什么还会有视频流传出去?

为了惩罚罗莎的失职,阿尼又举起了皮鞭。这只逆来顺受的母熊并没有反抗。尽管她被抽打得皮开肉绽,也只是四肢着地,疼得嗷嗷叫唤。

当阿尼的鞭子再次扬起的那一刻,张宇的腕手突然一把卷住了阿尼的手腕。他轻轻一推,阿尼一个趔趄,差点摔倒。

阿尼恼火极了,正当他转而对张宇发作时,他却猛然注意到,张宇已经比他高出了半个脑袋。现在,他必须抬头仰视,才能和张宇对话了。他的内心闪过一丝恐惧。

"放了她。坐下来。让我们谈谈买卖。"张宇说这句话的时候,母熊趁机飞快地逃走了。

买卖?阿尼轻蔑地笑了。他擦着火,点燃烟斗里的烟丝,问道:"你要和我谈什么买卖?"

张宇从阿尼的腰间皮带上抽出一把飞刀,掷向了飞盘,直直地插中红心。

"瞧,你们做的我都可以做。"他对阿尼说,"我可以表演飞刀,也可以加入日日和月月的相声。我可以骑独轮车,表演杂技,驯兽。小丑,这就更简单了。你还想看什么?我都可以做。我会让你拥有全国最出色的马戏团。"

阿尼克制住内心的激动,问:"你想要什么回报?"

"首先,我需要一件衣服,黑色的袍子,遮盖我的下身。我需要尊严。"

"好。"阿尼爽快地答应了。

"其次,我需要一张床,一个房间,而不是和这些道具一起留在大棚里过夜。放心,没人可以偷走我,我也不会逃走。我发现没有比这里更好的去处了。"

"没问题。"阿尼在桌边坐了下来,"让我们列列你的节目单吧。"

"等等,我还没说完,"张宇直视他的眼睛,说道,"第三,我要马戏团一半的股份。"

什么?阿尼简直不敢相信自己的耳朵。这多滑稽啊!一个离开马戏团都无法生存的怪物,他要股份来干什么?

他仰头大笑起来:"你不是在开玩笑吧?告诉我,你要钱来干什么?我给你提供进口三文鱼不就好了吗?你若喜欢,我也可以给你鲍鱼啊——"

"我不是在开玩笑。"张宇打断阿尼的话。

阿尼立刻收起笑容,用烟斗指指张宇,问:"我为什么要答应你这种异想天开的条件?"

"假设你给我一半的股份,我可以让马戏团的收入增加十倍呢?假设我可以保证你即便持有一半股份,也可以赚到更多的钱呢?"

阿尼还没来得及回答,张宇又说,"唔,你可以不答应我。那样我会很失望,从明天起不想再回答你那些愚蠢的问题了。当然,你一定会很生气,你可以让我挨饿,甚至打死我。但是你如果真那么做,你的投资就全部泡汤了。"

直到这一刻,阿尼才意识到,自己是被过去的付出绑架了。而关键在于,这条狡猾的章鱼也发现了这一点。

8

张宇得到了他想要的。尽管他和阿尼签订的是保密协议,但马戏团里的每个人都明显察觉到张宇地位的变化。张宇不再是章人馆里一个被展示的道具,而是积极参与各个节目的合伙人。每个观众都是冲着张宇而来,仅仅是他的存在,就足以让其他表演显得平淡无奇。观众甚至忘记了马戏团原本的名字,他们提起它时,总是说:"那个章鱼马戏团……"

小张宇现在已经长成漂亮的青年了。他的容貌秀气,身材高大,胸肌和腹肌发达。如果他只是一个普通的男孩,人们可能会说,瞧瞧你那漂亮的眼睛,多像你的母亲呀!瞧瞧你那宽阔的肩膀,多像你那强壮的父亲呀!

张宇穿着衣服上场时,和人类没什么两样。随后他会掀开袍子,让人看到他腰部以下神奇的分叉,仿佛一个绅士摇身一变,成为一种低等动物。

他的飞刀表演最受欢迎。他的八只腕手同时掷出八把飞刀,它们冲向在转盘上旋转的莉莉,分毫不差地落在她的大腿间、腋窝下、耳畔、头顶……这一幕让人眼花缭乱,惊叹的同时,也捏了一把冷汗。如今,哪怕阿尼回到舞台上,他那乏味的单手飞刀也吸引不到任何观众了。

张宇还会化装成小丑,又恶心,又可爱。你见过章鱼小丑吗?

马戏团变得全国闻名。龙楼本来就是个海滨度假城市,现在越来越多的人把马戏团当作一个景点,一个来龙楼旅游的理由。想看张宇的人流络绎不绝,每天要排着长队才能进入大棚。

阿尼的确赚了很多很多钱,早已收回了他的投资。他当然也没有任何理由发牢骚。他现在每天的生活只是在餐厅吃吃海鲜,唱唱街头卡拉OK,搂着黑皮肤姑娘跳舞,在深夜喝得酩酊大醉。

莉莉有一天结束了驯兽表演后,推开了张宇的房门。她穿着性感的比基尼,胸部高耸,腰间的棕色皮带上别着一根磨损的皮鞭。

"你是我见过的最帅气的男人。"她俯下身对张宇说道。

"我是男人吗?"张宇问。

"当然,你是。"她的眼睛里燃着火。

她在卸装前是那么性感,带着一股饲料味道的骚劲儿。她握着酒瓶子,跳到了他的床上。她亲吻他那滑溜溜的腕手,搂住他脖子,鲜红的嘴唇寻找他的嘴,而他只是撇开头去:"你是阿尼的女人。"

"不,不再是了。我早就受够了他那身肥肉和狐臭。我想当你的女人,你当我的团长。"莉莉抓住一根腕手,摩挲自己的大腿。

张宇略有几分羞涩地伸出了交接腕——章鱼用来交配的那根腕手。

他的腕手是如此粗壮、巨大,简直可以掀翻一个屋顶,但此刻却缩得小小的,温存无比,在莉莉的身上游荡。

他们成了一对恋人。

9

有一天,阿尼酒醒了。

直到那一刻,他才猛然意识到,他已是整个马戏团里最可有可无的人。

阿尼干掉了一整瓶烈酒，提着枪，闯进了莉莉的房间。他用黑洞洞的枪口指着床上的那两个人。

啊，不要！莉莉慌忙拉上被单，裹住自己赤裸的身体。但已经晚了，子弹击中她的眉心。莉莉瞪大惊恐的眼睛，应声倒在床上，鲜血染红了床单。

"你杀了自己的女人。"张宇喃喃道。他还没有缓过神来。

"她已经不是我的了。整个马戏团都不是我的了！郭郭说得对，我亲手赶走了最忠心的朋友，留下了你这个敌人。我现在要杀的人是你。"阿尼握枪的手不住地发抖。

"我死了，你同样一无所获。你现在无忧无虑，有花不完的钱，你还不满足吗？莉莉死了，你可以再找一个更年轻、更性感的驯兽师……"张宇试图安抚他。

"不！我宁可不要钱！记得你跟我要什么吗？你要衣服，要尊严。一条章鱼都要尊严，更何况我？我是人！"

"等等，获得尊严的方式有很多……"

但阿尼不愿意再听张宇废话了。他觉得自己说得够多了。所有电影里，都是因为坏人说得太多，而错过了杀死好人的机会。

正当他要扣动扳机时，一条巨大的腕手却像旋风一样飞驰过来，击中他的手腕。子弹打在天花板上，手枪飞了出去。另一条腕手卷住他的喉咙。

他被勒得满脸通红，尝到了死亡的血腥味。他的视线变得模糊，隐约看见罗莎站在张宇的身旁。她为什么不帮我干掉这个叛徒？他想叫骂，却发不出声音。

而这时，他感觉脑门一阵冰凉，余光看见他刚丢掉的手枪回来了，顶住了自己的太阳穴。

他的酒顿时醒了，开始后悔。自己究竟干了什么啊，居然杀死了最心爱的女人，居然想杀死一条为自己工作的章鱼。为什么不能好好醉下去呢？还有比过去更满意的生活吗？

但一切都晚了。此刻的张宇满怀愤怒。他的腕手尖轻轻一扣，子弹射了出去。

10

张宇扯过床单，擦去几条腕手上的血迹。

他颓唐地坐了下来，身旁躺着两具尸体。他突然感到了巨大的孤独感。

他自言自语道:"这又是何必呢?我早就说过,我死了你们也同样一无所获。可你们还是希望我死。"

罗莎爬到张宇的身边。她的内心百感交集,有许多话想说,可她终究只是一只会流泪却不会说话的母熊。她只能依偎在新主人的身旁,默默地流泪。

十八岁那年,罗莎还不是母熊,而是一个高大肥胖的笨姑娘。和天下所有独生女一样,她被自己的父母万般宠爱着。

尽管全家躲藏在地处边陲的偏僻的森林里,那个可怕的仇家还是找上门来了。罗莎的父母心里清楚,这次无路可逃了,仇家一定会大开杀戒,直至家族最后一个人。

为了让心爱的女儿活命,他们连夜把她缝进了一张熊皮里,从头到脚,只留下眼睛、嘴巴、鼻孔和排泄孔。他们担心笨姑娘不小心说话暴露自己,同时剪掉了她的舌头。

她趴在离家不远的山坡上,看着父母被仇家找到、处死,她所能做的只是默默流泪,然后掉头离开。

熊在森林里没有天敌,她只需要避开猎人。她流浪了许多年,靠野果、露水为生,直到有一天她去果园偷苹果吃,被果园的主人、一个老奶奶布下的机关捕获。老奶奶看见她的眼泪,认为她是一头通人性的熊,留下她做宠物抚养,并取名罗莎。老奶奶在临终前，把她送进了星光马戏团。

如今罗莎已经二十九岁了。她不能开口说话，也无法向主人倾诉自己的一生。或许，她更喜欢躲在熊皮里当一头聪明的熊，而不是一个笨姑娘吧？

警察的调查结论是，阿尼酒后杀死莉莉，随后畏罪自杀。张宇试图阻止这起悲剧的发生，可惜没有成功。

自那以后，张宇便成了星光马戏团团长。

章鱼帝国之章鱼市长

占领一个城市有两种方式：镇压，或拯救。

占有一个人也有两种方式：控制，或感化。

1

自从上一任马市长在一年前被暗杀后，龙楼市的市长一职一直由副市长杜红英代理。

杜红英今年四十七岁，她身材瘦削，留着短发，性别特征模糊，总是戴一顶贝雷帽。她一生未婚，也没子女。她身上的故事我们以后再说。

马市长在位时最大的贡献是为龙楼打响了旅游的名片。你很可能曾经在飞机座椅后的杂志上，或者机场的大屏幕上看到过龙楼市的旅游广告。

照片的一半是湛蓝的大海，另一半是几百个圆形巨石，一个比基尼女郎躺在巨石上，身旁是一杯西番莲果的鸡尾酒。它美得如同天堂一般。

但在那条浪漫的黄金海岸线背后，却是一个黑暗、混乱的世界。

就在上个月，一群暴徒拦截了一辆旅游大巴，把车上的二十个外国游客带来的行李洗劫一空。一个德国老太因为不愿意脱下亡夫送给她的戒指，被拧断了脖子。

"这七个暴徒有备而来，他们戴了面具和手套，作案后把偷来的车开进没有监控的山里，弃车逃跑。他们没收了所有受害人的手机，导致他们无法及时报警。我们尽力了……"龙楼市警察局局长叹气道，"但至今无法确认这些人的身份。"

屏幕被网友们的咒骂占领，局长不得不立刻中止直播。

这是今年针对游客的第六起抢劫案。

自从去年秋季一对情侣被劫匪杀害后，龙楼市旅游局就警告游客，为了人身安全，请乖乖交出财物以保命。

如今现金已经很少流通。歹徒能抢走的，也无非是手机、电脑、首饰、包包，他们还得设法把这些东西贩卖出去，才能换到现金。

警方在销赃渠道上严密监控，最终抓到了两个销赃的人。他们都是铜鼓山岭中的山民。可惜他们宁可被判重刑，也不愿意交代赃物的来源。

警方也曾抓到过几个打砸抢商家和抢劫游客的罪犯，也是龙楼的山民。

虽然此后的抢劫杀人案大都没有侦破。但民间几乎都毫不怀疑，这些戴了黑色面罩、矮小精干的歹徒，都曾是在山上种植甘蔗、龙眼、波罗蜜的农民。

自从马市长在自己的办公室被暗杀后，市民们迫切需要一个强有力的新市长，能够扭转龙楼市罪恶之都的形象。

瞧瞧，这几年富人来龙楼度假，都是从机场搭直升机前往那些安保措施严密的海边度假村，双脚都不会沾上这座城市的泥土。所谓旅游业发展，也只是让那些瓜分了海岸线的富豪身价暴涨。

我们需要一个新市长。我们需要安全和尊严。我们需要从旅游业中分一杯羹。

2

新的市长即将在五月选出。对于这份难度很大的高危职业，目前只有三个人打算参加最后一轮竞选。

一号候选人：陶万林。

这是一个热心宗教联谊的诗人、律师、心灵导师、主持人、演员……通常我遇见这类头衔特别多的人，第一感觉是江湖骗子。但佛教徒们不这么认为。他们对他感恩戴德，因为龙楼铜鼓湾山顶的那尊金逸大佛就是他筹建的。

有时候你在浏览网页时会突然弹出窗口：一个四十多岁的戴眼镜光头男人，笑眯眯的，操着一口粤语普通话说："欢迎来龙楼旅游。"

没错，他就是陶万林。如果你不小心点击了他的那口白牙，恭喜你，你进入了他的拉（洗）票（脑）广告页。

陶万林主张用信仰来挽救堕落的城市。他相信，如果人们有了精神上的追求，就会抛弃肮脏的物质欲望，自然就失去了犯罪动机。

二号候选人：汪海涛。

汪海涛是一个科技神童，他的长相和他的智力像是配套生产的。你如果参加过那些大佬的聚餐，在那些油腻中年男人中间，发现一个苍白瘦弱、戴黑框眼镜、不善言辞的年轻人，他就是汪海涛。

汪海涛是一家餐馆的厨师的儿子，当年曾是龙楼市的理科高考状元，被许多媒体采访。他在M城名校读了大学后，拿到了电子工程硕士的学位。那年他才二十五岁。

本地渔民们一度拿汪海涛来宣传龙楼的渔业产品。瞧，多吃富含DHA的龙楼海鱼可以让你的孩子和汪海涛一样聪明哦。

如今，汪海涛刚刚年满二十八岁，他为龙楼市的高犯罪率开出的药方是：利用科技加强监控。他研发出一个芯片，可以在麻醉嫌疑人后，在他们体内植入一个芯片而不被发觉。该嫌疑人获释后无论去哪儿，和谁交谈，都可以被跟踪、监听。他们无法自行取走芯片，只能自杀。

这种技术将大大提高警方破案率和抓捕罪犯的成功率。他承诺如果他当选市长，将会继续推广更多高科技产品，让龙楼成为一个零死角监控的城市，甚至连近海的海面都可以被密布的、电力持久的无人机监控。

也有很多市民揣测，汪海涛目前正在经营的一家初创公司，正是开发这种芯片的。他参加竞选的目的其实也是为了替他的产品打广告罢了。

三号候选人：滕菲。

滕菲是旅游房地产大亨，他手上掌控了铜鼓湾沿岸的多家五星级度假酒店，以及遍布龙楼市的红酒营销点、火锅店。在这座以旅游、渔业、种植为命脉的城市，说滕菲是当地最有权势的人之一，一点都不为过。

滕菲今年五十六岁，发迹史鲜为人知。他是京城人，一年大半时间都在北方。凡是在他手下工作过的人，都听说过他的霸道作风。他在公司抽屉里和他的裤袋里都会备有一根鳄鱼皮鞭子，随时会抽打他看不顺眼的或者办错事的员工。

他对于打击犯罪提倡的自然也是铁腕政策。他主张对街头巷尾最易受攻击的商家加收"安全税"，用于在现有警力的基础上再增加一倍人数。那些小商家自然是不愿意的，他们认为这种税收说白了就是"保护费"。

滕菲甚至企图修改法律，制定《龙楼刑法》，对犯罪团伙进行严惩。新法规定，警方可以动用酷刑逼供；盗窃者将公示鞭打；抢劫者剁去手或脚；强奸者服用化学阉割药剂，杀人者和贩毒者枪毙。不消说，这新刑法足以让歹徒们闻风丧胆。

如果不出意料,市民们将在两个月内从这三位候选人中选出——噢,等等……

主持选举的副市长杜红英突然提出,第四个人正式宣布参加竞选。

他会在明天傍晚通过网络直播的方式发表演讲。

和往常一样,如果他在龙楼政府网上直播时能收到本地市民的五万个点赞,他将获得竞选资格,和其他三位候选人角逐市长一职。

3

第二天黄昏,当张宇突然出现在所有市民的电脑和电视机屏幕上时,许多人措手不及。

这包括正在滕菲的地下室开会的龙楼和平委员会。他们五人像往日一样,喝着红酒,抽着雪茄,畅想着未来。

自从马市长遇害以后,和平委员会便悄然诞生了。杜红英虽然代理市长一职,却并无实权。和平委员会控制着几大行业，操纵着龙楼的命运。

参加市长选举的三人，都是和平委员会的成员。这意味着，无论他们哪个人当选，这个城市的未来都会依照委员会的唯一蓝本发展。

但他们从没想过，在距离投票还有两个月时，会出现第四个候选人。

当手表上的指针指向七点时，滕菲立刻打开了身后墙上的电视。

这是一张陌生的面孔。很少有亚洲人长着这种有棱角的脸庞。他的眼神深邃，眼珠黑到发蓝。黝黑的皮肤带着渔民的那种被烈日暴晒、被风雨打磨的光泽。他的脖子很粗，以至于那件灰色衬衫的最上面一颗纽扣无法系住。

他的长相足以让女人觉得紧张，让男人感到嫉妒。

"这是谁？"滕菲用遥控器指着屏幕上的男人问。

汪海涛和陶万林面面相觑，他们此前从没见过这个人，甚至没听说过这个名字。

张宇也同时出现在市中心悦华广场的那块五层楼高的大屏幕上。他坐在一张宽大的桌子前，衬衫外面是一件黑色的外套。

"你们都相信那些抢劫杀人的罪犯都是山民，可为什么山民会犯罪？"张宇在镜头前问这个城市，"为什么他们在十年前没有下山抢劫？"

他的声音雄浑，充满了男性荷尔蒙的气息，在广场上空回荡。

答案并不复杂。近五年，龙楼的旅游地产从海边一直拓展到铜鼓山上，建造多个可以看海的度假村和私人豪宅小区。这些山民的土地被征用，只拿到少许赔偿，就被赶下了山。

他们大多数人是麓族人，只会说方言，并不识字。女人们倒好找工作，她们可以给餐馆、旅馆、按摩院打工，而男人们除了开网约车，找不到像样的工作。

或许，他们中的一些人是由于走投无路，才走上犯罪的道路。

"没人喜欢东躲西藏的日子。当他们和后代的基本生活得到保障，他们自然不会犯罪。"张宇说道，"我们应该把他们的家还给他们。"

"我建议，对那些人均消费水平或者规模处于行业内前百分之十的酒店、餐厅等消费场所加大征税。数据表明，这些场所都被寡头垄断。那些公司是龙楼旅游业最大的受益人，它们把所有能看见海景的地方都变成了资本的飞地，却把贫穷和混乱留给看不见海的内城。对于他们征收的这笔税，将用于铜鼓岭背海的一侧，为山民们重建家园。"

广场上的人们纷纷驻足，停下来思考他的话，也有游客举起相机录下他的演讲。

是啊，现在除了去乡下那些烂泥渔场，还有哪儿能看见海呢？凡是能看见大海的位置，要不成了收门票的景点，要不成了酒店或者豪华公寓的客厅。

"啊！他是那条章鱼！"一个五十多岁的男子突然指着大屏幕惊恐地叫道。由于广场上聚集了许多人，他的声音只被周围一些听众捕捉到。

"他就是张宇呀。"一个中年妇女觉得滑稽，回答了他一句。

"不，是章鱼！章鱼！"那个戴眼镜的观众越来越激动。他浑身散发一股酒气。

"嘘——"一个年轻男人试图制止这个观众的吵嚷，"没错。他就是张宇。你可以闭嘴了吗？"

"他是那条章鱼，马戏团里的章鱼！有八只脚的章鱼！"酒鬼继续喊叫，"我在许多年前带女儿看过他的表演！"

一个男人走上前，一拳揍向酒鬼的鼻子，把他打趴在地。终于安静了，周围人都松了一口气。

只有一个站在酒鬼身后的人，把他的话当真了。

这是一个矮小的侏儒，脸色阴沉地盯着大屏幕。屏幕的光芒照亮了他的右脸，三条丑陋的疤痕从太阳穴一直延伸至脖子。

当张宇抓起桌上的茶杯喝水时，侏儒相信自己的眼睛看见了：一个灰色的滑腻的尖儿钩住白色陶瓷杯，一瞬间又滑进了斗篷。

4

侏儒郭郭因故意杀人未遂的罪名被判刑七年，半年前才刚刚出狱。

郭郭出狱后发现，龙楼已经大变样。不仅常驻人口增长到了八十五万，每年的游客也暴增，和居民人数相当。

虽然内城还是当年那些残破、肮脏的街巷，但当他走到湾区时，却被眼前的场景震惊了。他仿佛来到另一个国家，到处是可以眺望大海的玻璃高楼，明亮的灯光，椰林下的高档餐厅，模特身材的漂亮女人……

郭郭白天在海滩附近闲逛，看看能不能从一个富有的游客那里乞讨到一点食物，晚上则睡在市中心的公园。

几周前，他不知不觉走到了星光剧院的门口。马戏团早已经从当年的那两顶大帐篷，搬到了固定的建筑物内。

郭郭掏出白天乞讨到的钱买了一张门票，混在人群中，进入了剧场。

马戏团里依然有章鱼人的表演。但郭郭一眼就看穿了，这是一个冒牌货。一个十几岁的男孩，穿了八条定制的硅胶腕，站在一只透明大水缸里张牙舞爪，逗得台下的观众哈哈大笑。

这和当年的他完全不是一回事。

当年哪怕他还只是个蜷缩在水缸里的幼儿，都能令帐篷里弥漫紧张的气息，观众的神经都是紧绷的。而现在的他，不过是个逗孩子的小丑罢了。

那条真的章鱼去哪儿了？

郭郭绕到剧院的后门等着。不一会儿他就逮到了从后门溜出来抽烟的马出。马出和他的妹妹马杰一起在马戏团表演空中飞人，他是当年马戏团里少数没有和郭郭交恶的人之一。

从马出口中，郭郭才得知，阿尼团长和莉莉已经死了。在郭郭入狱两年后，章鱼人逐渐操控了马戏团，甚至和阿尼团长的情人莉莉搞在了一起。羞愤交加的阿尼团长开枪杀死莉莉后，饮弹自尽。

这是警察的调查结果。也有人说，他其实是被章鱼杀害的。毕竟一条章鱼是不会在枪上留下指纹的，不是吗？

自那以后，这马戏团就由张宇一人掌控。而他本人在谋杀案发生后不久，便不再出场，而是请了一个演员来扮演他。一方面也是因为他的成长速度实在太惊人了。当他离开马戏团时，已经是一个成年人的模样，可他当时才四岁呀。

如今，马戏团的团长是罗莎，那只会流眼泪又会解复杂方程式的母熊。除了罗莎，其他人都没再见过张宇。

郭郭没想到，会在这个烈日刺眼的下午，在聚集了几万人的广场上再次见到了他。

他和小时候的样子并不像。要不是那个被保安拖走的醉酒的观众，自己甚至没有认出他来。

三天前的凌晨，几个混混发现在长椅睡觉的郭郭，向他投掷点着火的酒精瓶子。他不得不抛下着火的背包，逃离了公园。

他越可怜自己，就越仇恨章鱼。

此刻，他死死盯着大屏幕。

敌人看似变得强大了，可其实依然那么脆弱。瞧，他只能露出自己的上半身，永远要把丑陋的腕藏在黑色袍子里。他不敢走到阳光下，因为烈日会把他的腕烤干，烤成章鱼干。他再怎么风光，也终究会成为人类的一道菜。

5

"你们如此害怕，是因为你们知道有人在角落里，在阳光照不到的地方，正处于绝望之中。他们如果不作恶，就无法存活。而正是他们的绝望，让你们害怕。

"解决恐惧的唯一办法是解决恶的源头。

"看看其他几位候选人的做法。

"二号候选人故意忽视山民的困境——宗教可以让他们不再感觉饥饿吗？

"一号和三号候选人试图暴力镇压源头，他们可以把几万山民赶尽杀绝吗？如果不能，这么做只会把他们逼到绝境。当他们完全没有退路时，他们可能会做什么？

"想要获得安全的唯一方式,是给敌人一条生路。大自然中没有一种动物会无缘无故给他人造成伤害。许多动物在给敌人致命一击时,自己也会去死。它们依然这么选择,是因为它们没有退路。"

电视屏幕右下角点赞的人数已经超过七万。

"他是谁?"滕菲把眼睛从电视上挪开,瞪着房间里的人问道。

"这一定是杜红英搞的鬼。她此前从没让我们知道有第四个人会参加竞选。"杨彪道。他是滕菲的竞争对手,也是合伙人。

"他的思路整个是错的。"陶万林慢悠悠道,"劫富济贫并不能缓解矛盾,只会让穷人更加贪婪,因为人的欲望是喂不饱的。"

"这分明是在惩罚像咱这样努力工作、合法经营的企业家,反而纵容那些懒惰、违法之人。"杨彪在一旁补充道。

"我们必须阻止他!"滕菲猛地捶了一拳桌子。

不用说,大家也可以猜到为什么滕菲的反应最为激烈,因为这套措施完全是冲着他那样的人来的。

"但我们得先知道他究竟是谁。"陶万林说。

一直坐在桌边使用电脑、一言不发的汪海涛,此刻合上电脑，道："我刚才试图查找他的信息，但什么都找不到。他在网络上没有任何账户。他就像是个没有过去的人。"

"我们有人见过他吗？为什么他之前不敢参加活动？一个遮遮掩掩之人，身上必定有大的短板，这就好办了。"陶万林提出的这一点，让大家感觉轻松了一些。

"他没准正坐在轮椅上，是个残疾人呢。"赵达指着电视上的张宇说道。赵达是龙楼市检察院的院长，也是陶万林的姐夫，虽然其他人并不知道这两人的关系。

"也或许，他不是真人，而是那些麓族人虚构的人物，就好像一个动画角色。"汪海涛畅想着。

"有一个人，肯定可以找出张宇的底细。"滕菲咕哝着，翻看自己的手机通信录。

6

他从广场上经过时，人们向他投来困惑、探索的目光。他们觉得他身上有哪儿不对劲，可又说不上究竟是哪儿。他的身上散发着一种淡淡的腥味，好像他刚在海里游完泳，还没来得及冲洗。

他比周围人高出许多,目测身高到达一米九。但南方海岛的男人普遍比内陆的人矮一点,所以他的突兀也没什么奇怪。

真正古怪的是,他竟然穿着一件夹克衫和戴着一副手套。这简直太做作了。看看头顶的烈日,现在至少有四十摄氏度吧?只有一些北方来的女子才会无时无刻不把自己包裹严实。她们生怕被这毒辣的太阳晒黑,失去那种代表了纯洁的白色。

他的裤管很长,盖住了鞋面。他走路的速度很慢,步伐沉重。有些人故意走得比他快,再假装无心地回头看。

他们以为会看到一张和这身打扮一样古怪的脸,恶心又刺激,但恰恰相反。

他的面容英俊,轮廓清晰。他的皮肤黝黑、洁净,胡子剃得恰到好处,能让人猜出它们如果三天没剃该有多么茂盛。

他的这身打扮似乎表明这是一个有怪癖的家伙,可他衣服的质地和他对头发、脸蛋的保养又证明了他的理智和精致。

于是,人们下了结论:这个英俊、高大的男人,或许有着某种不可告人的隐疾。

他走向了主席台，坐到了那排长桌的中间，紧挨着杜红英。

台下的听众鸦雀无声，如同被一片巨大的阴影笼罩。他们神经紧张，甚至变得有几分神经质，可又说不出为何。

他们这才意识到，这个男人就是张宇，是他们昨天刚刚投票选举出来的新市长。

张宇的当选对这个城市究竟是幸运，还是诅咒，要下定论，为时尚早。

7

张宇走在鱼市中，道路两侧是大大小小的鱼摊。脚下混合鱼血的污水流淌着，冲刷着地面上黏附的鱼鳞。

空气中的腥味儿，是大海中死亡的气息。

一个鱼摊上的一条鱼吸引了他的注意。他以前从来没有见过这种鱼，它的两只眼睛周围是一圈蓝色，两眼中间部位凸起，像长了一个鼻子。它的身后拖着一条细长的尾巴。它静止在水中一动不动。

摊位上没有人。一个扎马尾辫的女孩站在附近的垃圾桶旁，双手抱胸，眺望远方。她身上那件沾了鱼鳞的黑色塑胶围裙，证明她也是摊贩之一。

她看着远处的广场，那里正在举行欢庆新市长当选的游行。游行队伍中很多都是山民，衣衫褴褛，唱唱跳跳。这支队伍只被允许在内城中游荡，而不能前往戒备森严的湾区。

女孩冷冷的目光从眼皮下流出来。

她的余光突然注意到，有人在看她，便整理了一下头发向他走来。

"需要买什么吗？"她看着那几个养着活鱼的塑料大盆，问道。

他的目光却情不自禁地落在了她的右手上。那只手的手背上躺着一条触目惊心的疤痕，像隆起的红色山脉，一直延伸进她的衣袖里。

每一个伤口背后都有一个故事。他在心底想。

尽管他没有开口，他的眼神已经在提问了。

"噢，没什么，已经长好了。"她把手背藏在了围裙里。同时，她很快瞥了一眼他的手套，但没有发问。

他指了指那条单独养在盆中的怪鱼，问道："这是什么鱼？"

看到他打听这条鱼，她冷漠的脸上流露出一丝激动。"这条鱼可不一样。我从小就在海边长大，都没见过这种怪鱼。"

她解下身上的那件黑色塑胶围裙，盖住了整个塑料盆，朝他招手："你进来看看。"

他犹豫了一下，和她一起把脑袋钻到了黑色围裙下方。他们的额头撞在一起，呼吸挨得很近，眼前一片漆黑。

突然，奇怪的事发生了，小小的空间突然变得明亮。

鱼的两只眼睛发射出一束光，就像一只电力很足的手电筒。

他抬起眼睛看她，她的眉头微蹙，紧咬嘴唇。

而这时，她脱下围裙，他们又回到了阳光下。

"没人知道这种鱼叫什么，所以我们就叫它'探照灯'。我们在海水中养了它两个月了，它的光依然那么亮。"

"为什么突然要卖了？"他问。

她的眉间流露出一丝忧虑，回答："因为缺钱用了。"

"多少钱？"

她有些羞涩地回答:"五千。虽然贵了点,但我哥说长这种鳞片的鱼味道都特别鲜美。"

他把信用卡给她,让她把鱼打包起来。

她把两只手伸进水盆里,捉住了那条大鱼,放在木桌上。那条顽强的大鱼在桌上扑腾着,她用那只受伤的手牢牢按住它。

"你会吃了它吗?需要我帮你杀了吗?"她从铺子下拿出了一把锋利的尖刀,问。

"不,不用。"他阻止了她。

她找到一个塑料袋往里面舀水,随意问道:"你来的时候看到新市长在游行队伍里了吗?"

他愣了一下,回答:"没有。"为了不让自己在鱼市中过于显眼,他故意缩短了自己的身高。

他突然有些好奇:"你为他投票了吗?"

"当然没。我们这里的人压根不投票。这是个骗局。"她在自己的衣服上擦干手,老气横秋地说道,"选谁都一样,他们是一伙的,四个选项等于一个选项。"

这时,她把鱼装好了,将沉甸甸的黑色塑料袋递到他手上,恋恋不舍地说:"或许你可以养几天,再考虑要不要吃它。"

他在离开鱼市时才想起,他忘记问那个卖鱼女孩的名字。但谁会在去菜场买菜时打听摊主的名字呢?

所以,我们只能暂且称她为卖鱼女孩。

8

龙楼和平委员会经过讨论后一致决定:这个八只手的杂种必须去死。否则,我们每个人都将成为他餐盘里的鱼虾。

七月是龙楼最炎热潮湿的季节,且威马逊台风即将登陆海南。滕菲却在此时把委员会其他成员从全国各地紧急召回龙楼,在自家的地下室里召开这次会议。

宋雨迟到了半小时。推门进屋时,看到其他六个人正围在长桌旁,严肃地抽着雪茄。幽暗狭小的空间内烟雾缭绕。

"硝烟弥漫啊!"他攥着拳头轻轻咳嗽两下,讪讪笑道。

没有人跟着笑。

前两个月的竞选结果让这个房间里的所有人大跌眼镜。张宇高票数当选为市长。龙楼和平委员会的计划也都被打乱。

宋雨是最新加入和平委员会的一员。他过去是记者,也是网络红人，拥有三百多万遍布全国的粉丝。他本人是土生土长的龙楼人，三教九流都认识，从上流社会的龌龊事，到贫民窟的无名尸，几乎没有他打听不到的事。警方也常常需要求助于他的人脉来破案。

宋雨果然没有辜负委员会的期望，很快挖出了张宇的生平。

张宇的母亲是北方人，曾在少女时期被一条章鱼强奸，未婚生子，又把刚出生不久的张宇卖给了星光马戏团。

张宇童年时期在马戏团里饱受虐待和剥削，但他凭借自己的聪明才智一步步控制了马戏团，改变了人和动物的敌对关系。之后的若干年中，他又逐步扩张自己的版图，把触手伸向渔业、农业、养殖业等。

在张宇第一次演讲以后，宋雨就曾提醒过滕菲，人身攻击在传播学上毫无力量。可滕菲固执己见，找了大把水军，在各种媒体上抓住张宇卑微的出身不放。

这些攻击却恰好被张宇利用，打造了一个悲情、励志的形象。

没错，张宇是一条章鱼的私生子，可那又怎么样呢？

张宇出现在公众面前时，总是一身黑袍，神情矜持。据说，任何女人见了他那双漂亮、忧伤的眼睛，都会怦然心动；再加上他经历的磨难，足以引起多少女性的怜惜呀！

张宇也从不避讳自己的出身，他屡次在演讲中提到，他已经宽恕了生母和所有伤害过他的人。他向世人证明：一个具有先天缺陷的底层小人物也有可能获得世俗的成功，心灵的救赎。

多么令宋雨嫉妒的宣传文案。卑微和高尚、贫穷和巨富之间似乎只有一步之遥，这正是老百姓最需要的迷幻剂。

不管如何，张宇的上任成了几大寡头的噩梦，令他们苦心经营的影子帝国摇摇欲坠。

"他的稽查队说我的公司超时加班，开出了二十万的罚款。一条号称为劳苦大众服务的章鱼，真有趣！"汪海涛冷笑道。

"这个月他已经以排污不达标的理由，关了我们的三家酒店。"不知道因为肥胖还是气愤，杨彪的鼻音很重，喘着粗气。

"这个杂种必须去死！"滕菲低吼一声，掐灭手中的雪茄。他目光坚毅，松垮的面颊微微哆嗦。

宋雨在空气中嗅到一种恐惧而又刺激的气息，这是与强大对手即将正面交锋时肾上腺素加速分泌的味道。

"没错。我们必须干掉他，否则他会干掉我们。我们不能坐以待毙。我们不能让这个怪胎把我们的家庭,把龙楼这个家园彻底毁了。"陶万林附和道。

我们必须杀死那条叫张宇的章鱼。

可是,怎么才能杀死一只章鱼呢?

龙楼和平委员会想过很多方案。譬如,"找一个不要命的家伙,扑上去冲着他的脑袋给他一枪。"滕菲提议。在他五十六年的岁月中,他不止一次这么做过。

"但他几乎不在公开场合露面。"宋雨不禁提醒滕菲。

或许是因为童年经历,张宇性格多疑,没有亲人密友,不喜欢热闹场合,也拒绝各种登门拜访。

"还能怎么办?"杨彪焦躁地抖着腿,问,"放火烧了他的房子?还是制造一起车祸?"

陶万林连连摇头,对自己的队友们很失望:"做这种事一定要人不知、鬼不觉。现在可是他最得人心的时候啊!"

"或许……我们可以买通他身边的人,比如他的厨师、管家,在他的食物中下毒,"汪海涛提议,"对外宣称他得了某种疾病。"

"对!章鱼总会生病死掉的吧?"滕菲把脸转向车闲。

"我不是没有考虑过这种可能。他在马戏团时得过病,就是因为有人在水缸里下了大量杀虫剂。"车闲思忖着回答。

"据我所知……"宋雨忍不住再次泼冷水,"他自从那次中毒后,饮食极为谨慎。他只吃最新鲜的鱼虾,还是活蹦乱跳的那种。并且总是先用腕尖触碰食物和红酒,才决定是否放进嘴里。"

"那样,恐怕我们很难在食物中做手脚。"车闲叹气道,"成年章鱼的腕手不仅具有敏感的嗅觉和味觉,还是一个化学探测器。没有毒药能骗得了他。"

大约被车闲悲观的声调感染,地下室里变得死气沉沉。

"我有个办法。"宋雨突然开口道。他的声音并不自信,但依旧燃起了其余人眼中的火光。

"女人。"他说出了两个字。

据说张宇极为好色,私生活淫乱。这或许是继承了他生父的秉性吧?某个服侍过他的男仆透露,每天晚上,他都会喝得酩酊大醉。在抛开了羞耻心和自卑感后,他会脱下黑袍,用八根缀满蓝环的腕手,搂住八个美貌的姑娘。

他白天是一个卫道士,一个隐士,一只虚伪的章鱼,晚上则成了一个纵欲者,一个瘾君子,一个无耻的人类。

是的,美色。在他最没有羞耻心的那一刻,我们将给他致命的一击。

9

宋雨见到了小虎。她的美貌只能停留在精心打磨的图片中,每当她笑起来,脸上那些填充物便会挤到颧骨上。幸好,她也知道这一点,所以她很少笑。

她瞪着两只空洞的大眼睛,专心听宋雨说话,不时拉一拉滑下肩膀的领口。

宋雨认识多年的老鸨桑推荐了小虎。虽然宋雨不知道张宇喜欢什么类型的女人,但他并不需要张宇爱上小虎。他只需要找一个能激发男人欲望的女人就够了。而小虎的身材显然能胜任这一点。

宋雨问桑,怎么知道小虎靠得住?桑说,如果一个女人愿意为了钱卖命,她便是靠得住的。

"万一张宇给她更多钱呢?"宋雨不以为然地说。

"可你们难道出不起更高的价格?"桑笑了,"如果她不爱钱,那么恐怕你和她讨价还价的机会都没有。"

小虎媚眼挑逗,坐在窗边的小桌上,一双雪白的长腿耷拉着。她给自己点了一支烟,又把烟盒递给宋雨。

"我不抽烟。"宋雨拒绝了。

宋雨曾在龙楼遇到过好几个自称交往过张宇的女郎。有的人一脸嫌恶,却又热衷于绘声绘色地描述,他是如何用那根滑溜溜的腕手拥抱她,抚摸她。有的人透露他身上有股腥味,当她靠近他时,像踏上了堆满腐鱼的海滩。有的人则声称,张宇夸奖她的容貌和身材,向她求爱,甚至拿出一只小海螺,号称这是张宇的礼物。但宋雨并不信任她们中任何一人的话。他感觉这些混迹娱乐场所的女骗子只是在利用新市长自抬身价罢了。

"章鱼有三颗心脏,"宋雨在自己的胸脯上比画着,"你只要找机会用餐刀划开他的皮肤,刺穿中间那个心室,他便会瞬间丧命。"

小虎瞪着眼睛听着,像一个好学的学生。

"我怎么才能知道自己刺对地方了呢?"她问道。

"章鱼的血是蓝色的。你若看见大量蓝色液体涌出,便成功了。"

顿了一顿,宋雨认真望着小虎的眼睛,问:"你真的决定了?"

小虎毫不迟疑地点点头。

"那好。听着,你若失手,也许会被交给警方,也可能不会。我没法想象他会对你做什么。但你要记住,你没有后台,没有指使者,一切都是个人行为。"

小虎轻松地吐了口烟圈,说道:"我会活着回来。"

宋雨喜欢她的镇定。因为每当人类胆怯、紧张、恐惧时,都会散发出带酸味的荷尔蒙,而这种气息太容易被章鱼捕捉到了。

"那我得提前恭喜你。你的下半辈子会有花不完的钱。"

小虎难掩嘴角的笑意:"我已经开始想象自己住着有三个衣帽间的海景房了。"

宋雨突然觉得桑是对的,一个爱钱的女人是可靠且稳定的。而那些不贪财的女人就像台风一般令人捉摸不透。

"祝你好运!"

10

小虎很吃惊,一切都和她听说过的不同。

没有左拥右抱的派对,只有他一个人坐在宽大的餐桌边。他也不是年迈恶心的色鬼，相反，更像一个深情的大男孩。虽然没人向她描述过房间的陈设，但这里和她想象中的也不同，并不亢奋，而是带了一点图书馆似的清冷。

他的身后是一个巨型鱼缸，里面只养了一条灰色鳞片的大鱼。它的两眼之间像猪鼻子一样凸起，尾巴细长。这种丑陋的鱼难道不应该在盘子里被吃掉吗？只有鲜艳、漂亮的鱼才有资格待在鱼缸里。

小虎说了一些甜言蜜语。这是她最擅长的——向男人表达自己的崇拜和屈服，让他们飘飘然。

但张宇却不以为意。"我最近常常失眠，"他说道，"我希望在自己睡着时，有人醒着。"

"当然！"小虎雀跃地回答，"我会彻夜陪伴在你身边。"

那个侍应生，应该是被桑收买的那个，为他们斟上波尔多红酒。

两条肉红色腕手从袖口里伸出来，举起刀叉。腕手上印着胎记似的一个个圈圈，像腐烂的尸体。它们柔软灵活，慢条斯理地为一条活鳟鱼去头去尾，送到嘴边。

他的肩膀是那么宽阔，胸肌发达。他低垂眼睛，长长的睫毛叫人心疼。

他几乎是完美的。她突然感到一阵惋惜，如果他的腰下面是性感的臀部多好啊！如果他拥有有力的双腿多好！可惜呀，造化弄人！

这种惋惜让她猛然觉醒———谁会在意一个即将被自己杀死的人是否完美？

她在这一瞬间，意识到自己已经输了。面前的餐盘中是一道炭烤龙虾，她却像面对最后一餐的死囚，再也吃不下去了。

"你是不是觉得我很可怜？"他问她。

她强颜欢笑："怎么会？可怜？那么多人疯狂地崇拜你。"

他的眉头微蹙，怜悯地看着说谎的人，就像看着一只雪地里挨冻的小动物。

"以前有个叫科斯格洛夫的专家说过，章鱼是地球上出现过的与人类差异最大的生物。"他用餐巾擦去嘴角淌下的液体，说道，"而我是什么？我和章鱼，和人类都完全不同。我在世界上没有任何同类，自然课本都不知道该把我如何归类。你能理解这种孤独感吗？就像全宇宙里只剩一颗星星。"

不，别这么说。她想握住他的腕手，制止他。可她却没有动,只是后背僵硬地坐在那里,紧紧握着餐刀。

"我不明白为什么人类总是希望我死。或许因为再善良的人也已经习惯了踩死一只蚂蚁,摔死一条鱼。他们没法对异类产生同感。"

她用餐刀去除虾壳,因为紧张和拘束而动作笨拙。

他的腕手慢慢爬过桌布,碰碰她手中的刀子,问:"我帮你,可以吗?"

她迟疑了一下,交出了刀子。他接过刀,以最优雅和灵巧的姿势把那只熟透了的龙虾从壳中解放出来。

"谢谢。"当她试图握住他的腕尖示好时,它又滑走了。

他继续说道:"我从小就在恐惧中度过。我的生母,我的养父,以我为耻。他们以为只有杀死我才能让他们摆脱耻辱,却不知道耻是人类生命的一部分。我自然会在某一天死去,而那一天他们会发现自己一无所有。"

她啜一小口红酒,试图使自己镇定。她记得那个男人说过,章鱼能够闻到她紧张的气息。

可她越压抑,便越紧张。她放下酒杯时,手在颤抖,手镯甚至撞到酒杯,发出叮当声。

"你怎么了?"他抬起眼睛,望着她。

他的腕手，凉凉滑滑的，拂过她的手腕，令她浑身哆嗦了一下。他缠绕住她的手腕，拉着她一点一点靠近自己。

她闻到了他的体味，淡淡的海腥味，这令她既兴奋又恐惧，几乎无法呼吸。她倒在了他的怀里，手里依然握着那把餐刀。

此刻，威尔逊台风已经登陆了吧？她心想，可这里太安静，听不到任何风声。

清晨，宋雨坐在咖啡厅里，不时地瞟一眼墙上的钟。当他放下报纸时，看到玻璃橱窗外，桑正顶着大风，转过街角，朝这里疾步走来。

当桑跨进门，摘掉墨镜的那一刻，宋雨便已经猜到了结果。

两人默然无语。宋雨把装着现金的手提箱交给了桑，沉吟片刻，问道："她是怎么死的？"

"他在餐桌上吃了她。"桑回答，眉头紧蹙。她或许在担心小虎已在临死前供出了自己。

"是在她失手之后吗？"

"你还不明白吗？"桑有些吃惊，说道，"她根本没来得及动手。"

宋雨突然领悟了,皱着眉头说道:"她终究还是靠不住。"

"是啊,"桑喃喃道,"会动情的女人是靠不住的。"

吃掉月亮的罪犯

1

夏林在夏天快结束时从纽约法拉盛搬到了核桃镇上。房子背后是一片小树林,清晨时薄雾缭绕,竟可以伪装出森林的深邃。孩子们骑着自行车向陌生人打招呼。中年人躺在泳池边看报纸。年轻夫妇在遛狗。只有在礼拜日的路德教堂,她才能见到许多的人。居民们和唱诗班一起唱歌,在信封里装上当月十分之一的收入,随后拥去一家叫星期五的餐厅吃午餐。

搬到核桃镇后的两个月,夏林的生活中唯一发生的一件大事是超级月亮+月全食。据说自1900年以来,人类一共只见过五次这样的月亮。

那天深夜,附近公园的草坪上站满黑黢黢的人影。在等待月亮被一点点吃掉的时候,他们和身边的陌生人聊着无关的话题,刚装修的小学、新来的牧师、下周的降温、年底的选举。他们始终仰着头,压低声音,似乎怕对天上的主人公不够尊重。这些平时晚上十点就上床的小镇人,对月亮付出了虔诚的耐心,等到它被吃得差不多了才纷纷回家睡觉。

"一切简单极了!"夏林赞叹道,口气中不乏一丝不屑和自卑,谁让它看起来如此圣洁呢?这让她心底任何的惆怅都成了亵渎。

可随后的某个下午,这一圈梦幻的光晕被打破了。

当时,夏林躺在床上读一篇性侵儿童的报道。自从怀孕后,她格外关注和儿童有关的一切。随后,她从报道中得知一款叫"性侵罪犯"的APP,可以查找周围所有的性侵犯。

APP自动定位了夏林家的位置,标注了一个绿色气球。当她的手指一按"查找",绿色气球的周围突然升起了一堆橙色气球。

夏林腾地从床上坐了起来。她被性侵犯包围了!

夏林曾以为性侵犯这类东西只属于纽约这样人口密集的

大城市，属于那些充斥着酒精和包臀裙的闹市区黑巷子。蟑螂不是只爱脏厨房吗？而这个小镇看起来那么整洁有序，甚至带点儿洁癖。

当她缩小，再缩小地图后，橙色气球连成一片，像黄昏的彩云淡淡地飘在整个美国的上空。

离夏林距离最近的一个气球飘在附近的十字路口。她记得那是一栋简陋的灰白色平层独立屋，带一个杂草丛生的后院。点开气球，是一个肥胖的中年白人男子的近照：戴眼镜，两撇小胡子，面目浮肿，眼睛躲在深深的眉窝里。夏林觉得他面熟，或许在路上遇见过。

名字：佛尔米·詹姆斯。年龄：五十二岁。身高：一米八三。体重：二百五十斤。罪名：收藏儿童色情片。

闯入夏林脑海的第一个念头竟是：可怜的佛尔米！

他们到哪儿生活，这个气球就会停在哪儿。除了离开美国和去死，还有什么办法能捅破气球呢？她绞尽脑汁想了一会儿，也没想出来。你要在美国把自己弄消失太难了，除非你没有银行账号，永远使用现金，不看医生，不买酒，不报税，不坐飞机，不开车。否则你只要泄露自己的行踪——"噗"！气球又升起来了。

夏林的手指往上滑，她吃惊地发现在她家往东两个街区的地方，竟有九个橙色气球叠加在一起。他们中有男有女，有黑人、白人和西班牙裔。

这是一栋三层楼的公寓楼。住在里面的九个人互相认识吗？他们会聚在一起吃火鸡吗？当全世界躲避他们的时候，他们会互相拥抱吗？

2

晚上散步的时候，夏林和丈夫聊起此事。

"这个APP简直像把他们一辈子游街示众，犯了一次错就没有尊严了吗？"

"我记得读过个报道，性变态是会传染病的，那些被性侵的孩子一生都被毁了，长大后可能变成同类人。知道为什么要把传染病病人隔离吗？为了防止更多的人受伤害。"她的丈夫回答。

"所以那栋公寓楼实际上是一个麻风病院？"夏林讽刺道，"记得我们看过的那个电影吗？一个恋童犯搬回小镇和他妈一起住。镇上的居民想尽办法排挤这对母子。后来那个恋童犯割掉了自己那玩意儿。他想用这种方式让全世界对他放心。"

"那只是电影！现实中那些人宁可像过街老鼠一样活着，也绝不会伤害他们自己。他们只会伤害别人。替你肚子里的孩子想想，这究竟是好事还是坏事。"

于是，这一次散步又以冷战告终。

夏林不明白，为什么她的丈夫不能感受到和她一样的同情心？他为什么恐慌？如果没有这个APP，他们不是依然无知而又幸福地生活在同一片土地上吗？

那栋公寓在夏林的脑海中却越来越神秘。夏林躺在床上，看着手机上搜索到的公寓照片。有时候它会加剧她的妊娠反应，她想象内部的地板高低不平，墙上挂满污迹，楼道里弥漫着呛人的大麻气味，每扇门后都藏着不可见光的秘密，像捂出臭味的袜子。但有时候它在想象中是一个探险迷宫，相似的房间、凌乱的过道，危险、庞杂，却又惺惺相惜。

第二天傍晚，夏林一个人散步，朝东边走去。路两旁是一条几乎快被废弃的铁轨。铁轨前是一栋栋式样各异的独立小屋，每一个前院都种着鲜花。

那栋罪犯公寓就这样突兀地出现在居民区中间。它的体积庞大，成一个L形状，包围着一个露天停车场。夏林从这里经过好多次，但以前从没有留意过它。

此刻，公寓楼挡住了落日，只剩下一个线条僵硬的剪影，一侧镶着夕阳的金光。夏林想，如果它是地球、自己是月亮的话，楼里的居民会看到她正被阴影一点点吃掉吧？

等金光消失后，夏林才能看清楚这栋公寓楼。窗框的颜色很暗淡，显得萎靡不振。她数数窗户，大约有四十户居民。许多窗子里亮着灯。夏林依次观察每一扇窗户。一个男子半躺在沙发上看电视。一个黑人女人像是在准备晚餐。一个男子站在窗边打电话。四个人坐在餐桌边吃饭，他们甚至点了蜡烛。

夏林的父母在她五岁时离异，她跟随母亲生活。在80年代的北方小镇上，母亲觉得离婚一事让她抬不起头，她甚至不再带女儿回娘家吃饭，尽管一切都不是她的错。她每天从工厂回到家就迫不及待拉上窗帘，把灯光调暗，似乎害怕外人的窥探。她拒绝任何访客，也不允许夏林带同学回家。

夏林后来发现自己迷上了别人家的灯光。她曾在一个寒冷冬夜，站在上海的大马路上，看着一户人家的窗户入了迷。那是一家五口人在吃晚饭。她整整看了半小时，身上落满了雪花。

而此刻，夏林站在公车站台上，望着对面的罪犯公寓出神。她的内心竟然生出和过去一样的渴望，她想要走进最后一个窗口里面，成为餐桌上的一员。

3

夏林在超市里撞见了艾琳，她在核桃镇上唯一认识的朋友。

她们是在月全食的晚上相识的。当时月亮只被吃剩下一小弯，像一片剪落的指甲，不再有生命。其他人都已经离开了。草坪上只剩下艾琳和夏林夫妇。艾琳披着毛衣，一手夹烟，一手拿着装烈酒的小酒瓶。尽管没有灯光，夏林还是能从影影绰绰的轮廓中辨出艾琳的苍老。

"看样子，还得好几个小时它才会被完全吃掉。"艾琳先开口，对身边的陌生夫妇说。在随后的攀谈中，夏林得知艾琳曾经攻读过法语博士学位。她在其他州的高中当法语老师，退休后才搬到核桃镇定居。

此刻，当她们一起推着购物车走出超市时，夏林突然问:"你知道波顿路上的那栋最大的公寓楼吗?"她的语气谨慎,以便随时根据艾琳的反应调整自己的态度——她可以立马表现得像吃了苍蝇一样恶心,也可以坦白自己的好奇。

"我知道。我在那里住过。"艾琳漫不经心地说。

"真的?什么时候的事?"

"前年我刚来,需要一个地方落脚,只有那里还有空房间。"

"感觉一定很糟吧?"夏林嘴上这么问,却期待不一样的回答。

"刚开始一个月还好,但很快住进来越来越多奇怪的人——"

"你指性侵犯?"夏林打断她。

"不止那些,"艾琳一边把购物袋放入后备厢,一边说,"还有妓女、毒贩、皮条客、小偷。""他们为什么住一起?"夏林一问出口,就意识到这是一个很蠢的问题。

"因为他们无处可去!没有其他地方愿意出租给他们。哪个房东不先查查信用记录和前科呢?里面的地毯、楼梯、灶台都像几十年没换过了。这是恶性循环,房东不愿修葺设施,他就只能降低对房客的要求。他一旦降低了对一个人的要求,那他也别想招到其他体面的租客。租客越差劲,就越不会爱护设施。后来三天两头有人在走道上吵架，几乎每晚都可以看到警车停在外面。"

夏林微微有些失望，这让她想起了纽约的一些她总是避之不及的街区。

"可从窗外看，一切都很温馨。"她说道，"你以为呢？你会看到一群性变态狂欢？像怪胎马戏团？"艾琳关上汽车后备厢，说，"我保证你会失望。我曾经到过佛罗里达的奇迹村。那里住了一百多个性侵犯，占了居民的一半。但如果没人告诉你，你会觉得它只是一个非常无聊的住宅区，不过女人少一些罢了。"

"那个州真宽容。"

艾琳对此嗤之以鼻："可这下轮到那些性侵犯不宽容了，他们还觉得自己是弱势群体呢。他们排斥有吸毒史和暴力史，以及在医学上证明了恋童癖的人。他们怕自己和孩子被另一群浑蛋伤害。"

她拍了拍副驾驶的座位，道："来，跟我上车吧。让我告诉你一个我在奇迹村认识的朋友的故事。"

4

艾琳住得有些偏远。她说她当时买下它,只是为了尽快离开那个鬼地方。她把采购的食物挪进冰箱时,邀请夏林"随意参观"。

夏林拘束地站在房间和洗手间门口张望,一个牙刷、一双拖鞋,床头一张独照——她在寻找能透露艾琳感情的蛛丝马迹。她单身吗?从未结过婚吗?她有子女吗?没听她提起过,那应该就是没有吧?

艾琳在对面沙发上坐了下来,挪了挪像土豆袋子一样臃肿的身躯,说道:"我那朋友就是个注册在案的性侵犯。我们就叫她赫丽吧。赫丽年轻时很漂亮,眼睛非常蓝,参加过怀俄明州小姐选美。"

夏林望了望艾琳灰色的眼睛,听她说下去。

"二十六岁时,她在工作的地方认识了一个叫安德森的小伙子。她以为他二十岁,因为他发育得很好,虽然脸蛋有些稚嫩。"艾琳俏皮地笑了一下,说,"可天知道,他那年才十六岁。他们相爱了，还发生了关系，有时候在她家，有时候在学校。可不幸的是，那男孩出生在一个非常非常虔诚的摩门教家庭。他从小被洗脑了，一直对这种关系有罪恶感。有一次，他忍不住向地区主教忏悔了这事。"

艾琳挪近桌上的威士忌酒瓶，给自己斟酒，继续说："主教让他远离赫丽，并把他派去另一个州传教两年。男孩离开后断绝了所有的通信。那是几十年前，没人使用Facebook。你只要同时换了地址和电话，就可以彻底消失。"

"赫丽一定很伤心吧？"夏林问。

"是的，自从安德森离开后，赫丽才意识到自己有多么爱他。她觉得生活中的一切都没有意义了，她没法承受永远失去他的想法。于是，她雇了一个私家侦探。"

艾琳抓住每个停顿的机会痛饮一口。"侦探打入摩门教内部，查到了当年外派传教的名单。不得不说，这是一个非常尽职的侦探，他亲自去了亚利桑那州的那个城市，住了一个月，弄到了安德森的新地址。"

"然后呢？赫丽去找他了？"

"是的，她去之前买了一把枪和一瓶麻醉剂。"

夏林惊讶地捂住嘴："她疯了吗？她想干什么？"

"去见他。"

"她为什么不先给他写信？"

"她也想过寄一个明信片什么的，但她很清楚，他不会回信。而且她怕打草惊蛇，他万一再搬家，她已经没钱再请一个侦探。"

夏林眉头紧皱，一手放在微微隆起的腹部上。反正，这故事没什么悬念，她早就知道赫丽的人生将是一个悲剧。

"在开车去亚利桑那的路上，一个叫玛丽的姑娘搭了赫丽的车。玛丽在农场长大，四肢发达，头脑简单，只喜欢读那种浪漫爱情小说。赫丽告诉玛丽，自己被安德森抛弃了，并且怀了他的孩子，她必须找到他。玛丽愤愤不平，愿意协助赫丽。

"她们跟踪了安德森好几天。最后，玛丽假装对摩门教有兴趣，约安德森见面。她用麻醉剂弄晕他后，把他绑架到了郊区的小木屋。在这过程中，玛丽越来越觉察到不对劲，开始怀疑赫丽编的故事，但赫丽拒绝解释，用枪赶走了玛丽。"

艾琳拿酒杯的手微微颤抖，似乎暗示着故事将进入高潮。

"赫丽要求安德森娶自己，安德森拒绝了。赫丽的情绪失控。她把他绑在椅子上，打他，用最脏的字眼骂他，又用枪逼迫他和自己做爱。没有任何防护措施，她只想让自己怀孕。"

"这不是爱，是占有。"夏林小声评价道。

"这两者有什么区别呢？赫丽让安德森对着摩门教上帝发誓，他会娶她。安德森这么做了。可这只是一个谎言。四天后，警察在玛丽的帮助下找到他们，安德森立刻指控她殴打、绑架和性侵自己。"

夏林看着艾琳的白发和布满斑点的脖子，突然想，如果人和人之间的关系永远像月食之夜多好。月亮在上，所有人失去了标签。黑暗中的人，是没有区别的人，都是看月亮的人。

"她坐牢了吗？"

"没有，她在保释期间逃跑了。"艾琳放慢语速，似乎酒精麻痹了她的记忆，"她跑到加拿大、墨西哥，躲躲藏藏，后来又回到了美国。"

"然后呢？"

"五年后，她再次找到了安德森的行踪。像毒瘾发作一样，她继续跟踪他。她被捕时警察在她车上发现了枪和链条。她坐了八年牢。"突然，艾琳松弛的嘴角发出一声嗤笑，道，"她出狱后，连奇迹村都不愿意接收她，因为暴力的罪名。她这一辈子只不过做了爱他这一件事，却被全世界抛弃了。"

一阵沉默后，夏林强调道："这不是爱。"

"为什么？"艾琳咕哝道。

"她只是用爱的名义掩盖整件事从头到尾的荒谬。可这没有用，这让爱都成了荒谬的。"夏林说。她突然开始好奇，肚子里究竟是男孩还是女孩。

艾琳似乎已经没有能力反驳。她的酒杯空了。她的眼皮耷拉，昏昏欲睡。

"现在赫丽在哪儿呢？"夏林问。

"前几年，她又搬去了安德森和家人居住的地方。"

"她依然爱他？"

"我猜是的。"

此时，夏林已经悄悄打开了手机上的APP。她垂下眼睛，看到一个橙色气球和一个绿色气球重叠在一起。

沉　箱

1. 街

她在街口的水果行卖水果。竹篓里铺着新鲜的桃叶,上面的桃子个个大而圆润,底色乳黄,果顶有粉红细斑点。

我挑了两个放在秤上,抬起眼睛看她。

她的面颊如桃色,唇上稍许有些细小的绒毛。

"甜吗?"我问。

"当然啦,这是正宗的阳山桃园结的。我们就是那里人。"她向我展露微笑。

她的眼睛是细长的单眼皮,笑起来嘴角的两个酒窝,像风中水蜜桃的气息。

2. 海

"你们愣着干吗？快过来帮忙！"

徐望朝身后喊，文峰和长圭急忙跑到船舷边，抓住渔网的另两个角。

此次出海运气不佳，一天下来竟还没装满一只桶。这或许是因为初冬时气温骤降，鱼群提前南游。

"够沉的啊，是条大鱼？"

网被拉出水面时，他们才看清楚，网住的是一个皮箱。

他们合力一拉，把箱子拖到了船上。海水溅在长圭的镜片上，他摘下眼镜，在棉袄上擦拭。

箱子很沉，牛皮的，绿油油的，一圈铆钉锈了铜绿色，滑腻的水草缠绕在箱子的把手上。在鱼的啄吻和海水的浸泡中，牛皮变得极为柔弱，上面还附着贝壳和水母的尸体。

它散出 种来自海底的气息，寒冷而且黑暗。

长圭绕着箱子走了一圈，道："我看它皮质考究，做工精致,不是沿海村民的东西。"

"咱这是绝地逢生了啊。这箱子若是当年逃去台湾那伙人落下的,里面定是宝贝。"文峰兴奋地龇着牙,也兴许是被寒风吹的。

箱子共有一大两小的三个搭扣锁。

徐望打开的一刹那,一股混合了海腥味的腐臭扑鼻而来。

三人同时捂住了自己的鼻子。

"太他妈难闻了!究竟是什么玩意儿?"

"是个人,死人!"

3. 街

我的公寓位于利康路,夏日时树荫浓密,黄昏时我会在阳台上侍弄花草。

每当那时,我总会见到他们并肩而行,从阳台下经过。

他的身形高大,肩膀宽阔,而她娇小可人。

她的头发略带黄褐色,衬得她皮肤更为白皙。而他的头发则是乌黑的,我甚至在夕阳的色温中都能辨认黑的程度。

我有时候想画出那种黑来,但有时候又觉得,只有瞎子才能真正理解那种黑。

四周安静时,我还可以听见他们的谈话。

她有次打趣:"你每次都说找同学才出得来,若被你母亲知道是陪我散步,怕是要来找我算账了。"

"那你就告诉她,是我缠着你,黏着你,你甩都甩不开。"

"她会信吗?旁人都认为,我配不上你。"

"不要胡说。我看他俩很般配,不是吗?"他停下脚步,搂住她的肩膀,指着路灯下依偎的影子。

她向他的一侧歪了歪脑袋,露出知足的笑容。

但大部分时候,他们都不说话。两个安静的人,动作很轻,像蜘蛛一样,无声无息地织着线,最终把两人密密捆在一起。

可我猜,我的动作也是极轻的,因为他们从未抬起头,看看是谁在看着他们。

4. 海

尸体以胎儿的姿势，蜷缩在箱子里。

"是个女的。"长圭看了一会儿，道。

当然，从肉体已经分辨不出性别，但头颅旁有一把长发。尸体穿的是条长裙，脚上的鞋子小小的。

腐水把一切都浸染成了幽蓝的黑。

文峰从白骨化的手腕上取下一只镯子。他拿一瓢海水冲洗了下，掐了掐："像是银的。"

"长圭，你不是医生吗？你说她死了有多久？几个月？几年？几十年？"徐望问。

"这箱子密封性极好，起初沉入海底，内部缺氧，会延迟腐烂速度。"

"所以呢？"

"所以，不好判断。"

"你真是个书呆子。你看她身上穿的像是旗袍吧？再看银镯子、这箱子，都是旧东西。"文峰插嘴道。

三人面面相觑。

"那么说,她至少死了二十年?"

5. 街

我也在别的地方见过他。

上海大学生飞机模型比赛,国立交通大学工程机械系得了第一名。他作为代表,上台领奖。

晚会上,他的身边围着许多人,自然也有女同学,相貌并不逊色于蜜桃姑娘。

有个朋友向我提及他的家庭。他的父亲威严正派,在政府任职。他们一家追随他父亲的工作变动,从镇江搬家到了南京,又来了上海。

可很快,他们又要走了。

去三藩市的船票被炒到了五百美元一张。许多人卖掉祖传的房子,只为了换一家五口的船票。

另一夜,我看见他俩在阴影中停下脚步,她伏在他的胸口哭泣。

自那以后,他再也不曾出现在她回家的路上。

6. 海

"尸体一旦重新接触氧气,细菌繁殖,会急速腐化。望兄,你打算拿她怎么办?"

"一个死尸,能怎么办?"

"我们要不要现在掉头,把她带回岛上?"

"长圭,你疯了吗?咱仨可是反革命分子,你是给自己找麻烦吗?"

"望兄说得对。长圭,你可别害咱再被扣个残渣余孽的帽子,我可不想再遭罪了。"

"那,咱们再把她扔回海里吗?"

"不是明天才回吗?明天再决定也不迟。"

"嘿,你们瞧!她腋下夹的是什么?"

7. 街

寒冬来了,水果行倒闭。她在理发店找了个工作。

在我头上顶着烫发仪之际,她走到我身边悄悄道:"我今天新收了未婚夫的信,可否麻烦你帮我看看?"

他在来信中告诉她一切都好:"再等等,我安顿好,会想法子接你过来。上海要打仗,你们去避避也是好的。但是不管去了哪儿,要给我写信。我怕和你断了联系。"

他的字迹严谨而有力,可惜她并不认识。

"人都回不来,怎么接我出去啊?"她勉强地笑着,把信收了起来。

她望着橱窗外熙熙攘攘的难民,又叹道:"这里的客人也少了很多,该走的都走了。"

8. 海

尸体的腋下夹着一个布袋。

徐望抽开布袋的绳子,从里面倒出了一对翡翠耳环和一枚珐琅胸针。

徐望按了按布袋底部,又从中抓出一把纸泥,在指缝间纷纷落下。

"这些应该是她随身带的信件。"长圭道。

最后是一张残破的照片,似乎轻轻一揉也会化成泥,只能依稀辨出一男一女的合影。

文峰眯起眼睛仔细看:"长得挺漂亮的,是不是?"

"连鼻子嘴巴都看不清,你怕是产生幻觉了吧?"徐望拭去一行鼻涕道。

"你们说,一个姑娘怎么会在箱子里?"文峰问。

"我猜,她是自愿走进去的。"长圭答。

9. 街

我从理发店后面的巷子经过,看见她坐在小板凳上洗一摞毛巾。那盆水必定凌厉刺骨,她的双手冻成了绛红色。

"他还没接你走?"我打了招呼。

"我正想找你呢,"她急忙擦干手,从围裙兜里掏出一封信,"请帮我看看写了什么。"

我在读第二遍信时,她又一次催促我:"请问,他究竟说了什么?"

"他说,他年底就要和家人搬去英国。他会等你去香港,若你不能去,他便走了。"

"可他明知道我去不了啊。"她眉头微蹙,带几分恼怒地夺回信。

我又轻轻把信拿了回来:"或许我可以帮你,给他一个惊喜。"

10. 海

"照片、信件、首饰,这些是一个女人最珍贵的东西了。若有人谋杀她,为什么不把这些东西拿走?"长圭摇头晃脑道,"从她衣服鞋子穿戴整齐,抱着布袋看,她进箱子的时候还是活着的。活着,又不捆不绑,那必是自愿的。"

"那箱子怎么会在海里呢?"

"也许是翻船了?我记得1948年有艘从上海去宁波的船在海上爆炸。"徐望答。

"哪怕船出了事故,她人又怎么会藏箱子里?"

三个男人望着茫茫大海,没有答案。

11. 街

出发那一天,她早早来到我的公寓。我有些吃惊,她竟化了妆。

客厅里第三个箱子在地上敞开着,这是我最结实的一个箱子,是父亲当年留洋时带回来的。

"万一上船时被查到怎么办?"她看着箱子,犹豫道。

"只要你不发出声音,就不会有人发现。"

她走近箱子,眼睛里充满期待,又有些惶恐不安。

"上船会排很久的队吧?我若不能呼吸怎么办?"

"放心,我给你留了一个呼吸的通道。"我指着箱子侧面的小孔。

我一一锁上了三个金属搭扣。

不一会儿,挑夫扛起了箱子,踉跄道:"这个怎么这么沉?"

"里面都是贵重东西,小心轻放啊。"我朝他的背影喊。

12. 海

"你们看,这箱子侧面本来有个孔,大约是给她呼吸用的。"

"兴许是有人骗她进箱子的。"

"对,然后箱子就被丢进了大海。"

"可那个人为什么要这么待她呢?"

长圭沉默片刻,问:"你又怎么能想明白,岸上那些人为什么这么待我们?"

他抬起头,海水与阴沉的天空融为一体,耳畔只有呼啸的风声。

13. 街

"你一直没有告诉我,她的故事。"我们望着海港时,我提醒他。

"我一直以为她在等我。"他叹了口气,答,"可当我写信告诉她,我托人为她买到了船票,她却从此消失了。她若不想见我,哪怕只是回一封信,也好。这些年,我唯一想不明白的是,她既然找人领走了船票,为什么没有上船。那天,我就在这个码头上站了六个小时,却没有等到她。"

"她漂亮吗?"我带着微微的醋意,问。

"过去太久,我已记不清她的相貌。"他站起身,把一颗石子扔向大海。

但她的模样,在我的记忆中却依然清晰,如桃皮的触感,如风中的气息。

天鹅绒房间

我醒了。从未见过如此浓稠的黑夜,仿佛我已失明。我在哪儿?

空气中弥漫着腐肉的臭味,似乎还带着丝丝缕缕的血液中的铁锈味,随着每次呼吸钻进我的体内。那年弟弟照着我的鼻子打了一拳,我嗅到的就是这种味道。我们常常打架。在二十多年前的一个雷雨天,我被他激怒了,或许这也正是他要的效果。我狠命地咬住他的左手大拇指不放,直到他爸大吼大叫地抓着我的肩膀把我俩扯开。

在如此漆黑的夜里,我被恶臭包围着,令人不快的回忆汹涌而来。我从泥泞的地上爬起来,这才发现自己竟光着身子!啊!我的狼狈令自己都笑出了声。裤子、钱包和手机都丢了，昨晚玩得可真够疯的。好吧，为了应付这混乱的局面，我如果侥幸遇到一个路人，会声称自己被打劫了，并向他借一件衣服。

我沿着泥泞湿滑的道路一点点前进，不时撞在布满青苔的滑腻腻的墙壁上。这条路总该通向哪儿吧？虽然我的视觉已经失灵，但我的嗅觉判断认为我正在体育馆背后的小巷里。那里常年照不到阳光，堆满生活垃圾，只有野猫和流浪汉出没。

这时，不远处似乎有微弱的灯光一闪而过。我用手指摸索着墙壁，加快脚步向光源挪去。

突然，我想起了什么。今天是10月9日。

早晨的手机闹铃提醒我和鹿先生有个约会。半年前，我和鹿先生在弟弟的婚礼上初次相遇，此后一直断断续续地保持联系。鹿先生和弟弟一样，是化学工程师。我得承认，他不是一个令人印象深刻的男性，长相马马虎虎，没有惊人的谈吐，在女生面前更是拘谨。他留给我记忆最深的一件事，是他告诉我，去年冬天，他在同一条公路上，连撞了三次鹿，报废了两辆车，以至于他最后神经衰落，只能每天搭大巴去实验室工作。于是我叫他鹿先生。他说这个名字令他起鸡皮疙瘩，我坚持这么叫。他抱怨了几次，最终还是接受了这个名字。

记忆在一点点恢复。可它们就像轻巧的蝴蝶,每当我试图伸手捕捉,总能从我的指间溜走。

我们坐在餐厅外的露台上。日落很美,但很快被黑暗吞吃掉了。深秋气温很低,我用羊毛围巾裹住脖子。我们谈论着喜欢的电影、歌曲和大学趣事,像老朋友一般彼此熟悉。至少,我是这么认为的。

但为何我现在孤身一人身处令人窒息的黑暗中,向着似乎永不可企及的光线走去?为什么鹿先生抛下我一个人?

每当我朝光的方向踏近一步,它们就似乎离我更远。我记得这明明是一个寒冷的夜晚,我傍晚出门时都穿着大衣,为什么这一刻天气却闷热得令我无法呼吸?

你愿意吗?鹿先生看着我。我很惊讶。他何时跳到这个话题上的?我一定是走神了。

是啊,我一直在想着魔术师。我低头发现他的手指正揉捏着一个宝蓝色的丝绒小盒子。

他看到我沉默,便接着说:"我明白你还没有心理准备,我也奇怪自己怎么会这么快做出决定。可能真是怕你跑了。"

他的嘴角流露出一丝令人困惑的微笑，他究竟是快乐还是不快乐呢？他摘下眼镜，用蓝色条纹领带擦了擦镜片。"第一次在你弟弟的公寓里看到那些照片，我能感受到摄影师内心深处的孤独。那些都是你的作品。你弟弟告诉我，你的童年不快乐。你和他的父亲，你的继父，关系很差。算了，我们会有幸福的将来。我们会在阳光很好的海滩买一座房子。我开车去上班，虽然有点远。你可以继续摄影，有一天你会成为大摄影师的。"他越说越兴奋。

他描绘的这些陌生景象让我忍不住想笑。幸好，我是一个在喝酒前很懂礼貌的人。我接过蓝色的小盒子并打开，里面是一枚式样普通、闪闪发光的钻戒。我猜不到它的价格，两千美元、六千美元，或者更贵？

这时我终于穿过湿滑的过道，来到一个开阔的空间。一道光出现，又倏地消失。就在这0.1秒内，我看清楚了室内的颜色。真令人惊叹啊！我正置身于一间华丽的大房间，天花板、墙壁和地面全都包裹着红色天鹅绒。我用手抚摸这毛茸茸的墙面，手感温顺贴心，我又把脸挨了上去，能感觉到无数小小的潮湿的触角。

我走到舞厅中央大喊:"有人吗?有人在吗?"管家、仆人、警察、蝙蝠侠、乞丐或者强奸犯,随便谁都可以,可偏偏一点回音也没有。

这奢侈的房间是为谁准备的呢?我猜想它是体育馆里某个秘密的宴会厅,只供镇上的那些靠赌场发家的有钱人使用。我忍不住幻想,如果几百个水晶灯同时打开,这无处不在的红色天鹅绒一定极为耀眼,令人眩晕。男人女人们踩着这华贵闪亮的面料,疯狂地旋转、摇摆,像不再害怕摔跤的瞎子。

我真的没想过要嫁给鹿先生。我接过戒指的唯一理由,是想让魔术师嫉妒。鹿先生柔声问道:"我们什么时候向亲友公开?""给我点时间。得好好计划一下,行吗?"

过了半小时,我推说风吹着有点凉,想先回家。我没让他开车送我。于是他顺从地替我拦了一辆出租车,并在我的右颊轻轻吻了一下。我能感觉到他喷在我脸颊的紧张的气息。

妈的,我把戒指和衣服一起弄丢了?我让自己冷静下来,坐在地毯上好好回忆下自己究竟到过哪些地方,可能把戒指丢在什么地方。

接着我去参加谁的派对了？不，不对，我让出租车直接带我去了魔术师的地下室。有人给我开了门。没错。

我让自己抓住这一点小头绪，小心翼翼地往上拉线，好像生怕刚上钩的鱼儿又逃脱了，在大河中消失得无影无踪。

听到门铃后，大个子给我开了门。魔术师说过他是个卡车司机，自从他们在M镇外的加油站认识后，他就给魔术师当助手。他总是摆出恶狠狠的嘴角，对女人也吝啬笑容。我怀疑他在床上也会粗暴自私得像西部公路上那些大卡车。屋子里有四个人，他们三个人盘腿坐在小桌边喝酒、骂骂咧咧地玩着扑克牌。魔术师只靠在墙角发愣。

"为什么不接我的电话？"我问。

"没听到。别生气，小浣熊。"他懒洋洋地回答。音乐很响，房间里一片狼藉，他肯定连自己的手机在哪儿都不知道。

我是在两个月前的步行街上遇到魔术师的。那是个周六，我早起床去离家不远的农贸集市上转转，背了我的相机，想顺便拍些照片。

当时他打扮成小丑,在靠近市政府的街口表演魔术,吸引人们往他的高帽子里扔钱。大约有十来个大人和一群孩子在观看。他请一个金发女子上前,和他一起表演脱逃捆绑的游戏。我猜她不是托,因为她是和男朋友一起来的,并且她捆他的动作显得十分笨拙。如果他选我,我也未必能做得更好。正如你们能猜到的,他从那个几乎不可能被解开的死结中轻易解脱了双手。

接着,他又让一把勺子在众目睽睽下扭曲成了麻花,就像一只被驯服的小白鼠。

我一直站在他身后看。

这一轮表演结束后,我走到他身前问,是否可以替他拍照。他高兴地答应了,捋了捋两撇棕黄色的小胡子,整理下马夹上的红色领结。他摆了很多姿势,比如斗鸡眼,吐舌头,发扑克牌,似乎故意逗我在相机后面笑。

我并不觉得好笑。我想我有那么点小丑恐惧症。扯开话题一下,听说麦当劳大叔终于要退休了,有一部分原因是美国很多人有小丑恐惧症。

我拍完说了声谢谢,便要离开。他却叫住我,掏出一张扑克牌送给我——黑桃5。背后是他的电话和信箱。

其实他卸了妆后一点也不像小丑,可他也不正经。那他到底像什么？他是谁？他管自己叫行尸走肉。我让他悄悄教我一两个魔术技巧，以回报我送给他的照片。他却告诉我，他不会变魔术，我眼睛看到的一切都是真的。他十三岁那年把灵魂卖给了撒旦，换来的是真正的魔法。

得了吧，我可不是三岁小孩。肩膀别动。

当时，我正在工作室给他重新拍一组照片，准备收在关于"旅行的渴望"的新专辑里。

我都快记不清这一切是怎么发生的。他突然夺过我手里的相机，把我推在黑色幕布上，撞倒了一个三脚架。"现在我来拍你了。"他说。

我的小丑恐惧症在那一天被治愈了。

我听到他说，他的前女友从没有放弃过寻找他时，感觉嫉妒了。那时我们坐在阳台上抽烟。他看着晚霞说，某天早晨，像对待其他女人一样，他突然离开了那个女孩。但我还是嫉妒得要命，嫉妒他们的爱、他们的恨、他们的亲密、他们的思念、他们的捉迷藏。

现在，我也想让他尝尝嫉妒的滋味。放下伏特加酒杯后，我拿出了戒指。在房间的白炽灯光线下，戒指更加闪亮，衬得凌乱的地下室有些寒碜。

有人向我求婚，我马上就要结婚了。

真可怜，他耷拉着嘴角说："你不爱他。"他的漫不经心激怒了我。我几乎喊道："我爱他！"

"那恭喜你了！"他躺在地板上，双手交叠在腹部，眼睛盯着天花板，鼻孔里冒出一团烟雾。"这对你是好事，因为在我走了后，会有其他人陪你玩这些游戏，就是说，拍那些蠢照片。"

这时，桌边的一个人发出尖叫，也许是刚摸了一手好牌。大个子气愤地猛捶桌子。

我把注意力移回魔术师身上："你刚才说什么？你要走？什么时候？"

"明天早上七点的火车，他们是来告别的。我今晚不打算睡啦，瞧这里乱七八糟的。你知道我是个爱干净的人。我本来不想告诉你，怕你难过。也好，你要结婚了，对我们都是个告别的好契机。"

他虚伪的腔调令我心如刀绞。他又想从我这里逃走了，就像对别的女人一样？我还以为自己是特殊的一个。好吧，他从来没这么说过。我应该站起来咒骂他，但我没有。眼泪止不住流了下来。

"嗨，我不喜欢女孩子哭。拜托，别弄湿我的地毯，好吗?"他跳了起来。

不一会儿,他又趴到我的耳边。"小浣熊,你得明白,我不得不走。再不离开,连这里的房租都交不起了。镇上有一半人看过我的表演。他们厌倦了,我也烦他们。多喝点,你会感到快乐的。"

他把酒杯往我嘴边送。我喝了一杯又一杯,但就是高兴不起来。"你要去哪儿?"

"越南。"

"我想和你一起去。"

"别傻了。我习惯了一个人旅行,没什么行李,没有同伴。我所珍视并且唯一可以带走的,只有记忆。别毁掉我对你最后一点儿美好的记忆。"

"记忆"这个词让我浑身发冷。这意味着我们的生活不再有交集,或许到死也不会再见一面。他要去越南,然后呢?泰国?老挝?柬埔寨?从此他在人海中消失,而我会像他那个前女友,像一条固执的猎犬用一辈子去嗅他的踪影。我的眼泪又涌了出来。

他试图用一些小魔术来安慰我。他把一杯水泼向角落的桌子,突然桌面上的钱和扑克牌一起消失了,茶水四处流淌,淋在三个打牌的家伙的身上。魔术师兴奋地拍着腿大笑。

"浑蛋!"卡车司机暴跳如雷,看起来他今晚心情格外糟糕。他站起来向魔术师挥舞着拳头,"这一点也不好笑!你他妈的给我舔干净!"

"那让你见见什么是真正好笑的。"魔术师微微一笑,随手抓过一条脏床单扔向这个醉醺醺的壮汉。怪事发生了。那个差不多有180磅重的家伙被罩住后,像气化了一般,突然失去了形状。空床单从空中直接掉落在地。我掐了掐自己的胳膊,看看自己到底有多醉。我爬过去掀起床单看,下面只有一块光溜溜的地板,甚至没有一点儿可疑的尘土。我看看另外两个家伙,他们正在收拾桌面,仿似什么都没发生。我又进进出出地查看厨房、洗手间、房间,打开衣柜、锅盖、马桶盖,可刚才还气势汹汹的卡车司机真的凭空消失了。

大个子到哪儿去了?他们不是好哥们儿吗?为什么我在这里?我狠狠地捶了捶装满疑问的脑袋。我坐了下来,抚摸着身下温润柔软的地毯。谁又会这么傻,用天鹅绒做地毯呢?

我的手机响了。是鹿先生发来的短信:也许你觉得我今晚太理性了，其实我很紧张。下面的话是我想说却怎么都没说出口的：不论你是否同等地爱着我，不论你是否还年轻美貌，我都永远爱你。

我的大脑一团乱麻，我只能向科学家鹿先生寻求答案，于是给他回消息：有人刚才在我眼前消失了——这时，魔术师夺走了我的手机。他读完短信后爆发出大笑声。

现在我后悔了。我为鹿先生而伤感。伤感和怜悯可以算作是爱的迹象吗？不，不算。我竭力想爱上他，但却做不到。我是个坏女孩，总是背着自己的意愿，和自己较劲，并且总是让更糟糕的结果占上风。

我感觉浑身酸痛，氧气稀薄，喘不过气。在红色的天空中，微弱的光线一闪而过，一次又一次，照亮这个天花板高挑的壮观的房间。有时光源的方向会突然涌进一股白烟，让空气更加黏稠。我甚至怀疑这里刚刚经历过一场地震或者海啸。

"如果你真的会魔法，而不是骗人的把戏，那就把我也变消失试试。"我挑衅道。

"我可以。"他平淡地回答，"但每个从这世界上消失的人,比如刚才那个蠢货,都会被困在一个没有起点和终点的黑色通道里。那里比地狱更可怕,因为你只有自己的记忆相伴,连痛和恐惧的感觉都没有。你一旦进了这个通道,再没有人可以带你离开,死神也带不走你,你只能永生永世遭受孤独。我不想你受那份罪,我的小浣熊。"

"没有你,在哪儿都一样。把我变走吧。"我央求。

"你醉了!如果你后悔了,我可救不了你。"

我有个更好的主意。我突然从地上跳了起来,为自己的想法激动得嗓子发抖。

我可以放弃自己累赘的身体,把灵魂送给你。你可以带着我的才华、我的知识、我的经历和情感去越南。这些比帽子还轻,不会对你造成一丁点儿负担。我成了你最亲近的人,再也不会为任何女人争风吃醋。我们会永远在一起,死神也不能把我们分开。我永远是你的,你永远是我的。可是,你真的会魔法吗?

魔术师缓缓地抬起头,那双浑浊的灰色眼睛此刻充满了生机,显然这个建议令他兴奋:"你真的决定这么做吗?"

"快!快!在出发前把我吞下去,把我变成你的一部分,一个器官、一毫升血液,或者一段脂肪,随便什么我都愿意。"

"是的,我可以做到。我能一点点儿把你吞下去。这过程可能对于我们两人都有点儿痛,你需要更醉一些才好。来,再喝一杯。"

我灌下又一杯伏特加后开始为自己脱外套。"吃掉我!"我迫不及待地央求。

我想起来了。魔术师警告我:"如果你带着清醒的意识,你的灵魂必须一直往前走。最舒服的地方是肺,表面柔软又温润,有时光也能照进来。我保证明天开始戒烟。记得别走进血管,那里浪潮汹涌,暗藏危险。"

"我醒来时会光着身子吗?"我问。

我想不会吧,这太尴尬了。上帝一定会借一件内衣给你的——现在,你准备好了吗?

被臭虫毁掉的爱情

1

贺磊从睡梦中醒来。清晨阳光从窗帘缝隙中泻入,把对面墙上波洛克的作品《肖像与梦境》一分为二。这幅三米长的巨型油画是贺磊在上个月购入的,占据了整个墙面。贺磊常常凝视疯狂而凌乱的线条,有一种被梦魇缠绕,永远都醒不过来的错觉。

此前,这面墙上挂的是凡·高的《星空》,但李莎不喜欢。她说凡·高都烂大街了。她觉得抽象表现主义的作品更耐看,也更自省。

贺磊转头寻找李莎。她躲在被子的另一侧,背对着他。

这张床实在太大了，有时候甚至让他感到孤独。

李莎是他这半年来交往的第六个女朋友。其他那些，怎么说呢？各具特色。之前的女朋友是个北方姑娘。她长了一个圆鼻头，臀部丰满，性欲也过于旺盛了。而更早的是个牙买加血统的模特。他本想试试黑皮肤的姑娘是什么感觉，但她是带着鞭子来的，把他吓坏了。

每个人都是在不断试错中才明白自己真正想要什么。李莎便是贺磊最想遇见的那一种。她精致的鼻子、细腻的皮肤，以及坚定有主见的个性都令他疯狂。她精通哲学和文学，甚至会在睡前给他朗读一段艾略特的《四个四重奏》。

贺磊伸手揽住李莎的肩膀。李莎面带微笑地转过身，但眼睛还是闭着。贺磊低头亲吻她的嘴唇，她这才睁开褐色眼睛，道："早上好，亲爱的。"

贺磊把手插入她的后背，透过丝滑的小睡裙抓住了她纤细柔软的腰肢。他们接吻、拥抱、翻滚。她骑坐在他腰上，一对乳房骄傲地俯视着他。他进入她的身体，她投入地喘息、呻吟，褐色瞳孔涣散，眼角泛着激动的泪光。他们在激烈的冲刺中同时达到高潮。

贺磊走进卫生间刮胡子，看见自己眼袋耷拉，面色憔悴。幸好营养均衡的饮食令他维持了健康的体魄,他退后一步,在镜子里满意地抚摸自己的八块腹肌。

突然,他觉得胳膊有点痒,顺手一抓,擦出一条血痕。这是身上起的第三片红斑了。

家里可能有蚊子了。真奇怪,他并没有看见任何蚊子。

李莎已经在客厅准备好早餐。韦奇伍德牌的骨瓷餐具中盛着几片生鱼片和黄油吐司。他们在饮食方面品味也完全一致。他们喜欢坐在沙发上一起吃早餐,喝黑咖啡,听肖邦。他们都讨厌新闻。

"我真怕有天你会离开我。"贺磊说着,伸手擦去李莎嘴角的一点黄油。

她对他淘气地吐了吐舌头,道:"我还怕你先对我厌倦了呢。"

"怎么可能?我都不明白,你为什么会选择我?"

"我记得父亲说过一句话,"李莎深情地望着他回答,"找一个爱你的人,他爱你纯粹是因为你这个人,无论你年轻、衰老、丑陋或者美丽。"

贺磊感觉眼眶有点湿润。他又下意识地抓了一把发痒的胳膊。

"当然,我爱的就是你,不管你是谁。我在想……"他吞吞吐吐地说道，手心不停渗汗，"你会不会愿意……"

就在这时，门铃猝不及防地响了。

2

贺磊从猫眼里望见了隔壁的女邻居丁宁。她还是戴着那副怪模怪样的大眼镜，一头乱发不修边幅地扎在脑后，穿一件土气的卡通睡袍。贺磊记得半年前刚搬来时，她上门打过招呼，好像介绍自己是个作家，在网上连载言情小说那种。

"嗨，"他拉开门，有气无力地招呼道，"有什么事吗？"

丁宁低头打量他短裤下的双腿，又把视线移到他的脖子处，突然问道："你被虫子咬了吗？"

"没有啊……等等，你是说这种吗？"他伸出胳膊，拉起袖子给她看。

她把大眼镜抬到额头，仔细观察，答："没错，就是臭虫干的。"

"臭虫？"

"你多久没看新闻啦?它们已经入侵好多居民楼。它们躲在床下,凌晨出没,嗅着二氧化碳寻找猎物,'叮'地把嘴插入你皮肤。"她做出一个张牙舞爪的动作,"这些吸血鬼太可怕了。我家有了,你家多半也跑不掉。这是臭虫专家的名片。抓紧哦!别怪我没警告你!"

贺磊怔怔地接过名片,愣了一会儿才对着空走廊关上大门。这女人真多管闲事。但是,如果真的是臭虫怎么办?

他回到沙发上,感觉胳膊更痒了。他不停抓挠那块地方,心情沉重。

"亲爱的,"李莎望着他问,"你刚才想问我什么?"

贺磊被那双美丽的褐色眼睛拉回现实,心情恢复到门铃响之前那一刻的朦胧和激动。

"我想说,你愿意……和我共度余生吗?"贺磊努力吐出这一句后,舔了舔干燥的嘴唇,又急忙补充道,"我会策划一次更正式的求婚。我只是想尽早了解你的想法。我知道你答应求婚需要做出很大牺牲,但我不愿在情感的世界漂泊了,我很珍惜和你建立的这一切。"

李莎似乎被他的话震惊到了,一脸茫然地瞪着他。

整整五秒后,眼泪突然从李莎的眼眶涌出。她的脸涨得通红,连连点头:"是的,我太激动了。我愿意。"

"真的吗?"

"我无法想象某天清晨醒来时你不在我的身边。我不需要什么永生,我只希望和你共度平凡的一生。"

3

铁钉这个月业务很忙。这是他接到的睡眠谷的第五起生意。

睡眠谷是一栋位于城北的二十八层居民楼,十年前由于房地产行业不景气,一度烂尾。后来新星房产公司接手,把它草草完工。因为售价便宜,它逐渐成为电子人聚集之地,反正他们也不在意地段、交通这些玩意儿。

睡眠谷的公共设施老化,门禁系统坏了很久。花园无人打理,疯狂生长,在夏日的午后寂静得瘆人。

铁钉带着马克上了七楼。他按了门铃,门后探出一张苍白的面孔。

男客户看起来三十岁,穿着短裤和背心,四肢瘦弱,背脊佝偻。这是电子人典型的特征。他们常年不见阳光不运动,终日坐在电脑前工作,或者躺在床上手淫。

他们互相自我介绍。客户是新星公司的一个软件工程师,每天的工作是在家编程。铁钉想起最近自己服务的所有客户都是新星的员工呢。新星每月把一个数字打入他们账户,他们再用这些数字去支付新星商城的一切:爱情、食物和艺术。如果没有臭虫和咱马克公司,新星公司恐怕真的统治了世界。

"你也被咬了?你们楼里有我的不少客户呢。"铁钉说道。

"我不确定,也可能是昨晚吃的龙虾不新鲜。"

不新鲜的龙虾?铁钉嘴角浮起一丝笑容。拜托,你们只会吃一些叫营养条的玩意儿,靠虚拟气味欺骗大脑,维持进食的快感。反正只需要按一下按钮,今天是牛肉味,明天是金枪鱼味。

客户下意识地伸手抓了抓胳膊,问:"你来的目的不就是帮我确诊吗?"

"事实上不是我,是他。"铁钉拍了拍马克的脑袋,"任何一只臭虫都逃不过他的鼻子。"

这个电子人的住所完全可以用家徒四壁形容,毛坯房、白墙、水泥地。客厅有一张双人旧沙发、一张电脑桌、一个衣柜。铁钉猜想,衣柜里也没什么衣物。他们不需要这些占空间的"实物",实物等同于废物。有个笑话,小偷光顾了睡眠谷,就像男人光顾了人妖。

铁钉带着马克到处嗅。当他们要跨进房间时,客户突然阻止道:"等等,我不想吓到李莎。我得让她先离开一会儿。"

"李莎"这个名字,唤醒了铁钉一段久远的记忆。他挤挤眼睛道:"她的后腰上有个心形的胎记吧?"

客户起先有几分错愕,但很快回过神,问:"你们后来为什么分手呢?"

"她确实不错,但我发现一个更棒的,叫李娜,身材极好,也没那么多废话,是美日混血。"

要不是说起这两个前女友,铁钉差点快忘了自己也曾是他们中的一员。

这时,马克突然狂吠起来,对着客户的大床、门缝和地毯。太可怜了,到处都感染了臭虫呢。

"难道画背后也有?"客户指指床对面空荡荡的墙壁,补充道,"波洛克的名作。"

"理论上他们可以藏在任何地方。"

"这就麻烦了,我可不希望你们在家里到处洒农药。"

"政府也不允许我们那么做。杀虫剂只会让他们跑来跑去，流窜到更多的地方，而侥幸没死的那几只很可能进化出抗药性。我希望你考虑一下高温杀虫。只有60摄氏度以上的高温才能杀死它们。"

"那得花多少钱呢？"客户怯生生地问。

铁钉不禁猜测，他的手头一定很拮据，或许是因为被李莎忽悠不少钱在那些没用的奢侈品上面了。

"一百万。"铁钉回答。

客户目瞪口呆，甚至显得有些愤怒。

"看来你已经很久没出门了，不知道外面的情况。上海几乎成了空城，人们被虫子逼走了。它们繁殖进化，一代比一代牛。如果你不及早采取措施，到最后只能搬家了。"

显然搬家这个主意吓唬到这个电子人了，他的眉头紧皱，沉默不语。

铁钉让他考虑好后再给自己打电话。

把铁钉送到门外，客户突然问："能不能告诉我，你后来为什么离开了？"

铁钉知道他指什么。他脱掉隔离服，答："你想过没有，为什么制造毒品的人不碰毒品？说明这可不是好东西。他们赚走了我们所有的钱，然后呢？他们去买一幅真的波洛克。"

"可是，然后呢？"贺磊推了推大眼镜，反驳道，"他们要整天担心小偷、老化、潮湿、阳光。他们享受到的却和我一样。"

这让铁钉想起他在来的路上看见的新星广告牌：付出最少，享受最多。电子人生产的成本当然低，它是虚拟现实技术加上增强现实技术，再加上智能数据库，就可以实现。

铁钉耸耸肩，回答："你说得或许没错。但记住，那些小吸血鬼可是真实存在的，你被吸走的血也是货真价实的。况且你从商城里永远买不到杀虫服务。"

4

"如果我们有一天不得不搬家会怎样？"贺磊试探地问李莎。

"我不在乎去哪儿。这个世上只有一个能让我称之为家的地方，那就是你住的地方。"

她的回答让贺磊满心欢喜，但他很快又为臭虫忧虑。他连续好几个小时坐在电脑前,查询臭虫的起源、进化史、生活习性。在熟悉敌人以后,他又打开自己的邮件。

李莎的合同七月到期。他可以选择续费继续"交往"、"分手"或者"结婚"。他尝试着点击"结婚",跳出一张缴费账单。

也是一百万。

他的银行账户余额,加上一笔贷款,或许可以凑足一百万。但他只能二选一:除虫,或者结婚。

第一件是不得不做的事,第二件是他梦想的事。

谁的生活不是整天面临这些痛苦的选择呢?

他憧憬婚后生活,她会改为称呼他的名字,并提供更加个性化的服务。听说他还可以给她重新编程,甚至改变她的胎记形状。可如果不灭臭虫呢?他们会繁殖,占领他的家,每天骚扰他,让他抑郁自杀。

李莎整夜都一声不响地玩着自己的指甲。到了深夜十点,她从沙发上站了起来,故意把厨房里的杯子碗碟弄出很大的声响。

贺磊这才意识到自己冷落了她。

"抱歉,宝贝儿,我在查一些信息。"

"那些虫子有这么可怕吗?"

"非常可怕。"

"不！借口！在你眼里，婚姻比虫子可怕得多！你如果爱我，为什么不立刻娶我？你还在等什么？"

贺磊心烦意乱，不愿面对这番无理取闹。他看着李莎拉开大门，气鼓鼓地走了出去。

深夜，他躺在床上，开着灯，瞪着油画，内心无比空虚。他翻身起来，打开手机，上新星商城搜索"李娜"。

这的确是一个美艳的年轻女子，小麦色皮肤，穿着金色紧身裙，在一段自拍视频里展露甜美迷人的笑容。

贺磊下了单。

很快，李娜走进他的房间，一手扶着门框，眼睛里燃着暧昧的火焰。

他们立刻亲热起来，在耳畔互说绵绵情话。她跨坐在他的大腿上，搂住他的脖子，令他心潮澎湃。

"说，你没见过比我更可爱的女人了。"

他愣了一下，甚至真的在脑海中比较了一下她和李莎。但他说不出口。

"难道我不是吗？"李娜很失望。

说一句又何妨？可贺磊却无法在这问题上撒谎，因为他回答过李莎同样的问题。

这一刻,他竟心生愧疚,像一个出轨的未婚夫。他承认,李娜更年轻美貌,但他莫名地思念李莎,连同她的小脾气和恶作剧。

他顿时意兴阑珊,红着脖子拿起手机,在李娜的照片下方点了"逃跑"。

5

贺磊向丁宁承认自己家感染了臭虫。丁宁丝毫不同情他,甚至开玩笑:是臭虫,而不是她的那些男友们,让她感觉到身体存在的意义。

他们唉声叹气,抱怨生活越来越艰难。这时,丁宁突然提议,他们或许可以自制高温杀虫。现在是夏天,已经40摄氏度了。如果打开暖气,不断加温,房子很快会升温到60摄氏度。为了避免发生火灾,他们只需要把一切燃点低的东西移除。

他们决心不被贪婪的杀虫公司敲诈。好,就这么干!

他们站在走廊上,等待房间的温度一点点升高,像一个逐渐膨胀的热气球。

突然，丁宁嘿嘿一笑，道："李莎接受你求婚时说了什么？'我无法想象某天醒来时你不在身边。我不需要什么永生，我只希望和你共度平凡的一生'？"

贺磊惊讶地瞪大眼睛，问："你怎么知道？"

"这是我小说里的台词，我当然知道。"丁宁得意地推了推大眼镜，回答，"当然我也是从老电影里抄来的。新星公司买下我所有小说的版权，用来训练虚拟意识说情话。它们在上架前熟读上万本言情故事，自然懂得在什么情境说什么台词。"

贺磊感觉铁门背后传出巨大的热量。他焦躁不安地来回踱步，如同热锅上的蚂蚁。他终于鼓起勇气问："她们每次都会接受求婚吗？"

"那可不一定。如果这个虚拟意识最近的下载数量降得厉害，就会自动选择婚姻。你懂我的意思吧？就好像用来出租的汽车慢慢损耗，款式不再新，租车公司会选择一次性卖掉。你选择结婚，需要向新星支付一大笔下架费。她成了你的妻子，其他人就不能下载她了。你获得原始编码，可以自行改造她的方方面面。"她打了一个响指，"公平交易。"

贺磊的大脑一片空白。他怎么会不知道这些呢？只不过他忘记了，或许假装忘记了。他混淆了两个世界。

"如果有其他人向李莎求婚，她也必须答应吗？"

"当然，程序设置如此。所以她嫁给谁，就看谁先付费了。"

贺磊猛然回忆起李莎离开时的愤怒，内心突然被震撼了。李莎还是爱自己的呀！她那晚如此冲动和着急，正是因为她不希望被其他人订走。"她希望共度一生的人是我。"

就在这时，门缝里突然冒出一缕黑烟以及烤焦的气味。贺磊冲上一步，打开大门，屋内竟已经燃起熊熊大火。

"天哪，为什么会着火？"丁宁在他身后惊恐地叫道。

他们拉响大楼的火警警报。邻居们从各自房间里冲了出来，向楼下逃去。消防队在十分钟后赶到，可他们已经无法制止大火越燃越烈。

电子人们无家可归，像一群被驱逐出贝壳的寄居动物，惊慌失措地站在花园里，仰望世界末日般的火焰。

"一定是因为我没有移走那幅油画才引起的……"贺磊伤心且自责。李莎再也回不了家了。她如果知道精心布置的一切，被焚为一炬会有多难过？

这时，他突然看见李莎站在他的身前。

"我要嫁人了，来向你告别。"她紧裹着毛衣，温存地握住他的手,道。

"对不起。我爱你,可我搞砸了……"

"爱,是永远不必说抱歉的。"李莎笑中带泪,依依不舍地松开了指尖。

贺磊想要放声大哭。

"别,千万别,"丁宁在他耳畔小声提醒,"这一句也是《爱情故事》里的台词。"

一条深灰色围巾

1

他已经三天没出门了。他今天去集市,希望能买到一条纯黑色围巾。

他心中很清楚他要的围巾是什么样的。他仿佛能在脑海中看见它,或许,他真的在哪儿见过它。它没有任何花纹或者暗纹,黑得深沉、结实,黑到带着一种漆黑才有的光亮。只有这样的围巾才能镇得住他那件灰色羊绒大衣。

一阵凉风刺痛他裸露的皮肤,让他缩起脖子,愈加矮了两寸。他顿时很欣慰自己的决定——他的确需要一条围巾了。

他在乱糟糟的集市上转了一会儿,却没有发现黑色围巾。这和他想的不一样,他以为买一条黑色围巾会像买包烟那么容易,你向路人打听,他们会随意往身后指指。黑色不应该是最常见的颜色吗?为什么这里的人都不喜欢黑色?

一个妇人递上一条围巾,比画着。他的眼睛一亮,又熄灭了。不,这不是正宗的黑色,而更像是劣质墨水,带一点无力的灰。

他用手摸了摸面料,很软,羊毛倒或许是羊毛。

精明的小贩一定注意到了他紧缩的肩膀。她踮起脚尖,未征得他的许可,便擅作主张把围巾系上了他的脖子。它严严实实地包裹住他,堵住了正从他的领口逃走的热量。他转了转脖子,感觉到一种慰藉和支撑,连胸口都温暖了。

他不得不买下这条深灰色围巾,因为他已经无法拒绝它提供的热量。

到了集市外的艳阳下,他低头看了看围巾。它的颜色泛白,像是染色厂偷工减料的作品。准确说,它不是深灰色,而是炭灰色。他想起脑海中那条一定存在于世界某个角落的黑色围巾,又后悔了。

但他最终并没有回去找妇人退货,因为要在凛冽的寒风中把它摘下来,实在太愚蠢了。

2

他一个人。他在陌生的国度待太久了,他不会他们的语言。他的嗓子干涸,每当发音时,常常先需要一系列的清理。他每天待在家里,趴在窗口看着大街上滑稽的行人。

房东有没有打开暖气?他的手触摸暖气片。为什么它的温度还及不上烟灰散发的热量?他躺在床上,裹着围巾抽烟。他甚至想不起自己为什么要来这么冷的地方。

他和新围巾朝夕相处。他上厕所时也围着它。他坐在抽水马桶上,一边抽烟,一边看漫画,一蹲就是半个小时。他只有在去澡堂洗澡时才把它摘下来。

深灰色围巾的表面起球了,仔细看,也并非那么厚实。它并不值那个价。"便宜货。"他在心底骂了一句,又嬉皮笑脸地道歉,"开玩笑的,别生气。"

有天,他做了一个梦。在梦里,一个倔强的声音问他:"你为什么赖在这里不走?你的签证过期了吧?你是一个逃犯?噢,我知道了,你是一个懦夫。懦弱的人总是不停地出走。他们不喜欢和周围发生长久的联系。你爱上了谁吧?你没爱，当然也可能受伤。男人受伤的方式并不多，让我猜一猜……"

他企图扇走耳边的声音，却打在了绵软无力的织物上。他这才意识到这不是梦，是围巾在和他说话。

他被吓坏了。确切地说，是恼羞成怒。这个破烂货竟然在偷窥他的内心？它钻入了他的大脑，与他对话，嘲笑他，或许还企图控制他的思想？

他生气地坐起来，狂扯了两把围巾，恶狠狠地警告它："老实点，否则我总有一天会撕烂你！"

但大多数时候，他们相处和谐。它陪伴他吃饭、睡觉、上厕所、读书、去杂货店。他们互相取暖，准备挨过漫长的冬天。

围巾的织物纹路里吸收了浓浓的烟味、体表油脂分泌的体味、牙膏和食物的气味，他的生活灌满了它。如今，它比他的头发闻起来，更像是他身体的一部分。

3

房东的女儿上阁楼来找他。她每周五傍晚都会过来，拘束地站在房门口，咕哝一通他听不懂的语言。她的笑容如杏子般甜美，和这个国度里许多女人一样，有一双深凹的大眼睛，睫毛长到令他心软。

每当他欣赏她时，她的眼珠却瞟向他身后的房间。他一直相信她是她那个抠门儿父亲派来的，为了侦察他有没有忘记关水龙头，或者躺在床上抽烟。

今天她靠在门口，递给他一个大大的纸包。他叼着烟，粗鲁地扯断绳子，撕开牛皮纸。里面跳出来一团黑色，像只动物般舒展身体，抖动一身浑身油光发亮的黑毛。

一条纯黑色的围巾！他惊呆了。她的脸涨得通红，目光依然躲闪。

"给我的？"她点头。"哪来的？"她羞涩地笑，做出一个编织的手势。"是你自己织的？"她又点头。

可你怎么会知道我想要一条黑色围巾？这个问题他并没有问出口。他顺着她的目光，回头望向那件高高挂起的灰色羊绒大衣。或许她也觉得，只有这样的黑围巾才配得上这件大衣。

她蹦跳着下楼了。他感觉到一丝从胸腔里散发的暖意，她那双手可真漂亮。他走到衣柜的镜子前，迫不及待地想要试试纯黑色围巾。

可是，他却解不开脖子上的深灰色围巾了。

这是他妈的怎么回事？他越解，它的结打得越死。他越拉扯，它越紧地缠住脖子。他不信邪，两只手插入皮肤和织物之间，使劲往外扒。围巾卡入他的手掌，他失去平衡，倒在了床上。他骂骂咧咧，左右翻滚，使出吃奶的劲儿，想要扯掉这个变态的东西。可它是那么顽固。他们在床上厮打，而围巾掐住他的喉咙，丝毫不愿让步。

当他的力气用尽后，他扑哧一声笑了出来。他投降了，浑身的肌肉松弛了。他觉得心脏很痒，于是躺在床上笑个不停。

这真他妈太滑稽了，我居然解不掉自己系的围巾了。

他的大脑飞快地转动。或许，他只是不小心打了一个愚蠢的死结？或许这条围巾是有灵性的，它不甘心被另一条黑色围巾取代？

"你……"他清了清嗓子，对着空房间说话，"你今天怎么了？"

他听说沟通可以解决一切难题。空气中十分安静。正当他要笑话自己夸张的想象力时，它突然发出了一声抽泣："你要抛弃我了。"

"怎么会？"他讪讪地笑，"你胡说什么？"他的心扑通乱跳，不是因为说谎，而是因为对着一条围巾说谎。

"我知道这一天会到来，你喜欢上新的围巾了。"他沉默。

"答应我，永远不要放弃我，好吗？"它更紧地贴住他的胸口。它绵软无力的拥抱，让他失去了斗志。他甚至没有去质疑它是否有资格提出这样的要求。

过了好一会儿他才叹气，说："不会。不要胡思乱想。"

他们的生活回到了从前，他不再尝试除掉它。

周末他去澡堂泡澡。和当地的男人一样，他觉得一周一次足够了。他脱光全身的衣服，只穿一条裤衩，站在雾气腾腾的更衣室里。身后来来往往的是那些臃肿的白皮肤的身体。

他小心翼翼地把手按在围巾上，停顿了几秒，解开它，从脖子上扯下来。一切都和从前一样，围巾没有反抗，他把围巾轻轻挂进衣帽柜里。

听到柜锁咔嗒合上的那一秒，一道光在他脸上闪过。

他的内心狂喜，想要放声歌唱，又怕引起周围人的注意。他把搭在椅背上的衣服一件件重新穿了起来，灯芯绒裤子、汗背心、衬衣、毛衣……突然，那个铁柜子里砰砰砰地响了起来。

他张望四周,幸好没人注意到柜子的动静。他把耳朵贴在柜子上,听到了呜咽声:"你这个浑蛋。你欺骗了我,没想到你还是这么狠心……"

他悄声对柜子说:"你又在胡闹了!我洗完澡很快会回来。我们难道不是每次都这样吗?你怎么变得如此神经质?"他说着说着,倒有点动气了。

他必须安抚好它。他可不希望引发哭泣和尖叫,引来警察和记者。虽然他不是逃犯,但他更喜欢隐形的生活,害怕任何形式的曝光。

随后,他抱着大衣和帽子,匆匆忙忙离开了洗浴中心。

在回家路上,他已经憧憬起未来的生活。他将围上纯黑色围巾,穿上那件灰色羊绒大衣(这是他最值钱的家当),和房东的女儿参加下周的极光节。从此再也没有那堆恶心的东西抱住他的脖子抽泣了。自由的感觉真是太美妙了。

正当他站在房间的立镜前欣赏这身新行头时,有人敲门。他从猫眼里看到一个留着两撇小胡子的陌生男子。

"你是胡安吗?"男子东张西望。

"你是谁?"

"有人让我把这东西交给你。"他手上是一个牛皮袋。

袋子的不规则形状已经让他开始紧张:"里面是什么?"

"是你忘在澡堂的东西。"

"不,不,我没有。"他艰难地咽着口水。

"你没有什么?嘿,你这家伙记性真的那么差吗?这围巾是羊毛的,你不想要了?"

他的头皮发麻,没有接过袋子:"你怎么知道这是我的?"他确信他没有留下任何其他物品(线索)在柜子里。

"幸好我们有监控录像,哈哈,看到你进门时围着这条围巾。有客人认出你,说你是这里的房客。"

他没有动。男人催促他:"你不想要你的东西了?你怎么处置它我可不管,我反正把东西送到了。"

他茫然地接过了袋子,刚要关门,男子突然用胳膊肘顶住了门。

他瞪着他,问:"还有什么事?"

男人摩擦着三个手指,索要小费的动作。难怪他这么有兴趣把围巾送回来。

他的胸口沉闷,木讷地从口袋里掏出几元钱,交给小胡子男子。男子把钱塞进上衣口袋,笑道:"不用谢。"

房间里又只剩他一个人,恐惧地盯着这个纸袋。

他看见深灰色围巾一点点在纸袋内膨胀,打开蜷缩的身体,每一根羽毛都愤怒地耸立着。

今晚避免不了一场暴风骤雨。

4

某天凌晨,他迷迷糊糊地翻了个身,下巴蹭到了一团毛茸茸的物体。他惊醒,随后失望地发现:这不是一个噩梦。这么荒唐的事情竟是真的。

他站在洗手间镜子前,抹去水汽,看着自己胡茬儿纵横的脸和一双通红的眼睛。那条狡诈的围巾牢牢抱住他的脖子,如同即将勒紧的绞绳。他的心情压抑,像沉在河底,透不过气。

你休想控制我的生活!

他捶了一拳水槽,咒骂了一句,转身从抽屉里掏出一把剪刀。

他注视着镜子里的自己,一只手拉扯围巾,另一只握着剪刀。那锋利的刀刃卡住了围巾,正准备咬下去。

随之而来的,是一声刺耳的尖叫。不要杀我!

他浑身哆嗦了一下,手腕软了。

是深灰色围巾在尖叫。不要杀我!不要!不要!不要!不要!不要!不要!

他的双手颤抖,感觉围巾已经和自己的脖子长为一体。他不敢切下去,怕它会疯狂,会伤及自己。

"嘘——嘘——"他轻声细语,像抚慰一个精神濒临崩溃的女人。

"你过去是怎么需要我的?你是怎么答应我的?你是如何变卦的?"

"可我从来需要的都是一条黑色围巾啊。"他痛苦地捶打头。

"你和我一起不快乐吗?我不够温暖吗?"

"你不是我喜欢的颜色。"

"我知道,它比我黑,可它出现得太晚。"

"我正在纠正这个错误。"

"它为什么不在你最需要的时候出现?是谁陪你度过了最寒冷的日子?"

"世间的事本没有完美。"

"所以你应该接受我的不完美,而不是放弃。"

他感到身心俱疲,放下剪刀,躺了下来。他竟然没有办法反驳它。

"睡吧，"他安慰脖子上的敌人，"再睡会儿吧。"

他关了灯。围巾抱住他的脖子，摩挲着他的胸口皮肤。

他看着阴影中，挂在橱柜门上的纯黑色围巾，心想：如果那天他没有去集市买围巾多好？如果那个精明的商人递给他围巾时，他坚持要的是纯黑色多好？

5

那天黄昏，他终于遇见了房东的女儿。这一个月来，他一直避免与她相见。她刚从学校回来，向他微笑，大眼睛望向他的脖子。

当她看见那条深灰色围巾，脸色尴尬，蓝色眼睛里满是失望。这一幕令他羞愧而且痛心，以至于他从她身边经过时，都没有勇气抬起头和她打招呼。

她曾经离他那么近，可是他什么都做不了。他们语言不通。她只知道，他爱她，就会围上她亲手织的围巾。他没有这么做，便是拒绝。这是非常简单的逻辑。他怎么能让她相信，他被一条围巾绑架了呢？她一定会说，是你不够努力，不够有决心，是你不够爱我……

他经历了很长一段时间的抑郁，如同失恋一般。他蓄起胡须，在吃饭时故意让羊肉汤顺着胡须流到了围巾上。他抽烟时，朝它吐烟圈，虽然他总是自己被呛到。他喝醉后，朝它吐口水，侮辱它是个丑八怪，而且根本不是羊毛的。他在地板上打滚，让它沾满尘土。

可它只是默默承受这一切，在风最大的时候，护住他的耳朵。

现在他已经老了，早已离开了那个北方的城市，也几乎回忆不起房东女儿的模样。在他动身去南方前，他在一个跳蚤市场上卖掉了那件最值钱的羊绒大衣，所以他也无法理解自己为何曾经对一条纯黑色围巾如此执着。

但是，他却始终记得自己对灰色围巾做的事。他羞愧而又感恩。他庆幸他生命中终于留下一件可以牢牢抓住，来自过去的东西。

有天他遇到一个女孩，像其他人一样嫌弃他的围巾。"天哪，它和你的衣服一点都不配。什么牌子都没有？一定有什么故事吧？是谁送你的围巾？"她轻佻地用手指卷着围巾一角。它的质地不再顺滑，反而有些僵硬、粗糙。

他告诉她这条围巾的种种好处，以及自己对它有多么喜欢。

"我知道，你一定很恨它。"她附在他耳边悄声说道。

"为什么？"他警觉地皱起了眉头。

"只有当你内心排斥的时候，你才会热衷于向别人列举它的种种优点。因为这么多年来，你就是一次又一次用这些理由说服自己去接受。"女孩的嘴角流露出一丝轻蔑。

"可我为什么要说服自己呢？"他不以为然。

"比方说，我厌恶一个男人，却只能嫁给他，怎么办？唯一解决我痛苦的办法是爱上他。"

"难道我就是那个男人？"他夺走她手中的烟，在烟灰缸里摁灭了，笑道，"你这辈子别想逃脱。"

他挠她痒痒，他们咯咯咯地笑着摔倒在地毯上。那会儿，他仿佛突然明白了什么：爱和恨不过是相互的解药。

后记

那些美好而丑陋的东西

1

几年前我在瑞士伯尔尼,当地艺术馆正在展出某个中国艺术家的作品。他把一个女婴的头颅嫁接在海鸥的尸体上,泡在甲醛液体中。这事儿在伯尔尼闹得不可开交,几千人把签名装在棺材抬到文化部抗议,甚至有人起诉艺术家。

为什么有人会以"丑"为表现方式?

我这里说的丑,是指那些可以成功冒犯你的元素。也许你不赞同,但我认为美的标准总随着时代和地域而改变,但丑陋的东西却万变不离其宗,永远都和排泄物、暴力和死亡脱不了干系。

而丑本身就是一种暴力。它可以牢牢抓住你的注意力和记忆。它需要公开，需要挑衅谁、刺激谁，需要被各种势力还击，却偏偏永远不会被打倒——因为它比美真实。或者，从真实的角度来说，它本身就是美的。

艺术家克里斯·奥菲利曾在布鲁克林博物馆展出一幅圣母像，用了大象粪便做装饰。尽管他后来辩解，在非洲部落，象粪可是好东西，但大家依然出离愤怒。人们觉得粪便玷污了圣母像，就等于侮辱了圣母本人，等于侮辱了所有尊重圣母的人。可他们又不能毁灭圣母像，怎么办呢？最后一个家伙冲上去，泼了圣母一桶白漆。

一群人有权利不被"丑"冒犯，但另一群人却有表达丑的自由，如何协调？如果连艺术和文学都失去了表达丑恶、残忍的自由，我们如何了解自己？

在美国人争论艺术是否和言论一样受第一修正案保护时，学者W.J.T.米切尔说，至少咱得给艺术留一点自由空间吧？比如博物馆。放抽水马桶雕塑在一个社交空间，也许是粗鄙的，可放在当代艺术馆的展厅里，却可能是高贵的。米切尔说，艺术像一种炼金术，能把污秽和丑陋变成金子。而波德莱尔也说过类似的话："你给我泥土，我把它变成黄金。"

大学"反美学"课的老师告诉我们,人类能够从审丑中获得审美的快感。为什么会这样?在我看来,在美和丑之间有一座小小的桥梁,那就是"忧伤"。真实的美丽会叫人忧伤,但真实的丑也可以。它们是平等的。

我几乎看过John Waters所有的电影。他的电影中总有一个男扮女装的胖子,癫狂、荒诞、丑陋。但他的艺名却偏偏叫"Divine"(神圣),在现实采访中就像一个腼腆的小男孩。在他去世二十多年后,我偶然在网上看到Divine演出的视频。他穿着玫瑰色的亮片吊带裙,戴着淡金色假发,扭着肥胖的身躯,嘶吼着唱:"我是如此美丽,你难道看不到吗?看着我!"

那一阵我竟莫名流泪。

就像阿西莫多,丑陋的身体里却有最纯真的心——真正让我们困惑和着迷的其实是矛盾和对立。高尔基曾评价波德莱尔:"生活在邪恶中,而热爱着善良。"优雅与粗鄙、邪恶与纯情、暴力与温柔、放纵与孤独,正是这些人性中不可剥离的对立面构成了人生的诗意。

后记　那些美好而丑陋的东西

2

身边总有一些朋友会向我讲述他们遇到的故事，比如一对夫妻吵吵闹闹却又分不开的一辈子，然后告诉我："你不是作家吗？把它写出来。"

可我从没写过。我不愿复制生活——难道我们还没受够吗？

许多作家反抗生活的方式是在文学中呈现最大概率的日常。而我喜欢的反抗方式，是提供一种反日常的可能性。就好像用那些熟悉的针线，绣出一幅与日常经验背离的图景。

本书收入了跨度十几年的小说。从小到大，我喜欢过很多作家，写作也先后受到了陀思妥耶夫斯基、卡尔维诺、何塞·多诺索、略萨、君特·格拉斯、尼采、伊恩·麦克尤恩、王小波、马尔克斯等许多人的影响。

本书中的故事都是虚构的，但它们很可能在世界的哪儿发生过。很多零碎的细节是真的，比如我曾拜访过清迈"人妖拳王"帕莉亚当年训练的泰拳营地；比如和朋友在小勐腊边境参与过斗鸡,并遇见了一个帮我们寻找失物的警察,名叫陈勐腊(《闺房哲学》);比如在美国小镇的农贸集市遇见的魔术师,留下一张带电话号码的扑克牌(《天鹅绒房间》);比如采访一位年逾六十的女名人,财富可以让她的脸如同三十岁那么光滑,但双手却暴露了年龄(《蜥蜴胸针、小提琴手和手套》);比如在曼谷见过的丘丘庙和小狼舞(《乞丐与菩萨》)。还有很多收藏夹里的新闻,比如痴迷造机器人的农民、吞噬鲨鱼的章鱼……

我希望故事中的情感是超越具体事件、政治派别甚至时代背景的,希望能探讨的是亘古的东西,比如自私、恐惧和自由。

《机器人35号之死》写的是两个相爱的人的懦弱和孤独。性格和经历的差异,导致他们在人生几十年中无法沟通。可他们的人生却被一个沙漠中的村庄捆绑。他们只能分别把一个没有情绪的机器人当作情感和身体的寄托,甚至彼此为敌。

《一条深灰色围巾》相信有共鸣的人一定能读懂那句话:爱和恨是相互的解药。

《被臭虫毁掉的爱情》是基于多年前在美国租的公寓里对付臭虫的经历,至今心有余悸,也让我意识到人类太自负，若真要较量起来，我们恐怕都不是虫子的对手。而当我们忙着杀死电脑上的病毒时，真正吸血的东西已经侵入我们的皮肤。

《闺房哲学》是法国情色作家和哲学家萨德侯爵的书名。我曾在巴黎的塞纳河畔的旧书摊上买过这本书。用同一个标题，是因为喜欢这个名字中的戏谑。在萨德看来，残暴是人性的一部分。那么受虐狂的恐惧感呢？当恐惧是可控的、可追求的时候，它不是真的恐惧，也对快感无效。而当恐惧是本能的、不可控制时，它又是什么样子？

《章鱼帝国》系列正在创作长篇，目前本书收录的是已完成的部分。

《天堂来的时候》《海熊的失踪》都是在大学期间写的，所以叙事上可能更随意、散漫一些。它们似乎都传递出我当时的想法：人永远是作为个体存在的，而个体之间的经验与记忆必定有差异，这注定了每个人无法与他人完全沟通、信任的孤独感。同时，作为一个资深侦探小说爱好者，我很早就着迷于悬念。